薔薇のレディと醜聞

キャロル・モーティマー 作

古沢絵里 訳

ハーレクイン・ヒストリカル・スペシャル

東京・ロンドン・トロント・パリ・ニューヨーク・アムステルダム
ハンブルク・ストックホルム・ミラノ・シドニー・マドリッド・ワルシャワ
ブダペスト・リオデジャネイロ・ルクセンブルク・フリブール・ムンバイ

THE RAKE'S WICKED PROPOSAL

by Carole Mortimer

Published by Harlequin Japan, a Division of K.K. HarperCollins Japan, 2024

キャロル・モーティマー

ハーレクイン・シリーズでもっとも愛され、人気のある作家の一人。14歳の頃からロマンス小説に傾倒し、アン・メイザーに感銘を受けて作家になることを決意。コンピューター関連の仕事の合間に小説を書くようになり、1978年に見事デビューを果たす。以来、数多くの作品を生み続け、2015年にはアメリカロマンス作家協会から、その功績を称える功労賞を授与された。エリザベス女王からも目覚ましい活躍を認められている。

主要登場人物

グレース・ヘザリントン……………画家の娘。

マーガレット・ウィンター…………グレースの伯母、後見人。カーライン公爵夫人。

ジョージ・ウィンター………………マーガレットの夫。グレースの後見人。カーライン公爵。

サイモン………………………………マーガレットとジョージの息子。故人。

フランシス・ウィンター……………グレースの花婿候補。ジョージの下の弟。

ダリウス・ウィンター………………ジョージの上の弟。

ルシアン・セントクレア……………サイモンの友人。公爵家の次男。

セバスチャン・セントクレア………ルシアンの弟。

アラベラ・セントクレア……………ルシアンの妹。

ホーク・セントクレア………………ルシアンの兄。第十代スタワーブリッジ公爵。

ジェーン………………………………ホークの妻。

1

「こいつは驚いた！　セントクレアじゃないか？」

ついさっきこの宿屋に到着し、小止《こや》みなく降りつづく雨のなかでの旅から二時間ぶりに解放されてほっとしていたルシアン・セントクレアは、その陽気な大声がカーライン公爵のものだと気づいて、安堵《あんど》感がのしかかるような不安に変わるのを感じた。

「やっぱりそうか！」公爵は力強い足どりで通路を進み、立ったままずぶ濡《ぬ》れの外套《がいとう》を脱いでいるルシアンに近づくと、満面に笑みを浮かべて片手をさしだした。「会えてうれしいぞ、お若いの！」

「恐れいります」ルシアンはつぶやき、そっけなく会釈すると、黒い目に読みとりがたい表情を浮かべてさしだされた手を握った。

そっけない態度は意識的なものだ。カーライン公爵とは二年近く会っていないが、相手はすぐに最後に会ったときの状況を思いだし、喜びの笑みをひっこめるだろう。公爵の顔はこの二年間でかなり老け、五十代後半という実年齢よりはるかに年老いて見える。

来たぞ。ルシアンは重苦しい気持ちで相手の表情の変化を見守った。ふと眉がひそめられ、記憶がよみがえるとともに、目にちらりと苦痛の色がひらめく。だが公爵はすばやくそれを押し隠し、さっきと同じ偶然の出会いを喜ぶ表情を浮かべてみせた。

二年近く前に陸軍を退役してから、ルシアンは同じような状況を何度も経験してきている。多すぎるほど何度も。そして、どれほど時間がたとうと、何度同じ経験をしようと、そのたびにさいなまれる罪悪感は、みじんも薄らぐことはない。

なぜならルシアンは五年にわたる軍隊生活をまっとうし、あの酸鼻をきわめたワーテルローの戦いから生還した身だからだ。あの戦争が始まる前、イギリスの男女の多くは、ナポレオンはすでにたたきのめされ、敗走し、エルバ島に幽閉されて朽ちていくだけだと思っていた。だがナポレオンは流刑先の島を脱出して新たに兵を集め、ふたたび戦いを挑んできた。その戦いでルシアンはあまりにも多くの戦友を失った。そして戦死者のなかには、いずれも親友だった三人の将校仲間がいた。

その一人がリッチフィールド侯爵サイモン・ウィンター、カーライン公爵の最愛の一人息子にして相続人だったのだ……。

二年近く前、公爵夫妻に悔やみの言葉を述べるためにウースターシャーの公爵領に向かったときのつらい記憶を、ルシアンはぐっと抑えこんだ。

同様の理由で戦友の遺族を訪ねたことは、ほかにも何度もある。そのつらさは回を重ねるごとに増すばかりだった。悔やみの言葉を述べると、相手の顔には一種独特の怒りの表情が浮かぶ。愛する夫が、息子が、兄弟が戦場の露と消えたのに対して、陸軍少佐にしていまは亡き第九代スタワーブリッジ公爵の次男であるルシアン・セントクレア卿《きょう》は、ともかくにも生き残ったのだという現実に気づいて。

遺族のそんな感情に、反感はまったくおぼえなかった。どうして反感など抱くことができるだろう？あれ以来ずっと悪夢に悩まされ、いっそのこと生き延びなければよかったと思っている身で。

それはともかく、カーライン公爵にいつまでも当惑顔をさせておくのは気の毒だ。「こちらにはどなたかお知りあいを訪ねていらしたのですか？」

「ほんの数日間、モルヴァンにある弟のダリウスの新しい領地に滞在してきたところでな」年長の男はぱっと明るい表情になり、ほっとしたように、この当たり障りのない話題に飛びついてきた。

「ダリウスは元気にしていますか?」ルシアンが友人のダリウスと最後に会ったのは、たかだか七カ月ほど前のことだ。だがその七カ月のあいだに、ダリウスの身にはさまざまなことが起きている……。

公爵はもっともらしく沈んだ表情を浮かべてみせた。「まあ、なんとかな」そう言ってから、苦笑で目をきらめかせる。「口の悪いやつには、元気すぎると言われかねんほどにな」

ルシアンは心得顔で公爵の視線を受けとめると、こちらも目にちらりと笑みを浮かべた。

ダリウス・ウィンター卿は七カ月前に妻を娶《めと》った。お相手はイングランド北部出身のミス・ソフィー・ベリング。その地方に製粉所をいくつも所有している父親は、ひと粒種の娘のために莫大《ばくだい》な持参金を用意していた。この縁組は、どちらの側にとっても恋愛感情を抜きにしたものだった。ミス・ベリングは称号を持つ夫を欲しており、ダリウスは財産家の妻を必要としていたのだ。好都合なことに——というのはあくまでもダリウスにとってはという意味だが、ソフィー夫人は挙式のわずか一カ月後に狩猟中の事故で落命し、ダリウスは裕福な独身男になった。

昔から遊び好きで、賭事《かけごと》に目がなかったダリウスは、放蕩《ほうとう》な生活ぶりのせいであっという間に父親の遺産を使い果たし、金のために結婚する必要に迫られていた。昨年の社交シーズンの終わりにダリウスが妹のアラベラとの結婚を打診してきたことを、ルシアンはいささか愉快な気分で思いだした。兄であるスタワーブリッジ公爵ホークは、みじんのためらいもなくその求婚を断ってのけたが。

「まあ、ちょっとした寄り道だ。実はロンドンに向かう途中でな」カーライン公爵が軽い口調で続けた。「社交シーズンをあちらで過ごすことになっておるのだよ。もっとも、少し予定が狂ったが」顔をしかめる。「いまいましい馬車の車輪がゆるんでな。濡れたままでし、あまり引きとめてはいかんな。濡れたままでは居心地が悪いだろう」そう言ったとたんに、ルシアンの外套から板張りの床にぽたりと水滴が落ち、公爵はまたしても眉根を寄せた。「まさか、馬で来たのではないだろうな、セントクレア？」

ルシアンは顔をしかめた。「一昨日《おととい》ロンドンを出発したときは、すばらしい上天気だったんですが」

それに対ナポレオン戦争に従軍中は、数日どころか数週間にわたる馬上での行軍も日常茶飯事だった。それと比べれば、イギリスの春の雨のなかで馬を駆るのは、さほどの苦行とも思えなかったのだ。

「イギリスの天気は当てにならんからな」公爵は苦笑した。「グロスターシャーの兄上夫婦を訪ねていく途中かね？」

「はい、そうです」ルシアンはうなずいた。

「言っておくが、ろくな宿ではないぞ」公爵はぞんざいに言った。「だが信頼すべき情報によると、料理は悪くないらしい。部屋をとって濡れた服を着替えたら、いっしょに食事をしようじゃないか」

「せっかくですが、会食の席にふさわしい服を持ってきておりませんので――」

「くだらん」公爵はあたたかい口調で一蹴した。「頼むからうんと言ってくれ、セントクレア。無骨な老人とその無粋な弟にうんざりしているご婦人たちも、きみが同席してくれればほっとするだろう」

ご婦人たち？　複数形か？　どうやら公爵夫人のほかにも女性がいるらしい。そして公爵の言う〝無粋な弟〟は、ウィンター三兄弟の末弟であるフランシス・ウィンター卿のことだろう。フランシスならルシアンも昔から知っているが、ひどくもったいぶった、どうしようもなく鼻持ちならない青年だ。

だがカーライン公爵がせっかくこう言ってくれているのに、断りつづけるのは礼儀に反する。「それでは、お言葉に甘えさせていただきます」ルシアンは堅苦しい口調で答えた。「身づくろいをするのに三十分ほど時間をいただいても……？」

「もちろん、いいとも」公爵はうれしそうな顔をした。「請けあってもいいが、妻はきっと、兄上と美人の奥方についてあれこれと聞きたがるぞ」

数分後、ルシアンは部屋をとり、入浴用の湯を運びあげるよう命じて階上の自室に向かった。兄のホークは、最愛の妻ジェーンが話題にされることに決していい顔はしないだろうと確信しながら。


「おまえもきっとセントクレアを気に入るぞ」グレースの伯父であるカーライン公爵が、楽しげに目をきらめかせて言葉を継いだ。「社交界の独身のご婦人の大半は、あの男の寡黙で陰のある美男子ぶりをたまらなく魅力的に感じておるようだからな。ついでに言えば、既婚のご婦人の一部もだ。なあ、おまえ？」そう言って、意味ありげに妻に笑いかける。

「なんのことやら、わたくしにはさっぱり」グレースの伯母は眉をひそめてかわした。公爵夫人はふくよかな体型をした品のいい女性で、いまなお深く夫を愛しており、夫もそれに劣らず妻に惚《ほ》れこんでいる。「それに、グレースのような多感な娘の前でそんな話をなさるのはどうかと思いましてよ」

「そうですよ」フランシス・ウィンターが高飛車な口調で賛成した。「はっきり言って、兄上がセントクレアを夕食に招待したこと自体、どうかと思いますね。こっちには女性が二人もいるのに」

「そう尻の穴の小さいことを言うな、フランシス。おっと！　これは失礼、おまえたち」下品な言葉を使ったことに気づいて、公爵はすぐさま妻と姪《めい》に謝罪した。「とにかく、セントクレアは少しばかり羽を伸ばしても許されるはずだぞ」弁解口調で続ける。

「忘れてはならんのはな、フランシス、陸軍少佐ルシアン・セントクレア卿が半島戦争の英雄だということだ。とりわけワーテルローでのあの血なまぐさい最終決戦のな」

グレースの視線の先で、フランシスの頬が腹立たしげに紅潮した。フランシス自身は、三男坊でありながら半島戦争に従軍していない。しかもあの戦争では、フランシスのただ一人の甥《おい》でグレースにはいとこに当たる青年が、若い命を散らしている。

グレースにしても、伯母が小声で口にした言葉や、伯父のもっとあけすけな発言を聞いて、ルシアン・セントクレア卿が夕食に同席させるのにふさわしい人物とは賛成しかねた。だが、そんなことは口が裂けても言うわけにいかない。フランシスが最近、婚約者気どりでふるまいはじめたことに、グレースは憤懣《ふんまん》やる方ない思いをしているのだ。グレース自身は間違っても妙な期待を抱かせるような言動はとっていないだけに、なおさらだ。

それにルシアン・セントクレア卿は、何はともあれ刺激的な人物ではあるらしい。何週間も退屈なフランシスにまとわりつかれてうんざりしているいまは、多少問題のある相手だろうと、気分転換は歓迎だ。

「お話をうかがった感じでは、とても……面白い方みたいね、伯父さま」グレースはつぶやいた。

「たしかに戦争の英雄ではあるかもしれないけど」フランシスがしつこく言いつのった。「聞くところによると、社交界に復帰してからはいっぱしの放蕩者ぶりを発揮していて、おまけに——」

「それくらいにしておけ、フランシス」公爵が警告するようにさえぎった。「だれであれ、わが国の英雄的な軍人をそんなふうに侮辱することは許さん」

グレースの視線の先で、フランシスの若々しい端整な顔がふたたび腹立たしげに紅潮した。

すこぶるつきの美青年であることは間違いない。

豊かでつややかな金髪と淡いブルーの瞳。広い肩とほっそりした腰、筋肉質の脚を、黒い夜会服と純白のシャツが包んでいる。これで性格も外見と同じくらい上等なら、何も言うことはない。だがフランシスが不仲な次兄ダリウスをモルヴァンの新居に訪ね、ごく短期間をそこで過ごしたあと、ウースターシャーの長兄夫婦の領地に長期滞在を決めこんでいたおかげで、グレースはこの美青年がどうしようもなく独善的で、おまけにユーモア感覚をまったく持ちあわせていないことに気づいていた。

もちろんフランシスはグレースの伯父とは母親が違うから、陽気な長兄にまったく似ていないのも、ある程度はそれで説明がつく。五十八歳のジョージ・ウィンターが先代カーライン公爵と最初の妻のあいだに生まれたのに対して、三十一歳のダリウス・ウィンターは公爵と二番目の妻のあいだの息子であり、二十五歳のフランシス・ウィンターは公爵の三番目にして最後の妻が産んだ子なのだ。

きっと三人とも母親に似たのだろう。三兄弟の全員に会い、それぞれの人となりを以前よりよく知るようになったいま、グレースはそう推測している。なぜなら三人にはほとんど似たところがないからだ。ジョージは温和で思いやりがあり、ダリウスは筋金入りの放蕩者。そしてフランシスは、こんなことは言いたくないけれど、完全な鼻つまみ者だ。

もっとも、そんなふうに考えるのは明らかに恩知らずだろう。ウィンター家の人々はみな、とてもあたたかくグレースを迎えいれてくれたのだから。十九歳になるまで両親とともに田舎で静かに暮らしていたグレースは、一年前に舟遊び中の事故で両親を失い、突然孤児になった。いまでは母の姉夫婦であるカーライン公爵夫妻がグレースの後見人を務め、公爵はさらに管財人として、グレースが結婚するまで、両親から相続したかなりの額の動産と不動産を管理してくれることになっている。

実のところ、今回こうして一家がロンドンに行くことになったのは、一年間の喪が明けたいま、ぜひともグレースを社交界に出すべきだという伯母の主張によるものだった。社交シーズンの開幕まではまだいくぶん間があるが、伯母は早めにロンドンに赴き、社交行事が始まる前にグレースの衣装一式を新調しようと考えている。カーライン公爵夫妻の被後見人としてロンドンの社交シーズンに参加し、社交界にお目見えする以上、いまグレースが持っているデイドレス三枚とイヴニングドレス二枚というささやかな衣装ではまったく用が足りない。伯母はそう断言したのだった。

伯母夫婦がこの一年間、孤児になった姪に愛情を注ぎ、あれこれと心を砕いてくれたことには、グレースも感謝している。これでフランシス・ウィンターー卿が婚約者気どりでふるまうのをやめてくれれば、何も言うことはないのだが。

「少年のころのルシアン卿は、それはかわいい子だったわ」マーガレット伯母がしんみりした口調でつぶやいた。「覚えていらして、あなた？　あの子は昔からサイモンと大の仲よしでしたわ。イートン校でもケンブリッジ大学でもいっしょで、将校として陸軍に入ったのも同じ日で」

公爵が手を伸ばし、慰めるように妻の手をたたいた。「しっかりおし、おまえ。変えることのできない事実は受けいれるしかないのだよ」

たったひとりの息子の死という悲劇に見舞われながら、じっとその打撃に耐えている伯母夫婦の姿を見て、グレースの胸は痛んだ。十歳も年上だったため、いとこのサイモンのことはあまりよく知らない。だがわずかばかりの記憶のなかのサイモンは、父親同様に明るく愛嬌《あいきょう》があり、気立てのいい青年だった。

そのサイモンの親友が、伯父に〝寡黙で陰のある美男子〟と評され、フランシスには〝いっぱしの放蕩者ぶりを発揮していて、おまけに――〟と酷評された人物だというのは解せない気がする。フランシスは〝おまけに〟の先をどう続けるつもりだったのかしら？　グレースはふと好奇心を抱いた。なんであれ、伯父さまはわたしのような若い娘にそんなことを聞かせるべきではないとお考えのようだけど。

それにしても、人間の心理は不思議なものだ。フランシスが悪く言っているとなると、ルシアン・セントクレア卿がいっそう魅力的に思えてくるのだから！

ウィンター一家が待っているはずの談話室の前に立ち、ルシアンはうんざりした気分で息を吸いこんだ。カーライン公爵と別れてからかれこれ三十分。気分はいっこうに晴れていない。宿屋の設備は公爵の警告どおりお粗末で、ルシアンがあてがわれた部屋のしつらえは、ごく控えめに言っても貧弱だった。ドアには鍵すらついておらず、階下で食事をしているあいだに泥棒に入られたらひとたまりもない。あるいはそれを狙って、わざと鍵をつけていないのかもしれないが……。

もっとも、ルシアンの部屋には泥棒が欲しがりそうなものは一つもない。セントクレア家の本拠地であり、ルシアンにとっても十八歳になるまでわが家だったグロスターシャーのマルベリー・ホールに向かうに当たっては、側仕《そばづか》えを一日早く出発させ、ルシアン自身は馬で身軽な旅をすることにしたため、必要最小限の手荷物しか持ってきていないのだ。すでに公爵にも説明したとおり、女性が同席する食事の場にふさわしい衣類も持ちあわせていない。

避けられないことを先延ばしにするのはよせ。ルシアンは厳しく自分を叱りつけた。どうあがいてもカーライン公爵夫妻と食事をともにしないわけにはいかないのだから、残りの家族との顔合わせもさっさとすませてしまったほうがいい。マーガレット・ウィンターは感じのいい女性だし、鼻持ちならないフランシス・ウィンターは無視してやればすむことだ。公爵夫人がロンドン滞在中の話し相手として連れてきた、どこかのおしゃべりな婆《ばあ》さんも。

　手を伸ばしてドアの取っ手をまわすと、談話室のなかからくぐもった話し声が聞こえてきた。だれか一人、ほかの者よりずっと大きな声を出している者がいて、一語一語がはっきりと聞きとれる。

「あの男の戦功について兄上が何をおっしゃろうと構いませんがね、ぼくの記憶では、少年時代のあの男は乱暴で無節操でしたよ。それに軍に何年いようと、社交界に復帰してからのセントクレアがつまらない放蕩者で、グレースのような女性と同席するにはふさわしくない人間だという事実には変わりが――」ルシアンが素知らぬ顔をして部屋に足を踏みいれると、立て板に水の勢いでまくしたてていたフランシス・ウィンターはぴたりと口をつぐんだ。

　グレースもほかのみんなとともに、さっと戸口に目をやった。音もなく押し開けられたドアから、見知らぬ紳士が軽やかな足どりで部屋に入ってくる。

　なんという紳士だろう！

　こんなに背が高く、洗練された装いをした紳士は見たことがない。すばらしく仕立てのいい上着とベスト、クリーム色の膝丈《ブリーチズ》のズボンにぴかぴかに磨かれたヘシアンブーツ。純白のシャツの袖口と襟元には、繊細なレースがあしらわれている。ルシアン・セントクレア卿ほど貴族的で陰のある美貌の持ち主を見るのは、グレースははじめてだった。

　この人がフランシスがたったいま放蕩者呼ばわりしたルシアン・セントクレア卿なの？

　視線を上げて相手の顔を正視したとたん、グレースの息は喉につかえた。輪郭のくっきりした四角い顎が、皮肉っぽい感じのする端整な唇を受けとめ、まっすぐな鼻の上では、射ぬくように鋭い瞳が漆黒の闇をたたえている。

その目がグレースの驚きに満ちた視線を冷ややかに受けとめ、次の瞬間、相手は高慢でこれ見よがしなしぐさで暗褐色の眉の片方を吊《つ》りあげた。

グレースはそのからかいを含んだ冷笑的なまなざしからすばやく視線をそらした。だがその前に、相手のいくぶん癖のある、男性としては長すぎる髪が、ついさっき嘲るような視線を向けてきたあの強烈な黒い瞳とほとんど変わらないくらい濃い色をしているのを見てとっていた。

「どうやらきみの話の腰を折ってしまったようだな、フランシス」ものうげでものやわらかな、それでいて挑発するような口調。「それで……?」

そのおだやかな口調の奥にひそむ警告の響きを聞きとって、グレースは背筋を戦慄が駆けおりるのを感じた。フランシスの頬が紅潮しているところを見ると、どうやらこちらも、自分よりやや年長の男が漂わせている危険な空気に気づいているようだ。陸軍時代のルシアン・セントクレア卿はさぞかし部下の兵士たちに恐れられていたに違いない。

フランシスはひきつった作り笑いを浮かべた。

「何、つまらない話だよ」その話はもうおしまいとばかりにきっぱりと言ってのけ、親切ぶってつけ加える。「義理の姉のカーライン公爵夫人は、いまさら紹介する必要はないだろう?」

「公爵夫人」ルシアン・セントクレアは前に進みでると、グレースの伯母の手をとって口づけた。

「そして、こちらは兄が後見しているミス・グレース・ヘザリントン」フランシスは続けて言い、これ見よがしにグレースのそばに寄りそうと、自分のものだと言わんばかりに肘の下に手を添えた。

ルシアンにお辞儀をするために立ちあがったグレースは、その露骨な見せびらかしにむっとせずにいられなかった。ひけらかされた所有権を否定するかのように、フランシスから一歩遠ざかる。

だいたい、とグレースは胸中で眉をひそめた。今夜のフランシスは身のほどを忘れてでしゃばりすぎている。家族を客人に紹介する役目は、今夜の主人役である伯父に任せておくべきなのに。

「ミス・ヘザリントン」ルシアンは会釈し、黒い目にからかうような表情を浮かべて、若々しく美しいグレース・ヘザリントンをしげしげと見つめた。

あれだけ露骨に保護者ぶった態度でグレース・ヘザリントンのそばに移動されて、フランシス・ウィンターの気持ちに気づかずにいるのは不可能というものだ。まるでこのわたしが放蕩者にふさわしく、注意深く見守っているカーライン公爵夫妻の眼前でこの娘を誘惑しようとするのではないかと疑っているかのように！

気づいたことはもう一つある。グレースが、保護者気どりのウィンターから即座に身を遠ざけたこと……。

認めたくはないが、ルシアンは少年時代の自分が〝乱暴で無節操〟だったというさっきのフランシスの言葉にかちんときていた。ルシアン自身の記憶では、公爵の弟で被後見人だったフランシスのほうこそ、学校の休暇中にルシアンがサイモンの屋敷に滞在するたびに、年長の少年二人についてあることないことを告げ口しながら、仲間はずれにされるとすねてべそをかく不愉快なちびだったのだから。

だが、この娘を利用してフランシスに意趣返しをしてやりたいという誘惑に身をゆだねるのは、愚かでしかない。グレースをひと目見て、ルシアンはそれを悟った。たしかに美しい娘ではある。漆黒の髪が魅惑的に渦巻き、繊細な顔を囲んでいる。神秘的な灰色の瞳はふさふさした黒いまつげに縁どられ、ふっくらした唇はキスをせがんでいるかのようだ。だがこの娘は十九歳の妹アラベラといくらも年が違わない。どう考えても対象外だ。

この二年間のルシアンの生活は、たしかに放蕩者呼ばわりされてもしかたないものだったかもしれない。だが、そんな生き方にもいいかげん飽きてきた。そして数カ月前からは、そろそろ身を固めようと考えはじめている。ただしルシアンが求めているのは、ハンプシャーの領地で夫の留守を守り、家系存続のために必要な跡継ぎを産んでくれる女だ。もっと年齢が上で、上流社会の流儀を心得ており、冷えきった夫婦関係に甘んじることのできる女……。

「閣下」グレースが作法どおりに挨拶を返した。その声はやわらかくかすれている。

この声は……ルシアンは驚きに打たれて眉根を寄せた。これはなんの手練手管も用いることなく、それだけで男の欲望をかきたてることのできる声だ。

なかば閉じたまぶたの下から、さっきより注意深くグレース・ヘザリントンを観察する。髪は美しく、黒くつややかな巻き毛が小悪魔めいた魅惑を感じさせる。だが灰色の目はしとやかに伏せられ、なめらかな頬に黒々と影を落とすまつげにさえぎられて、表情を読むことはできない。いくぶん上を向いた小さな鼻と、ふっくらとしたみずみずしい唇。ハート形の顔の下には長くすんなりした首があり、クリーム色の絹とレースのイヴニングドレスの襟元からは、なめらかで意外なほど豊かなふくらみがのぞいている。ほっそりした肢体のそれ以外の部分がどうなっているのかは、うかがい知ることができない。

ルシアンはなおも眉をひそめたまま、娘の繊細で美しい顔に視線を戻した。男の劣情を刺激するかすれ声と、あくまでも初々しく清楚《せいそ》な見目かたちのあいだの落差がとまどいを誘う。この娘は、自分の声が男にどんな影響を及ぼすかに気づいているのだろうか？　おとなしやかに伏せられたまつげは否と言っているように見えるが、しかし……。

いいかげんにしろ。グレース・ヘザリントンは妹と同年代の娘だぞ。ルシアンは自己嫌悪とともに、強く自分を戒めた。そして、そうである以上、わたしのような経験の持ち主にとっては、決して触れてはならない存在だ。何があろうと絶対に！

「わたしのせいでこれ以上お食事が遅れては申しわけない」けだるい口調で言い、カーライン公爵夫人に腕をさしだす。「では、まいりましょうか」

ルシアン・セントクレア卿の黒く読みとりがたい瞳に射すくめられていたグレースは、相手が視線をはずして伯母に向き直るまで、自分が息を止めていたことに気づいてさえいなかった。しかも、あの射るような強い視線がもたらした影響は、それだけではないらしい。頬は燃えるようにほてり、手はふるえ、脚もなんだかふらついている。

まだ知りあったばかりだけれど、ルシアン・セントクレア卿は、かつて母から、もしも将来、社交界に身を置くことになったら気をつけるようにと警告されたタイプの男性そのものだ。間違いない。

恋の相手としてはとてつもなく危険で、女に胸の張り裂けるような思いをさせる種類の男性。

もっとも、グレースにはルシアンと恋をするつもりはみじんもない。フランシス・ウィンターのような退屈な男を生涯の伴侶にするのは願い下げだけれど、ルシアン・セントクレア卿のような高慢な美男子が自分のような娘に恋をし、妻に望む可能性があると考えるほど世間知らずではない。そしてグレースはすでに、両親や伯母夫婦と同じように、結婚するなら絶対に恋愛結婚で、と心に決めている。

「グレース……？」フランシスがじれたように促した。グレースを食卓までエスコートしようと、さっきからそばに立って待っていたらしい。

　伏せたまつげの下からフランシスを見あげたグレースは、不機嫌な表情を浮かべている金髪青年の端整な容貌を、またしてもルシアン・セントクレアの陰のある美貌と比較せずにはいられなかった。昼と夜。善と悪。退屈と危険……。

　だがルシアンが伯母をエスコートして隣接する食事室に消えようとしているいま、さっきまでの呪縛は解け、グレースはフランシスの婚約者ぶったふるまいに腹を立てる余裕をとりもどしていた。きらりとなじるような視線を投げつけ、ぷいと背を向けて、伯父の腕に片手をすべりこませる。

「行きましょうか、ジョージ伯父さま？」グレースは伯父を見あげ、愛情をこめて笑いかけた。そうしながらも、グレースはすぐあとからついてくるフランシス・ウィンターの恨みがましい不服そうな視線が、ずっと背中に向けられているのを感じていた。

2

　予想していたとおり、ルシアンはカーライン公爵夫人とグレース・ヘザリントンのあいだに席を与えられた。グレースの反対隣には公爵がすわり、見るからにふてくされた様子のフランシス・ウィンターは、兄と義姉にはさまれてすわっている。ルシアンが登場するまで、この男は自分が美しいグレースの隣にすわり、相手の関心を独り占めできると踏んでいたに違いない。

　どうせならもっと気をもませてやろう。ルシアンはそんな人の悪い衝動に駆られ、フランシス・ウィンターの意中の相手とおぼしき令嬢に話しかけることにした。「ミス・ヘザリントンは社交シーズンを過ごすためにロンドンに向かう途中とうかがいましたが」娘のほうを向き、慇懃《いんぎん》に水を向ける。

グレースはスープを口に運ぼうとしていた手を止めた。「そのとおりですわ、閣下」

「今回がはじめてのシーズンですか？」

「はい、閣下」

「ロンドンには前にもいらしたことがおありですか、ミス・ヘザリントン？」

黒く長いまつげがふたたび伏せられ、けぶるような灰色の瞳を隠した。「いいえ、閣下」

それにしても、ここまで官能を刺激する声は聞いたことがない。ルシアンはそう思い、自分がそのかすれた声を聞きたいがために質問を続けていることに気づいた。この声は、むきだしの肌に与えられる愛撫《あいぶ》に劣らず男をぞくぞくさせる。

「すると、胸を躍らせてはじめてのシーズンを心待ちにしておられるわけですか？　たとえば物語に出てくるような理想の王子が現れて、たちまちあなたの心を奪ってしまうかもしれない、などと」

グレースはそのもったいぶった口調の奥に軽い嘲りを聞きとり、むっとしてルシアン・セントクレアを見あげた。青年貴族の唇は皮肉っぽくゆがみ、その顔に浮かんだ表情は、社交シーズンのばからしさと、娘のためにしかるべき結婚相手を見つけようと躍起になっている母親たちの狂騒ぶりに対する高慢な軽蔑を物語っている。

その軽蔑が、これから社交界に出ようとしているグレースにも向けられていることは間違いない。実際には、グレースはロンドンで社交シーズンを過ごすことに決して乗り気ではなかった。ロンドンで姪《めい》のお披露目をするとなれば、一人息子を失っていまなお沈みがちな伯母も気がまぎれるはずだ。伯父にそう言われて、ようやく首を縦にふったのだ。

「理想の王子などというものが存在するとは信じて

おりませんので」グレースは静かに答えた。

嘲るような目の上で、暗褐色の眉が吊《つ》りあがった。

「信じておられない？」

「ええ、これっぽっちも」グレースはさらりと言ってのけた。「王子から称号をとり去ってしまえば、あとには何が残るでしょう？」

ルシアン・セントクレアの目は、明らかに面白がっていた。「さて、なんでしょう。答えを教えていただけませんか、ミス・ヘザリントン？」

グレースはそっけなく肩をすくめた。「王子もしょせんは一人の男性――ほかの男性たちとどこも違わないという事実ですわ」

端整な唇が楽しげな笑みを形作る。「何やら男というものを……軽蔑しておられるように聞こえますが」

「おかしいでしょうか？　間違っているかもしれませんけれど、わたしの見たところ、上流階級の裕福な称号を持つ殿方が未来の妻に求めるのは、美しさと跡継ぎの母となるのにふさわしい血筋だけのようですもの」

「およしなさい、グレース！」伯母がすかさずさえぎった。「ルシアン卿《きょう》にご迷惑ですよ、そんな……あからさまな話をしては――」ルシアンがなだめるように片手を上げると、伯母は口をつぐんだ。

「とんでもない、公爵夫人。ミス・ヘザリントンのお話にはたいへん興味があります」ルシアンはきっぱりと言い、またしてもグレース・ヘザリントンに驚かされたことに気づいた。何しろこの娘がたったいま例に挙げたのは、ルシアンが自分に最も好都合だと見なしている種類の結婚なのだ。

それに、若い娘が人前でここまで率直に自分の意見を述べるのは珍しい。妹のアラベラはもちろん例外だが、あの娘は三人の兄に囲まれて育ったせいか、普通の娘とはちょっと違ったところがある。

ルシアンはなかば閉じたまぶたの下から、値踏みするようにグレースを見つめた。「するとミス・ヘザリントンは、称号を持つ紳士には妻を持つ義務があるという意見には賛成されないわけですか？」

「愛情はおろか、場合によっては好意さえ抱いていない妻を？」灰色の瞳が、腹立たしげな表情を浮かべてルシアンの視線を受けとめた。「ええ、閣下、そんな意見には賛成できません」

「いいかげんになさいな、グレース。食事の席にふさわしい話ではありませんよ」カーライン公爵夫人がふたたびやんわりと姪をたしなめた。「姪を許してやってくださいな、ルシアン卿。両親と……わたくしのいまは亡き妹夫婦と、ずっと田舎で暮らしていたものですから、まだ社交界でのふるまい方を心得ておりませんの」

「とんでもない。ミス・ヘザリントンのお話は実に……新鮮です」そう答えるあいだも、ルシアンの視線はグレース・ヘザリントンのかすかに紅潮した顔にぴたりと向けられていた。「ではミス・ヘザリントン、上流階級に属してはいても、経済的にはさほど恵まれていない紳士の場合はいかがです？」

ルシアンにからかわれていることを、グレースは十分に承知していた。この人はわざとわたしを挑発し、社交界に対して好意的でない意見を言わせようとしている。自分にとって生活の場であると同時に、遊びの場でもある社交界について。そしてこの人は、ほかになんの気晴らしもなければ、言葉さえも遊びの道具にしてしまう人間だ。まだ知りあったばかりとはいえ、それくらいはわかる。

だが言葉を駆使する能力にかけては、進歩的な両親の薫陶を受けたグレースも捨てたものではない。

「その種の殿方は、当然ながら結婚相手の容貌や血筋にはそれほどこだわりません。自分の生得の権利だと思っている水準の生活を可能にできる財産を持っている女であれば、それでいいのです」

ルシアン・セントクレアは食べるふりをするのを完全にやめ、スープの器を押しやってグレースに向き直った。「では、わたしはその二つの分類のどちらに属していると思いますか、ミス・ヘザリントン?」その声は静かだった——危険なほどに。

グレースは考えるふりをした。

あくまでもふりをしただけだ。さっきのフランシスの話から、ルシアン・セントクレアがどのような種類の男かはすでにはっきりしているのだから。

グレースも自分のスープの器を押しやり、相手に向き直ると、嘲りに満ちた黒い瞳を受けとめた。

「わたしが思うに、上流階級にはその二種類のほかに、第三の分類に属する男性がいます」

「具体的には?」面白がるような表情は影をひそめ、ルシアン・セントクレアの黒い瞳は、いまや冷たい光を放っている。

グレースは無造作に肩をすくめてみせた。「財産も称号も持っていながら、どんな種類の妻も欲していない殿方ですわ。その種の殿方にとっては、女は既婚未婚を問わず、遊び道具でしかありません」

「そして、あなたはわたしがその一人だと考えておられる?」いまやルシアン・セントクレアの声には明らかに刺《とげ》があり、端整な唇は、高慢そうにもたげた角張った顎の上で一文字に引き結ばれている。

「それはわたしの口からは申しあげられませんわ、閣下」グレースは静かに答えた。ちらりと見やると、身を乗りだすようにして二人の問答に耳を傾けているフランシス・ウィンターの顔には、意地の悪い喜びの表情が浮かんでいた。伯母はと見れば、感心しないと言いたげに眉をひそめている。グレースはこれ以上この話を続けるべきではないこと、すでにこの話題に深入りしすぎてしまったことに気づいた。

明らかにルシアン・セントクレアに挑発された結

果とはいえ、いささか軽率な発言をしてしまったことは認めないわけにいかない。

グレースはしおらしげに視線を伏せ、目に浮かんでいるはずの怒りを隠した。「伯母が申しましたとおり、わたしはまだ社交界の流儀に慣れておりません。無作法な発言があったとしたらお詫《わ》びいたします。少し……あけすけすぎたかもしれません」伏せていた視線を上げたとき、怒りはすでにねじ伏せられ、グレースの目はおだやかに凪《な》いでいた。「おまけに、すっかり閣下を独り占めしてしまって。伯父はさっきから、最近手に入れた名馬の話をお聞かせしたくてうずうずしているはずですのに」グレースは伯父に愛情のこもった笑みを向けた。

自分でも意外なことに、ルシアンはグレースとの会話が唐突に打ち切られたことに落胆をおぼえていた。女性と率直なやりとりをしていると感じたのは、これがはじめてだった。もっとも、その点についても妹のアラベラは例外だが。妹はさっきのグレースに輪をかけて、遠慮会釈なく自分の意見を口にする。来るべき社交シーズンのあいだに二人の娘がロンドンで顔を合わせ、友情を結ぶようなことがあれば、社交界の男たちはたまったものではないだろう。

だがグレースが公爵の持ち馬の話を持ちだしたのをきっかけに、男性三人は馬談義を始め、公爵夫人はその隙をとらえて、再度やんわりと姪の無思慮な発言をたしなめた。そしてルシアンにとっては残念なことに、グレースはその後はずっと口をつぐんだまま、食事が終わるまでひとことも話さなかった。料理のほうは驚くほど美味で、さっきの公爵の言葉ではないが、これだけ上等な食事を出すなら、たしかにこの宿屋のほかの欠点には目をつぶってもいいかもしれない。

何はともあれ、上等な料理とワインがぎこちない雰囲気をやわらげたことは間違いなく、ご婦人方が食後の紅茶を飲みおえ、公爵夫人が腰を上げたころには、ルシアンの気分もいくらか軽くなっていた。これで女性二人は自室に引きあげ、あとは男性陣だけが残ってブランデーと葉巻を楽しむことになる。

「わしも今夜はもう休むことにするよ、おまえ」二人の青年よりものろのろと立ちあがった公爵が言った。「すまんな、セントクレア。少しばかりくたびれたようだ。いくら料理や酒がうまくても、腹八分目を忘れてはいかんな」苦笑しながら詫びるようにつけ加える。「人間、年をとるとろくなことがない！」

ルシアンは探るように公爵を見やった。額にうっすらと汗がにじみ、じっとりと濡《ぬ》れた顔はいくぶん青ざめ、苦痛が青い目をどんよりと曇らせている。食事を終えて、公爵がなんらかの体調不良に苦しんでいるのは一目瞭然だが、五十八歳という年齢では、それを老化のせいにするのには無理がある。

「また心臓ですか、兄上？」フランシス・ウィンターが眉をひそめて兄を見あげた。

公爵の顔がかっと赤くなった。「ばかなことを言うな。わしの心臓はなんともないぞ――」

「静かになさって、あなた」公爵夫人がなだめるように言った。「フランシスはあなたの体を心配してくれただけですわ」

「いらぬ心配、大きなお世話だ」公爵が不機嫌そうに顔をしかめる。

「心臓のことは、ウースターで診ていただいたお医者さまもおっしゃっていたじゃありませんの。あまり興奮なさると――」

「医者の戯言《たわごと》だ」公爵はうんざりした口調で切り捨てた。「つまらん内輪話を聞かせてすまんな、セントクレア」ルシアンに苦笑を向ける。「ちょっとばかり消化不良を起こしただけで、だれもが瀕死《ひんし》の病人扱いしよる」

「まあ、そうおっしゃらず。どなたにしても、よかれと思ってのことでしょうから」ルシアンはとりなすように言った。「二階までお供しましょうか?」

つけ加え、眉をひそめる。向きを変えて戸口に向かおうとした公爵がかすかにふらついたのだ。

「いや、結構。マーガレットとグレースがおるからな」ジョージ・ウィンターは言い、気遣わしげに夫の腕をとった妻に、安心させるように笑いかけた。グレースが反対側に寄りそう。「きみたち二人はここに残って、ブランデーと会話を楽しむといい」

フランシス・ウィンターのような退屈な気どり屋と二人きりで過ごすくらいなら、ふたたび軍に戻り、寒さのなか、何カ月も馬で行軍したほうがましだ! だがカーライン公爵夫妻が心配顔の姪につきそわれて立ち去ると、ルシアンは腹をくくった。しかたない。とりあえず若い給仕女が下がる前に注《つ》いでいったブランデー一杯だけは、つきあうとしよう。そのあとは早々にデカンタを持って自室に上がり、酒の力を借りて忘却の淵《ふち》に沈んでしまえばいい。

三人が出ていくと、フランシス・ウィンターはさっきまでグレースがすわっていた席に移ってきて、打ち明け話でもするように隣のルシアンのほうに上体を傾けた。「さっきのミス・ヘザリントンの思慮に欠ける発言だが、あまり悪く思わないでやってくれるようにお願いしたいな」

ルシアンは冷ややかに相手を見やった。実の兄が見るからに具合の悪そうな様子で出ていったばかりだというのに、いきなりそんな話を始めるとは、どういう神経をしているのか。「わたしは別にミス・ヘザリントンを悪く思ってなどいないがね」

フランシス・ウィンターの目がすっと細くなった。「しかし、社交界入りするにはまだ少しばかり洗練さを欠いていることは認めるだろう?」

この先の話の展開はさっぱり読めないが、グレースにとってはしょせん赤の他人でしかない自分を相手に、当の令嬢をこうも気安く話題にするのは、どう考えても褒められたことではない。「とんでもない」ルシアンはことさらに間延びした口調で言った。「ミス・ヘザリントンのような令嬢なら、あと二、三カ月もすれば、型破りな個性派として社交界でも一目置かれる存在になっていると思うね」

「そこなんだがね、セントクレア……」年少の男が見くだすような笑みを浮かべた。「きみも気づいたと思うが、ミス・ヘザリントンとぼくは……」思わせぶりに語尾をにごす。「なんというか、二人のあいだではもう約束ができているんだ。もちろん、正式にはまだ何も発表されていないがね」そう言って渋い顔をする。「しかし、近いうちに婚約が発表されると言ってさしつかえないと思う」

その独りよがりな発言を聞いても、ルシアンはまつげ一本動かさなかった。だが腹のなかは……。腹のなかは煮えくりかえっていた！　もしやこの若造は、わたしがグレース・ヘザリントンに近づくのを警戒し、牽制《けんせい》しようとしているのか？　あろうことか、このわたしがあの娘を狙っていると……。

「もちろん、グレースにはいちおう社交シーズンを経験させてやらないとね」フランシス・ウィンターはもったいぶった口調で続けた。「ただし、それはあくまでも社交界へのお披露目のためでしかない。ぼく以外の男から申しこみがあっても、兄のジョージが相手にするはずがないからね」

いまいましい、思ったとおりだ！

これほどの怒りを感じたのは久しぶりだ。そして女の問題でこうも感情が沸騰したのは、間違いなくはじめてだ。「きみの求婚を受けいれるかどうかは、ミス・ヘザリントンが決めるべきことだと思うが」そして今夜のフランシス・ウィンターに対する態度を見るかぎり、グレース・ヘザリントンがそんな求婚を受けいれるとは間違っても思えない。

たしかに社会通念上は、グレースのような田舎娘にとって、これは願ってもない良縁と見なされるだろう。姉夫婦についての公爵夫人の発言から察するに、グレースの両親は田舎の素朴な紳士階級だったらしいからだ。しかし、今夜あの灰色の瞳に一度ならずひらめいた反抗的な光と、さっきの結婚に関する発言を思いだすと、グレースを説得するのは、フランシス・ウィンターにとってそれほど簡単なこととは思えない。

まあ、グレースがだれと結婚しようと知ったことではないのだが。とはいえ、あれほどの個性を持った娘が、フランシス・ウィンターのようなもったいぶった男にかしずくのはもったいない気がする。それに、あれほどの美女がフランシスのような男のものになってしまうのも。さっき見たグレースの姿を思い浮かべ、ルシアンは不承不承に認めた。けぶった灰色の瞳とふっくらした唇、なめらかでやわらかそうな肌。艶のある漆黒の髪は、ほどけば奔放に渦巻きながら、ほっそりした腰のくびれまで流れ落ちるだろう。

フランシスが眉を吊りあげた。「グレースが求婚を受けいれるかどうかを決める際には、当然ながらぼくの兄夫婦の助言に従うことになる。そして、このぼくとの縁組は、当事者双方にとって申し分ないものだからね」自信たっぷりに言いはなつ。

フランシス・ウィンターにとっては申し分ないものかもしれないが、とルシアンは思い、笑みを噛《か》みころした。グレースにはまた別の言い分があるはずだ。「そういうことなら幸運を祈るよ、ウィンター」無関心な口調で言い、ぶっきらぼうにつけ加える。「ブランデーをまわしてくれないか？」この男と顔をつきあわせていなくてはならないのなら、寝酒にするつもりだったブランデーもいまここで飲んでしまうとしよう。酔ってしまえば、何を言われても腹が立たないだろうから!

「お医者さまを呼ばなくて大丈夫かしら?」

グレースは気遣わしげに眉をひそめ、ベッドに力なく横たわっている伯父を見やった。目は閉ざされ、階下にいたときよりさらに顔色が悪くなっている。

「本人が承知しませんよ。軽い胸焼けだと言い張っているんですもの」ちらりと夫を見やった伯母の顔には、グレースに劣らず心配そうな表情が浮かんでいた。ここ数カ月間に、今回のような胸焼けの発作が何度も起きていることを思えば無理もない。

「別のお医者さまの意見も聞いてみたほうがいいとお思いにならない?」グレースは言ってみた。前回の発作のあとでウィントン・ホールに呼ばれた地元の医者がくだした診断に、伯父がまったく耳を貸そうとしなかったことを知っているからだ。

後見人になった伯母夫婦と一年間いっしょに暮らしてきて、グレースは二人が大好きになっていた。こうして伯父が苦しみ、伯母が気をもんでいるのを見るのはつらくてたまらない。

「主人がいやがることはしたくないわ」伯母はこわばった笑みを浮かべた。「このまま落ち着くかどうか、しばらく様子を見てみましょう。いままではいつもそうだったんだし。あなたの部屋はすぐ隣だし、何かあったら呼びに行きますよ」グレースがなおもためらっているのを見て、そうつけ加える。

グレースはそれ以上食いさがろうとはしなかった。「少しでも気になることがあったら、すぐに声をかけてね。必要ならフランシス卿や、それに……それにルシアン卿に来ていただくこともできるんだし」

食事の席でのルシアン・セントクレアとの会話を思いだすと、それだけで頬がじわりと熱くなる。ルシアンの実像は、放蕩《ほうとう》者というフランシスの言葉から想像していた人物像とはまったく違っていた。たしかにすばらしい美男子だし、高慢で人をばかにした物言いをするけれど、予想に反して、度を越してなれなれしい態度をとることはなく、グレースの気を引こうともしなかった。しかも高慢な感じのする美貌にも、しなやかに引きしまった筋肉質の体にも、女たらしを思わせるところはみじんもない。あえて言えば、ルシアンはむしろ冷淡で感情に動かされない人物ではないかという気がする。

食事のあいだに、伏せたまつげの下からこっそり観察する機会が何度もあったので気づいたのだが、ルシアンはフランシスの言うただの放蕩者などではなく、もっと奥の深い人物らしい。ルシアンが伯父さまと伯母さまに抱いている親愛の情は、明らかに本物のようだ。そしてフランシスに対する侮蔑の念も、同じく本心からのものらしい。もっとも、フランシスに対する評価にはわたしも全面的に賛成だから、それをルシアンの欠点と見なすつもりはまったくないけれど！

ベッドに入る支度を手伝った小間使いのメアリーが、公爵夫人づきの小間使いと共用することになっている部屋に引きあげたあとも、グレースはぼんやりとルシアンのことを考えていた。

少し高慢すぎる点を別にすれば、あの人には欠点が一つも見当たらない。それに、恥知らずなようだけど、あの舌戦も楽しかった。

もしかして、ほんの少しだけあの人にのぼせているのかしら？　寝間着姿で窓辺に腰をおろしながら、グレースは眉をひそめて自問した。掛け金をはずし、蒸し暑い小さな寝室にさわやかな春の夜気を迎えいれる。そうかもしれないわ。グレースは自嘲をこめて認めた。

あの無頓着な洗練と高慢な美貌と比べたら、社交シーズン中に出会うはずの紳士たちは、どうしても印象の薄い、精彩を欠いた人間に見えてしまうだろう。もっとも、比較対象となるべき紳士たちがわたしに近づくことを、フランシス・ウィンターが許せばの話だけれど。グレースはきつく唇を結ぶと、窓辺を離れてベッドにもぐりこんだ。蝋燭《ろうそく》を吹き消し、眠たい目をして枕に頭を預ける。

もうすっかり婚約者気どりのフランシスの態度が、今夜はいつも以上に気に障った。グレースと結婚できるものと決めてかかっているのが見え見えだ。

いくらなんでも伯父さまや伯母さまが、本気でフランシスとの縁組など考えるはずはないわよね？　万一そんなことになったら、二人との関係にはじめて不協和音が生じることになる。いまもこの先も、フランシス・ウィンターとの結婚を承知する気などまったくないのだから。考慮の余地すらない。

どうせなら魅力的なルシアンのことを考えたほうがいいわ。グレースは枕を抱きしめ、空想に身をゆだねた。よこしまな恋心を抱く男にさらわれ、囚《とら》われの身になっているグレース。そこにルシアン・セントクレアが馬を駆って登場し、グレースを救出して、無人になっている自分の城に運び去る。そのあとどうなってほしいのかは自分でもよくわからないけれど、あの形のいい唇でこの唇をふさがれ、指の長い優美な手でこの体に触れられるのは間違いないだろう。

想像するだけで体がほてってくる。不思議な胸の張りと、腿のあいだのなじみのないうずきを感じながら、グレースはふと思った。あの完璧に仕立てられた服に身を包んでいないとき、ルシアン・セントクレアはどんなふうに見えるのかしら？　肩は広くてしっかりと筋肉がつき、触れるとなめらかでがっしりしている。胸も同じく。腹部は平らで、太腿は……。

グレースの思考はそこで急停止した。服を着ていないない男性の腰から下の部分は見たことがないため、想像力を働かせられるのはそこまでだ。

だが、こうしてほんの少し想像してみただけで、グレース自身の体のほてりはいっそう強まっている。胸の先端がうずき、腿のあいだが脈打ち、左右の脚をぴたりと合わせると、かつて感じたことのない心地よいふるえが身内を駆けぬけた。

不思議な思いにとらわれて脚のあいだに手をやると、そこはしっとりと濡れ、ひどく敏感になっていた。腫れぼったくなった部分にごく軽く指が触れただけで、全身にあやしいふるえが送りこまれる。

この手がルシアン・セントクレアのものだったら、どんな感じがするだろう。こうしてあおむけに横たわり、恥ずかしげもなく足を開いて……。

グレースは苦しげなうめきをもらし、ごろりと横向きになって、ベッドのなかでボールのように体をまるめた。あられもない想像が顔をほてらせる。それ以上あらぬ空想が浮かんでこないよう、きつく目を閉じると、グレースは眠りに落ちるよう念じた。

フランシス・ウィンターと心ならずも過ごした一時間のあいだに、いつもより大量にブランデーを飲んでしまったようだ。手にした蝋燭の光を頼りに、いくぶんよろめく足でのろのろと宿屋の狭い階段を上がりながら、ルシアンはげっそりした気分で認めた。

あれほど退屈な男には、いまだかつてお目にかかったことがない。まさかあそこまでとは思わなかった。夕食の席で受けた印象が間違っていて、グレースにあの男の求婚を受けいれる気があるとしたら、お気の毒だとしか言いようがない。どこもかしこも退屈きわまりないフランシスは、おそらく寝室でも退屈そのものだろうから！

まあ、わたしには関係のないことだが。ルシアンは自嘲ぎみに自分に言い聞かせ、階段を踏みはずさないようにするのに神経を集中した。フランシスの寝室でのふるまいがどれほど退屈なものだろうと、グレースがあのほっそりした美しさをどぶに投げ捨てる道を選ぼうと、知ったことではない。結婚したらしたで、あの二人は申し分なくうまくやるだろう。フランシスを夫に持つことになろうとなるまいと、あの若く可憐《かれん》な令嬢とその将来について、これ以上考えるつもりはない。いまのわたしに必要なのは、自分の寝床と八時間かそこらの完全な無意識状態だ。ワーテルローでのあの凄惨な最終決戦以来、いやというほど悩まされてきた悪夢の数々に、眠りを妨げられずにすむといいのだが。

グレースはびくりとして目覚めた。なぜ目が覚めたのかわからない。しばらくは自分がどこにいるのかもわからなかった。ややあって、記憶がよみがえってきた。ダリウス・ウィンターの住居であるモルヴァン・ホールから、伯母夫婦とともに馬車で旅をしてきたこと。黒い狩猟馬で同行していたフランシスは馬車の前を進んでいたため、車輪がぐらついているのに気づかなかったこと。車輪の修理のために思わぬ足止めを食らい、この居心地がいいとはいえない宿屋に泊まるはめになったこと。

そしてその結果、ルシアンに出会ったこと。

眠りに落ちる直前にあんなどぎまぎするようなことを考えていただけに、ここでまたルシアンについて考えるのはためらわれる。そこでグレースは、なぜ急に目が覚めたのかを突きとめようとした。

部屋のなかにだれかいる！

この部屋のなかにいるのは自分だけではない。何者かがひそやかに室内を動きまわり、闇のなかで見えない障害物にぶつかっては、押しころした声で何かつぶやいている。それに気づいたグレースは、寝床のなかで凍りついたように動けなくなった。

だれだろう？

もしかして伯母さま？　ジョージ伯父さまの容体が悪化したので、やっぱり医者を呼んだほうがよさそうだと言いに来たのかしら？　違う。伯母さまならノックもせずに入ってくるはずはないし、暗いなかでつまずかないよう蝋燭を持ってくるはずだ。

となると、侵入者はおそらく未知の人間だ。

泥棒かしら？

でも、この宿屋には少なくとも公爵と公爵夫人が一人ずつと、称号を持つ男性が二人泊まっている。名もないグレースの部屋は、めぼしい獲物と最も縁がなさそうな場所なのでは？

もちろん、わたし自身が目当てなら、そのかぎりではないけれど……。

グレースはぎょっとして目を見開いた。賊が奪おうとしているのは、わたしの貞操かもしれない。

おとなしくされるままになる気はないわよ。グレースはきっぱりと心を決めた。忙しく頭を回転させ、この状況にどう対処すべきかを考える。ただ悲鳴をあげるだけという手もある。そうすれば少なくとも四人の人間が駆けつけてくるだろう。伯父と伯母、フランシス・ウィンター、そしてルシアン・セントクレア。だがその場合、侵入者も悲鳴を聞いてグレースが目を覚ましていることに気づき、まんまと逃げおおせて、いつの日にか別の女性を毒牙にかけるかもしれない。そうね、悲鳴をあげるのはやめておこう。それよりも自力で賊をやっつけ、それから伯母夫婦に知らせたほうがいい。

グレースはそろそろと上掛けの下から抜けだし、ベッドの脇にうずくまった。テーブルの上から水の入っていない水差しをとりあげ、ベッドの反対側にまわりこんで、頭を殴りつけてやるのだ。

一連の動作を、グレースは自分でもびっくりするほどうまくやってのけた。完全に侵入者のふいをつき、水差しを脳天にたたきつけると、相手はばったり床に倒れ、ぴくりとも動かなくなった。

グレースは蝋燭を灯《とも》そうとした。火打ち石を持つ手が激しくふるえて、なかなか火花が出ない。それでも何度目かの試みでようやく蝋燭の芯に火がつき、グレースは蝋燭をとりあげて、自分を襲おうとした人物に向き直った。

信じがたい光景を目の当たりにして、グレースはあえいだ。意識を失って床に倒れているのは、なんと一糸まとわぬ姿のルシアン・セントクレア卿だったのだ！

3

どうやら人生最悪の二日酔いに見舞われたらしい。目を覚ますなり、ルシアンはそう思った。不思議なこともあるものだ。毎晩ブランデーを飲んでいるとはいえ、その影響が翌朝まで残ることは、これまではまったくと言っていいほどなかったのだから。

だが頭のなかで十数人かそれ以上の小人が金槌《かなづち》をふるっているかのような激痛は、明らかに過去に経験したどんな頭痛よりもすさまじい。こんな思いをするのはもう二度とごめんだ。そう思いながら枕から頭を持ちあげようとしたルシアンの口から、苦痛のうめきがもれた。頭のなかでふるわれている金槌の動きが、いっそう激しさを増したのだ。

「目が覚めたのね！」

ルシアンは身をこわばらせ、枕に頭を落とした。この官能的なかすれ声には、間違いなく聞き覚えがある。しかし、これまた間違いなく、この寝室にグレース・ヘザリントンがいるというのは、万が一にもあってはならない事態だ。

ルシアンはきつく目を閉じたまま口を開いた。

「頼むから、これはわたしの空想の産物だと言ってくれ！」

「いいえ。残念ながら正真正銘の現実です」グレースのものとしか思えない声が、皮肉っぽい口調で疑惑を肯定した。

ルシアンはぱっと目を開けると、猛烈な頭痛をかたくなに黙殺し、鋭く首をまわして声のしたほうを見やった。とたんにグレースの姿が視界に飛びこんできて、ルシアンはなじるように目を見開いた。令嬢はベッド脇の椅子にすわっていた。寝間着の上に絹の部屋着をはおっているだけらしく、ほどいた黒髪はルシアンの想像そのままに、魅惑的に渦巻いて腰のくびれまで流れ落ちている。

「なぜきみがわたしの部屋にいるんだ？」ルシアンは憤然と詰問した。

本当に知りたいのは、この娘の前であの暗く執拗《しつよう》な悪夢にうなされたのかどうかだ。われながら慄然とするような残虐さで殺戮《さつりく》の欲望に身をゆだね、一種の麻痺《まひ》状態のなか、サイモン・ウィンターを刃《やいば》にかけたフランス軍兵士の体に呪いの言葉とともに何度も何度も剣を突き刺す、あの悪夢に……。

グレースが悲鳴をあげて逃げだしもせず、恐怖に満ちたまなざしを向けてくる様子もないところを見ると、どうやらそういうことはなかったらしい。

澄んだ灰色の瞳の上で、黒い眉がそびやかされた。

「お言葉ですけど、それはこちらがうかがいたいわ。わたしの部屋になんのご用ですの？」

ルシアンは険しく顔をしかめ、室内を見まわした。目に映ったのは、ルシアン自身の部屋にとてもよく似た客室だった。それでいて、不思議なことに自分の部屋ではない……。

昨夜、椅子にかけておいた旅行服は見当たらず、化粧台の上にあるはずの髭剃《ひげそ》り道具もない。あるのは昨夜グレースが着ていたクリーム色の繻子《しゅす》にレースをあしらったドレスと、明らかに女物の銀のブラシのセット、そして、これまたこの令嬢が昨夜つけていた真珠の耳飾りだった。

ルシアンはグレースの顔に鋭く視線を戻した。

「なぜわたしがきみの部屋にいるんだ?」

ふっくらとしたそそるような唇が、苦笑するようにゆがんだ。「その答えは、閣下に教えていただけるのではないかと思っていたんですけど」

ルシアンはいっそう顔をしかめた。よろめく足で階段を上がったこと、フランシス・ウィンターとの憂鬱なひとときからようやく解放されて、心底ほっとしていたことは覚えている。それから安らかに眠れるように願い、自室のドアを開けて……。

部屋に入ると同時に、風で蝋燭《ろうそく》が消えたのだ――そこがグレースの部屋だと気づかないうちに。記憶がよみがえってきた。ルシアンはいきなり真っ暗闇のなかに放りこまれたが、フランシス・ウィンターのせいでまだむしゃくしゃしていたため、手探りで火打ち石を探して消えた蝋燭に火をつけようとはせず、暗いなかで服を脱いで……。

暗いなかで服を脱いだ!

ルシアン・セントクレアがさっと上掛けを持ちあげ、何も身につけていない自分の体を見おろすのを、グレースは静かに見守っていた。蝋燭を灯《とも》し、意識を失ったルシアンが生まれたままの姿で足元に倒れているのを見たときは、本当に驚いた。ショックのあまりすぐには何もできず、ぼんやりと突っ立って、一糸まとわぬ男性の体を見おろしていた。

グレースの想像どおり、ルシアンの肩は広く筋肉質で、腹部も固く引きしまっていた。そしていまのグレースは、クリーム色のズボンが隠していたこの人の下半身がどんなかを正確に知っている……。

それは美しい、グレースの想像力では決して描きだせなかっただろうほどの、たくましい男性美に満ちた体だった。脚は長く、軍隊時代に長時間を馬上で過ごしたためか、筋肉が発達している。そして、なめらかな暗褐色の茂みに囲まれた男性の象徴。

究極の男性美――ルシアン・セントクレアの固く引きしまった裸身を言葉で言い表そうとすると、それ以外の表現は思い浮かびそうにない。

ルシアンは上掛けを持ちあげていた手を放すと、唇を一文字に結び、顎をぴくぴくとふるわせながら、目をぎらつかせてグレースを見あげた。「わたしはきみに触れたのか？」


「わたしに触れた……？」相手は静かに問いかえした。

ルシアンは一瞬目を閉じ、すぐに歯ぎしりまじりに言った。「そうだ……きみに触れたのかどうかだ！　ブランデーの酔いがまわって眠りこむ前に、わたしはきみの純潔を奪ったのか？」

相手は大きく目を見開いた。「この部屋に入ってから何があったのか、覚えていないんですか？」

「そうだ、わたしは……」ルシアンはいらだちがつのるのを感じて口をつぐみ、眉根を寄せて相手を見やった。「覚えているのは、部屋に入ったとたんに蝋燭が消えたことと――」

娘はうなずいた。「風を入れるために窓を開けておいたんです」

ルシアンは腹立たしげに相手をにらみつけた。まるでこの娘には、開けたいときに自室の窓を開ける権利がないかのように。「ミス・ヘザリントン、わたしは昨夜《ゆうべ》きみを抱いたのか、抱かなかったのか?」

グレースはつと立ちあがり、少しだけベッドから遠ざかった。自分が裸だと気づいた以上、ルシアンが追いかけてくる心配はないはずだ。

彼はこの部屋に来たことも、服を脱いだことも、覚えていない。グレースの手を借りてベッドに入ってから、ひどくうなされていたことも覚えてはいないようだ。悪夢のなかで、何かに憑《つ》かれたようにののしり、毒づきながら〝フランス野郎〟と戦っていたことも……。

そして、その前に水差しで頭を殴られたことも、どうやら覚えてはいないらしい。

次にとるべき言動を決めかねて、グレースは下唇を噛《か》んだ。

目覚めた直後の第一声は、ひそやかに室内を動きまわり、次々に服を脱ぎ捨てて無造作に床に落としていたとき、ルシアン・セントクレアがここを自分の部屋だと思っていたことを物語っている。

ベッド脇の椅子にすわって、悪夢にうなされるルシアンをなすすべもなく見守りながら、グレースは暇に任せて推理をめぐらせていた。ルシアン・セントクレアがこの部屋に来たのは、はたして意図してのことだったのか。もしもそうだとすると、その目的はなんだったのか。もっとも、服を脱いでいたという事実は、目的のなんたるかをこのうえなく明白に示しているとしか思えなかったが!

けれども目を覚ましたときのルシアンの驚きぶりと、ここが自分の部屋ではなくグレースの部屋だと知ったときに示した怒りといらだちを目の当たりにしたいまは、グレースが導きだしたそんな結論も、まったくのたわごとでしかない。

がっかりした? そうかもしれない。グレースは自嘲とともに認めた。結局ははねつけることになったとしても、ルシアンのような高慢な美男子に言い寄られるのは、刺激的で自尊心をくすぐられる経験だっただろうから。

単に部屋を間違えただけだとわかった以上、二人揃《そろ》って大々的なスキャンダルの中心人物になるのを避けるためには、なるべく迅速かつ穏便に事態の収拾を図らなくてはならない。具体的には、ルシアンにこの部屋から出ていってもらうという形で。

「わたしはどれくらいのあいだ、ここに?」

グレースはそちらに向き直った。「ほんの一時間ほどですわ」悪夢にうなされる様子を見てしまったことは、できれば隠しておきたい。おそらくこの人は、悪夢を弱さの表れと見なす類いの男性だ。自分の弱さを人に見られたくはないだろう。

「一時間……」起きあがろうとしたとたんに耐えがたい激痛が押し寄せ、ルシアンは両手で側頭部を押さえた。そうしないと頭がもげてしまいそうだ!

まったくいまいましい。さっきのブランデーにはいったい何が入っていたんだ?

おや、痛みの原因がわかったぞ。左側頭部の耳のすぐ後ろに、大きなこぶがある。まだできたばかりと見えて、触ると痛い。さては……。

ルシアンはじろりとグレースをにらんだ。

喉が大きく動き、相手はごくりと唾をのみこんだ。青白い顔のなかで、灰色の瞳があふれんばかりの悔恨をたたえた巨大な池と化す。「実は……あの……わたしが水差しで頭を殴ったんです」令嬢は気まずそうに顔をゆがめて白状した。

ルシアンは顔をしかめた。「わたしがきみの貞操を奪おうとしなかったのなら、なぜ水差しを持ちだす必要があったのか教えてもらえるかな?」

小さな桃色の舌が、落ち着かなげにふっくらした唇をなめる。濡《ぬ》れた唇がなまめかしい。「曲者《くせもの》が侵入したと思ったからですわ」

なるほど、そういうことか。それにしても、招かれずしてこの娘の寝室に入ろうとする者はとんだ災難だ！　それを自分が今夜、身をもって知るはめになったのは残念だが、この娘にはいざとなれば自分の身を守る力があるとわかったのは心強くもある。

「侵入者がフランシス・ウィンターだったらどうだったかな？」ルシアンはからかうように尋ねた。

娘は腹立たしげに頬を紅潮させた。「その場合は、もっと力をこめて殴っていましたわ！」

「本気かい？」ルシアンはまだ敏感になっている頭皮をそっと手で探り、またぴくりと顔をゆがめた。

「あれ以上強く殴ったら、殺してしまったかもしれないぞ」

「フランシス・ウィンターが勝手にわたしの寝室に入ってきたりしたら、たとえそうなっても自業自得です！」娘は険しい表情を浮かべて断言した。

ルシアンは笑みを押しころし、唇を引き結んだ。

「わたしは幸運にもベッドの上に倒れることができて、命拾いをしたというわけかな？」

相手はまたばつの悪そうな顔をした。「ベッドの上に倒れたわけではありませんわ」

ルシアンは顔をしかめた。「では、いったいどうやってわたしを床からベッドに……？」

階下で紹介されたときに気づいたが、グレースの背丈は靴をはいてもルシアンの肩までしかない。体つきも華奢《きやしや》で、絹の部屋着の下にアマゾネス並みの力を秘めているとは思えない。

娘の頬があざやかに紅潮した。「意識を失っていたとはいっても、まったく身動きできないほどではありませんでしたし、それに……どなただかわかった以上、そのまま冷たい床に寝かせておくわけにはいきませんでしたから」

ルシアンはその気丈さに舌を巻いた。

これほど肝っ玉のすわった女性は、老若を問わずそうはいないだろう。水差しで侵入者を殴って昏倒《こんとう》させたばかりか、その男をベッドに引きずりあげ、あげくの果てに、相手が意識をとりもどすやいなや、落ち着きはらって会話を始めるとは！

そして、ルシアンの意識はいまや回復している。意識も五感も完全に。

こうして二人きりになってみると、グレース・ヘザリントンの美しさは圧倒的だった。雪花石膏《せっこう》を思わせる額と神秘的にけぶった灰色の瞳。そそるようにとがった豊かな唇。体の線をなぞるようにして流れ落ちる絹の寝間着と部屋着が、形のいい胸とまろやかな腰の曲線をくっきりと浮かびあがらせ、裾からはかわいらしい足が顔をのぞかせている。

あふれんばかりの魅力を前にして、ルシアンのなかで場違いな欲望が頭をもたげた。息が喉につかえ、さらに場違いにも、下腹部が硬く張りつめる。

沈黙がさっきまでとは異なる性質をおびたのを感じて、グレースは警戒するように身構えた。あやしい予感をはらんだ沈黙のなか、黒ずんで漆黒に見えるルシアン・セントクレアの目が、なかば閉じたまぶたの下からこちらを見つめている。

グレースはぐいと背筋を伸ばした。「もうご自分の部屋にお戻りになるべきだと思いますわ、閣下」

「そうかい？」相手はごろりと横向きになって枕に片肘を預け、上体を起こしてグレースを見やった。「きみの部屋のほうがずっと居心地がいいんだがな、グレース」低くかすれた思わせぶりな声。

なれなれしい態度が濃密な雰囲気を醸しだすのを感じて、グレースは大きく目を見開いた。「どうしてですの、閣下？」

「もちろん、ここにはきみがいるからさ、かわいいグレース」にっと笑うと、高慢な皮肉屋めいた雰囲気はたちまち消えうせ、ルシアンは少年っぽく見えた。ついさっき悪夢にうなされる姿を見てしまったことに加えて、やわらかく額に垂れた暗褐色の髪が、さらにその錯覚を強めている。

だが、それはあくまでも錯覚でしかない。ルシアン・セントクレアは間違っても少年ではない。百戦錬磨の軍人で、おまけに退役後は放蕩《ほうとう》者として名を馳《は》せているのだ。やみくもに快楽を――感情とは切り離して、純粋に快楽だけを追求する男。

熱っぽく親密なにおいをはらんだ視線が、頭のてっぺんから爪先までじわじわと這《は》いおり、グレースはいまや自分がその快楽の対象と見なされているのを感じた。

本人の意志を裏切って、頬のほてりが体全体に広がっていく。それはまぎれもなく裏切りだった。未明のこんな時刻に、いや、どんな時間であれ、ルシアン・セントクレアがこのままグレースの寝室にいすわるなど、断じてあってはならないことなのだから。しかも危険なことでもある。グレースにとっても、二人が属する社会の約束事にとっても。

ベッドに寝そべっているルシアンが、こんな危険な香りのする美男子でなければよかったのに。こちらに体をひねったときにシーツが下にずり落ち、黒々とした胸毛におおわれた筋肉質な胸と平らな腹部、引きしまった腰の線があらわになっている。体毛の帯は先細りながら下腹部まで続き、そして……。

グレースはぎょっとしてルシアンの顔に視線を戻した。露骨に面白がっている目の上で、眉がからかうように吊《つ》りあがる。グレースは頬の赤みが増すのを感じ、きつく唇を引き結んだ。「怖がらせようとしていらっしゃるなら、無駄なことです」

「そうなのかい？」ルシアンはベッドの上で起きあがり、板張りの床に足をおろした。シーツが腰をおおってはいるが、たったいまグレースを狼狽《ろうばい》させた体の変化を隠してはいない。「そうなると、わたしのほうが不利だな、グレース。こうしてきみと二人きりでいるだけで、恐ろしくてふるえあがっているんだからな」自嘲のこもった口調で言う。

グレースの目が警告の光を放った。「閣下、くだらないおふざけはやめてください――」

「くだらないって、グレース？」ルシアンは獰猛《どうもう》な笑みを浮かべた。「きみがわたしのなかにかきたてたこの欲望が、くだらないものだというのかい？」

実のところ、ルシアンはしばらく前から女にあまり興味を持てなくなっている。社交界の既婚女性たち――退屈な結婚生活をしばし忘れるために後腐れのない情事を求める美しく暇を持てあました奥方たちは、あまりにもたやすく手に入りすぎる。

だからといって、カーライン公爵夫妻の後見下にある適齢期のグレース・ヘザリントンと本気でどうかなる気はまったくない。だがこの令嬢が、基本的には女性に食傷ぎみのルシアンの興味をそそったことは事実だ。こんな状況に置かれたら、たいていの若い女は、とうの昔に悲鳴をあげて部屋から走りでているはずだ。そうなっていない以上、キスの二つや三つくらいは許されるだろう。せっかくフランシス・ウィンターが無節操な放蕩者呼ばわりしてくれたのだから、期待に応えなくては！

「おいで、グレース」誘うように片手をさしのべると、相手は鎌首をもたげた蛇を目にしたかのようにあとずさった。「それとも、こちらから行ったほうがいいかな？」挑発もあらわにつけ加える。

予想にたがわず、グレースはむっとしたようにルシアンをにらんだ。「ばかげたゲームにつきあうつもりはありませんわ、閣下――」

「それはないだろう、わがいとしのグレース。こうしてきみの部屋にいて、きみのベッドに身を落ち着けている以上、いまはルシアンと呼んでくれるほうが適切なんじゃないかな？」けだるげにくつろいだ姿勢のまま、間延びした口調で言ってのける。

「適切どころか、不適切そのものです。あなたがわたしの部屋にいること自体も！」グレースが部屋の向こうからきっとにらみつけてきた。「こんなところを人に見られたら、とんでもないスキャンダルになるわ！」

たしかにそのとおりだ。去年ジェーンと結婚してから品行についてあまりやかましく言わなくなった兄のホークも、ルシアンがグレースのような無垢《むく》な令嬢に手を出したら黙ってはいないだろう。単に手を出したと見られただけでも！

ルシアンはからかうようにグレースを見やった。「ならば、きみが早いところ頼みを聞いてくれたほうが、どちらにとっても好都合だ。そう思わないかい？」

グレースは相手にいらだった目を向けた。またからかわれていることはわかっているけれど、このはじめて経験する状況のなかで、どうふるまえばいいのかわからない。誘いに応じるのは論外だが、いつまでもこうしていたら、それ以上にあってはならない事態が起きるのは目に見えている。つまり、ルシアンが裸でここまで歩いてくるという！

「いいえ、ちっとも思いません！」グレースはぴしゃりと言い、いらだちもあらわに大股でベッドに歩み寄った。さしのべられた手を無視し、きっと相手をにらみつける。「さあ、言われたとおりにしましたわ。これでお引きとりいただけますわね？」

言うは易《やす》く行うは難しだな。ルシアンは自嘲をこめて思った。いまや下腹部は痛いほどに張りつめている。ここで立ちあがり、堂々たる高まりをあらわにすれば、このうぶな娘はおそらく卒倒するだろう。それとも、しないだろうか……？　何を言うにも、自室に侵入した曲者とおぼしき人物を、実に手際よく退治してのけた剛の者なのだから。

「その前に、早く治るようにおまじないのキスをしてほしいな」ルシアンは促すように頭を傾けた。

グレースの頬が怒りで紅潮した。灰色の瞳は嵐をはらんでいる。「三歳児ならともかく、あなたはもう三十歳になろうという男性じゃありませんか！」

ルシアンはそのとおりというふうにうなずいた。

「何歳になろうと、痛いものは痛いんだ」

「いいかげんにしてください、閣下――」

「ルシアンだよ」

「どう呼ぼうと、あなたのふるまいが度しがたいものであることにはなんの変わりもありません！」

相手は歯を見せて笑った。「キス一つだ、グレース。一度だけキスしてくれ。そうすれば、ただちにきみの部屋から出ていくと約束するよ」

ルシアンがすぐ近くにいるだけで、グレースの脈はすでに速まっていた。この体のどこかに唇を寄せると思うと、それだけで狂おしく胸が高鳴る。たとえそれが、さっき水差しをたたきつけた暗褐色のなめらかな髪であっても。こうして自分の寝室で二人きりでいるときに、どんな形であれルシアンに触れるのは、良家の子女にあるまじき行為だ。でも、それでこの人が出ていってくれるなら……。

「キスを一つだけ？」グレースは厳しい目で相手を見やった。

ルシアンはまたあの少年のような笑みを浮かべた。

「キスを一つだけだ、グレース」

そのまま視線をはずせなくなり、グレースの脈拍はいやがうえにも速まった。身をかがめると男性的な体臭が鼻をくすぐり、心臓がいっそう狂おしく鼓動しだす。脚ががくがくして、ちゃんと立っていられるかどうか自信がない。

結果的には、立っていられなくても問題はなかった。ルシアン・セントクレアがいきなり立ちあがり、グレースの体に腕を巻きつけたからだ。そのまま熱い体に近々と引き寄せ、唇を近づけてくる。

グレースはたくましい腕のなかでもがいた。「こぶを治すおまじないにキスしてほしいって――」「だが、どこにとは言わなかったよ、グレース」かすれた声がつぶやいたと思うと、グレースは唇をふさがれていた。

グレースはふいにもがくのをやめた。官能的で迷いのない唇の動きが心を奪い、息をするのも忘れさせる。舌が唇を割ってその奥に入りこみ、なおも攻撃の手をゆるめずにグレースを味わい、求め、やわらかく敏感な口腔《こうこう》をくまなく探索する。ルシアンは歯の際をそっと舌でなぞりながら腕に力をこめてさらにグレースを引き寄せ、ぴたりと体を密着させた。

グレースは両親の方針で、思春期を迎えてからも男女両方の友人とつきあい、大人に近づくとともに、少年たちとの友情が淡い恋心に発展したことも少なくない。そんな少年の一人に、たった一度だけだけれど、唇に控えめなキスをされたこともある。

だがルシアン・セントクレアは少年ではない。そして、このキスには控えめなところはまったくない。熱い体をぴたりと密着させ、敏感になった唇の上でそっと誘惑するように舌をすべらせて、親密な愛撫《あいぶ》を返すようグレースをそそのかす。

グレースは体が燃えているように感じた。快楽のさざ波が全身を洗い、むきだしの肩をつかむ手に力を入れる。舌。驚嘆に満ちた、恍惚《こうこつ》を誘うキス。男の人にキスされるのはこんな感じではないかと無邪気に思い描いていたものよりはるかにすばらしい。

「お願い！」グレースは苦しげにうめいた。熱い唇が官能を刺激しながら喉を這いおりていく。

グレースの声――素肌を愛撫するようなやわらかくかすれた声を聞いて、ルシアンははっとわれに返った。自分がだれを相手に、何をしているのかを思いだしたのだ。

はじかれたように顔を上げる。グレース・ヘザリントンに――カーライン公爵夫妻の若い未婚の被後見人に、われを忘れるほどの情熱をかきたてられていたことに、ルシアンは深い衝撃を受けていた。

グレースの顔にも衝撃の表情が浮かんでおり、こちらも自分自身の反応に仰天しているらしい。

相手がまだ二十歳だということ、これからはじめての社交シーズンを楽しもうとしている無垢な乙女だということを、たとえ短いあいだとはいえ、なぜ忘れたりしたのか。

こんなまねをするとは、わたしはどういう人間だ？　ルシアンは自己嫌悪のうめきをもらした。いったいどんな人間になりはててしまったのか。

そこまで他者の感情に鈍感な、自己中心的な人間になってしまったのだろうか？　なんの気のとがめも感じずに、この娘の純潔を奪おうとするほどに。自分の行為がどんな結果を生もうと頓着せず、相手の娘がどうなるかを考えてみようともしないほどに。

腰のくびれをつかむ手に力が入り、ルシアンは険しい顔で相手を見おろした。「グレース――」

「グレース、まだ蝋燭がついているようだけど――」

形ばかりのノックをして入ってきたカーライン公爵夫人が、ぎょっとしたように戸口で立ちすくんだ。親密な光景を目の当たりにして、その目は大きく見開かれ、頬は血の気を失っている。

「まあ……」公爵夫人は消えいりそうな声でつぶやき、喉に手を当てた。「まあ、なんてこと！」弱々しいうめき声。「あの……」言いかけて絶句し、呆《ぼう》然《ぜん》と首をふる。「わたくし……ごめんなさい！」言うなり、公爵夫人はくるりと背を向けて逃げ去った。

4

グレースは呆然《ぼうぜん》と目を見開いて伯母を見送ると、よろめくように後ろに下がり、ぐったりと窓腰掛けにすわりこんだ。心身が麻痺《まひ》するほどのショックを受けていても、さっききちんとたたんでそこに置いておいた、ルシアンの衣類一式の上にすわらないように気をつけるのは忘れなかった。

抱き寄せられたとたんに、もうどうなってもいいという気分になってしまったばかりか、そこをマーガレット伯母さまに見られてしまうなんて！　伯母さまはいったいどう思っただろう？　いまごろ、わたしのことをどう思っているだろう？

目を閉じると、熱い涙がどっとこみあげてきた。ふとルシアンがそばに立つ気配がしたが、その気配はすぐに遠のいた。静まりかえった部屋のなかに、両手に顔を埋《うず》めてむせび泣くグレース自身の激しくやるせない嗚咽《おえつ》だけが響いている。

ルシアンの腕のなかで、わたしはまるで娼婦《しょうふ》のようにふるまった。気のあるそぶりをし、キスを返し、互いの唇と舌が触れあう感触を楽しんだ。拒むことなど少しも考えずに。

わたしは……。

「きみはここにいるんだ、グレース」ルシアンのいかつい声が沈黙を破った。

「どこに行く気？」顔をおおっていた手をおろし、はじかれたように見あげると、ルシアンはすでに服を着ていた。少なくとも、シャツとブリーチズと黒いヘシアンブーツは身につけている。

こんなときにわたしを見捨ててさっさと逃げだそうとするなんて、この人はいったいどういう人間なの？　まさかそんな臆病者だとは……。

「決まっているだろう。きみの後見人夫妻に会いに行くんだ」ルシアンは厳しい表情で答え、ベストと上着に袖を通した。せめて服装だけでもそれらしくしていくとしよう。

「わたしの……」グレースは打ちひしがれた顔をしていた。「何を言うつもりなの？　だってあんなこと、どうにも説明の……弁解のしようが……。お二人とも、わたしのことをどう思うか」うなだれて首をふると、髪が黒絹のカーテンのように顔の両側に垂れさがった。

　ルシアンは冷ややかにグレースを見やった。「お二人とも、よくやったと褒めてくださるだろうよ。何しろきみは、スタワーブリッジ公爵の弟をその気にさせて、婚約に持ちこんだんだからな！」

　なぜこうも愚かなふるまいをしたのか、ルシアンは自分でも信じられなかった。正真正銘の、いまいましいほどの愚かさだ。この娘を相手に、いったいどんなゲームをしているつもりだったのか。何が〝キスを一つだけ〟だ！　のっぴきならない状況になる前に、さっさとこの娘の部屋から逃げだすべきだったのに。

　それをしなかったばかりにこのざまだ。この一件は間違いなく、わたしがしでかした最も華々しい自滅行為という栄えある地位を与えられることになるだろう。よりにもよって若く未経験な女という、ずっと細心の注意を払って避けてきた種類の相手との婚約、ひいては結婚に追いこまれるのだから！

　だがこうなった以上、こうする以外に事態を収拾する方法はない。ただの一つも。自分と相手のどちらにとっても。

　ルシアンはいまいましげに唇をゆがめた。「もう少しうれしそうな顔をできないものかな、グレース。わたしはこれから、きみの後見人ご夫妻に結婚の許可をいただきに行くんだがね」

グレースは呆然と相手を見つめた。聞き間違えたに決まってるわ。だって、まさかそんな……いくらなんでも……。「でも、わたしはあなたと結婚なんてしたくないわ！」

「したくない？」ルシアンは皮肉っぽく眉を吊《つ》りあげた。「いいかい、グレース。こういう状況になった以上、きみやわたしがどうしたいかは関係ないんだよ」嘲るような口調で言ってのける。「われわれは社交界の不文律を破って――」

「だけど何も面倒なことになる心配は……だって、わたしたちはただ……」グレースは子供ができる仕組みを知らないほど世間知らずではない。たしかにキスを許したりするべきではなかったし、伯母さまには合わせる顔がないけれど、いくらなんでも、あれくらいのことで結婚する必要はないはずだ。

ルシアンは哀れむようにグレースを見やった。

「問題の不文律は、〝汝《なんじ》、現場を押さえられるなかれ〟だ！　社交界の人間は、閉ざされた扉の奥では何をしようと構わないし、しばしばやりたい放題のふるまいをしている。ただし、それを人前にさらけだすことは決して許されない」

「だけど知っているのは伯母さまだけだし――」

「きみの伯母上はいまこの瞬間にも、この一件を夫君たるカーライン公爵に告げているはずだ」ルシアンは冷ややかに言った。「わたしはごく幼いころから公爵夫妻を存じあげている。お二人の息子、つまりきみのいとこは、だれよりも大切な友人だった。その一家との友情を裏切りたくなければ、きみと結婚するしかないんだ」

「いやよ！」グレースは憤然と立ちあがった。こんなことは間違っている。大間違いもいいところだ。

グレースがしてはならないことをしたのは事実だ。あれはたしかに愚かなふるまいだったし、無軌道な行為でさえあったかもしれない。でも、だからといって残りの生涯をずっと、明らかにグレースを愛してはおらず、グレースのほうも愛してはいない男性に縛りつけられて過ごす必要はないはずだ。

それとも……？

「きみの伯父上に会いに行く前に、ほかに何か言いたいことは？」戸口で足を止めてそう言ったのは、寸分の隙もないルシアン・セントクレア卿《きょう》、大貴族であるスタワーブリッジ公爵の弟だった。

それはぎょっとするほどの変貌ぶりだった。いまグレースの目の前にいるのは、まったく見ず知らずの人間だ。この冷ややかで高慢な青年貴族には、さっきの思わせぶりな恋人の面影はみじんもない。

それはわたしがこの人との結婚を望んでいないように、この人もわたしとの結婚など望んでいないから。単に社交界の掟《おきて》と伯母夫婦への友情と義理に縛られて、そうするしかないというだけで……。

だったら社交界になど用はない。このまま伯母夫婦のもとにとどまって、二人の顔に泥を塗るつもりもない。また田舎に戻ればすむことだ。

グレースはぐいと顎を突きあげた。「閣下が申しこみをなさっても、わたしはお断りしますから」

相手は唇をゆがめ、面白くもなさそうに微笑した。黒い目は冷たく容赦ない光をたたえている。「きみには選択の自由は与えられないと思うがね」

グレースはあえいだ。「だけど、まさかわたしの意向を聞かずに決めるようなことは――」

「そのまさかだよ、グレース」にべもなく言いながら、ルシアンは一瞬、相手を気の毒に思いかけた。

ただし、あくまでも思いかけただけだ。

本気で気の毒に思うには、自分自身にも相手にも腹が立ちすぎていた。グレース・ヘザリントンはあらゆる意味で、ルシアンが妻にしたくない相手そのものだ。若すぎるし、結婚というものに非現実的な期待を抱きすぎている。今後も人と深くかかわることなく生きていかざるを得ない以上、ルシアンがそんな期待に応えられるはずがないことは、すでにはっきりしているというのに。

さっきのキスに対するグレースの反応を見るかぎり、夫婦の夜の生活はどちらにとっても楽しめるものになりそうだ。だが、それ以外の点については、ルシアンは結婚生活になんの期待もしていない。もともとホークとジェーンのようなおしどり夫婦を目指す気はさらさらなく、それどころか、いったん結婚したら、妻とは必要最小限の時間しかいっしょに過ごさないようにするつもりなのだから。

グレースは田舎で育てられた。ルシアンと結婚したら、すぐにハンプシャーにある領地に行き、ずっとそこにとどまることになるだろう。

グレースが蒼白《そうはく》になっているのを見て、ルシアンは不快げに唇を引き結んだ。「きみは誤解されてもしかたのない場面を人に見られた。それに対してわれわれ双方が支払うべき代償が、結婚なんだ」

そして、この人はそれがいやでたまらないんだわ。グレースは思った。そうに決まっている。そして、その気持ちはわたしも同じ。いまではわたしに好意すら持っていないように見える相手と結婚するなんて、考えただけでぞっとする。ましてや残りの生涯をずっと夫婦として過ごすなど絶対にお断りだ。

グレースはすっと背筋を伸ばし、挑戦するように顎を突きあげた。「あなたとは結婚できません、ルシアン卿」

黒い瞳が不吉に細められた。「そうはいかないぞ、グレース」

グレースはたじろぐことなくきっぱりと首を横にふった。「あなたの指図は受けません」

固く食いしばった顎が、ぴくりとひきつった。「わたしが指図しているわけじゃない。きみの伯父上や伯母上との友情を思えば、そうするしかないんだ！」

「わたしの伯父や伯母との友情……？」グレースはむっとしたように目を見開いた。「当事者であるわたしの気持ちはどうなるんですか？」

ルシアンは不愉快そうに唇をゆがめた。「きみの伯母上がこの部屋に入ってきて、われわれがいっしょにいるのを見た時点で、そんなものは問題ではなくなったんだ。ついでにいえば、わたしの気持ちもね。どうやらわたし自身も、十分に楽しんだわけでもないのに、早まった行為の代償を支払うはめになるらしいからな」嘲るようにつけ加える。

グレースは動揺し、鋭く息を吸いこんだ。「さっきの続きを期待しても無駄ですからね！」力をこめて断言する。「いまもこれからも！」

黒い瞳が物騒な光をはらんで細められた。「結婚前から、早くも夫との床入りを拒否するのか？」

「夫との床入りうんぬんという状況自体が生まれないと言っているんです！　たとえどんな事情があろうと、あなたと結婚するつもりはありません！」グレースは両脇でぐっとこぶしを握りしめた。

この娘は腹を立てると実に美しい。惚《ほ》れ惚《ぼ》れするほどだ。ルシアンは冷静にそう評価した。「きみの意見には賛成できないな、グレース」

「閣下に賛成していただく必要はありません」

「このうえさらに伯母上を悲しませたいのか？」ルシアンは冷ややかに目を細めた。

グレースはかっと頬を紅潮させた。「そんなわけないでしょう」

「では伯父上はどうだ？」ルシアンは無慈悲に続けた。「わたしの見たところ、公爵は健康を害しておられるようだが……」

グレースは鋭く息を吸いこんだ。「伯父は……心臓が悪いんです。本人は認めようとしないけど」

ルシアンはそっけなくうなずいた。「だったら姪《めい》に関するスキャンダルは、きみの伯父上にとって何よりもありがたくないことだと思わないか？」

「そんな言い方はずるいわ――」

「わたしは実際的なだけだ、グレース」ルシアンは吐きだすように言った。「では、わたしの留守のあいだに身づくろいをしておくことだ。めでたく婚約が整ったことに対して後見人夫妻から祝いの言葉を受けるのに、その服装はふさわしいとはいえないからな」

グレースはかたくなに首をふった。「こんな嘆かわしい状況のなかで持ちあがった結婚の話を、伯母夫婦が無理強いするはずはありません」

ルシアンは哀れむようにグレースを見やった。本気でそう思っているとすると、この娘はまだ本当に若いのだ。カーライン公爵夫妻はルシアンを熱烈に歓迎して甥《おい》と呼び、婚約に至った経緯はすみやかに脳裏から締めだして、若い姪《めい》のために有利な縁談をまとめたことを喜ぶに決まっている。もっともグレース自身は、この縁組が自分にとってどれほど有利なものかにまだ気づいていないようだが……。

グレースは戦争の英雄である陸軍少佐ルシアン・セントクレア卿の妻の座を手に入れるとともに、大貴族スタワーブリッジ公爵とその魅力的な妻ジェーン、花の独身貴族セバスチャン・セントクレア卿、美しいレディ・アラベラ・セントクレアとの姻戚関係を得ることになる。そしてセントクレア一族は、絶大な富と名声を背景に、社交界でも自分の思いどおりにふるまう権利があると見なされているのだ。

ただし、公共の宿泊施設でカーライン公爵夫妻の後見下にあるグレースの名誉を傷つけたとなると、そのかぎりではないが……。

ルシアンは嘲るように首をふった。「今後のなりゆきはきみが間違っていることを証明してくれるはずだよ、わがいとしのグレース」

「わたしはあなたの〝いとしの〟なんとかじゃありません！」

いまはそうかもしれない。だが、それも時間の問題だ。そしてグレースを妻にしたら、ルシアンはこの娘によってかきたてられた肉体の渇きを、ひとまず心ゆくまで癒やすつもりだった。そのうえで、妻との関係をあくまでも事務的なものにとどめておくことも可能なはずだ。数カ月以内にグレースを身ごもらせたら、すぐにハンプシャーの領地を離れればいい。そして田舎住まいの妻子から遠く離れたロンドンで、いままでどおりの生活を続けるのだ。

兄のホークのように妻に奴隷のように尽くすつもりはない。いや、これは不当な言い方だ。たしかにホークは最愛のジェーンが踏む地面さえ崇拝しているが、ジェーンもまた熱烈な愛情を夫に注ぎ、二人はマルベリー・ホールで仲むつまじく暮らしながら第一子の誕生を待っているのだから。

ルシアン自身が考えているのは、それとはまったく違う事務的な夫婦関係だ。グレースが家系存続に必要な跡継ぎを産んだら、その後はせいぜい年に一度、それも世間体を繕うためだけに会えばいい。

「たしかにそのとおりだ」ルシアンは厳しい口調で認めた。「ただし、きみ自身のために忠告するが、なるべく早くわたしに従うことを学んだほうが、お互いにうまくやっていけるようになると思うね」

「あなたに従う……？」グレースは信じられないと言いたげに、まじまじとルシアンを見つめた。左右の頬に、怒りを表すあざやかな紅点が現れる。「今年は一二一七年ではなくて一八一七年ですよ、閣下。封建領主の時代はとうの昔に終わっています！」

「わたしの領地では違う」ルシアンは冷ややかに断言した。

「でも、わたしたちは閣下の領地にいるわけではありませんわ」グレースは心にもないやさしげな口調で指摘した。

「いまはまだね」

「この先もずっとです！」

黒い瞳が強い光をたたえ、冷ややかにグレースをひとなでした。「きみの強情さは少しばかり鼻についてきたぞ、グレース」警告するような低い声。

やり場のない怒りがグレースをさいなんだ。結婚する気はまったくないと何度言っても、この人は二人の結婚がすでに決まったことであるかのような言い方をやめようとしない。そしてグレースがすでに自分のものであり、自分の意向を尊重する義務を負っているかのようにふるまっている。でも、わたしはこの人のものじゃないわ。いまもこれからも。

「わかりました」ややあって、グレースはそっけなくうなずいた。「伯母夫婦との友情を思えばそうするしかないとおっしゃるなら、二人に求婚の許しを得てください。わたしはすぐにお断りしますから。それで一件落着だわ」窓腰掛けに腰をおろし、体の線を隠すように夜着のひだを整える。優雅な侮蔑を示すのも、この服装ではなかなかむずかしい。

ルシアンはまたしても哀れむように微笑した。

「われわれの婚約は、一週間もせずに発表されるだろう」嘲るような口調で予言する。

グレースの目が反抗的な光を放った。「それくらいならフランシス・ウィンターと結婚します！」

ルシアンはそっけなく肩をすくめた。本気で言っているはずはない。夕食時の様子からいって、グレースはフランシス・ウィンターの妻として生涯を送るよりは、ルシアンとの結婚を選ぶだろう。

「たしかに今夜の一件が明るみに出てスキャンダルになるのを防ぐためなら、きみの後見人夫妻はそんな縁組でさえも承知するだろうがね」

「さっきも言ったとおり、伯母が今夜の一件をだれかにもらすようなことは……」

「おそらくきみの伯母上は、今夜何があったかを示す物理的な証拠が現れることを心配して、すでに気が気でない思いをしているはずだ」

「物理的な証拠……?」グレースはきょとんとした顔をした。

「まさかそこまで世間知らずなわけじゃないだろう?」ルシアンは哀れむようにグレースを見やった。相手の言葉の意味を悟ると、グレースの頬はまたしてもかっと赤らんだ。「だけど、わたしたちは……」激しく首をふる。「わたしたちは今夜、恥じなくてはならないことは何もしていないわ」

「恥か……」ルシアンは思案深げにくりかえした。「きみの一生がだいなしになることを表すには、ささやかすぎる言葉だ。そうじゃないか?」

「わたしの一生は、たった一つの愚かな過ちでだいなしになったりしないわ」

「そうかな、グレース? その点については、きみは間違っていると思うね。男が情事にふけり、愛人を持つことは許されても、女性の評判ははかないものだ。蜘蛛《くも》の巣のように軽く繊細で、いともたやすく破壊される」ルシアンは厳しい口調で言った。「断言してもいい。目に見える証拠が現れようと現れまいと、きみが裸の男と私室にいるところを後見人に発見されたという噂《うわさ》がちらりとでも流れれば、それだけできみの評判は永遠に傷つき、将来結婚できる見こみは完全に失われることになる」

「だったら田舎にひっこんで、未婚のまま――」

「きみのような情熱的な女性には、それはお勧めできないな」ルシアンは嘲るように言い、グレースが青ざめるのを見て、相手を動揺させるのに成功したことを知った。

「なんて下劣な人なの!」グレースが激しく目を燃やしてにらみつけてくる。

「そうかもしれないな」ルシアンは肩をすくめてその侮辱を受け流した。「だが独身のまま田舎で暮らすのは、きみには似合わない。いずれ誘惑に負けて、土地の農民か妻子ある隣人と深い仲になるに決まっている。あげくに父なし子でも産んだら、その子は一生、私生児の烙印《らくいん》を背負って生きることになる。悪いことは言わない、グレース。運命を受けいれてわたしと結婚するほうがはるかに賢明だよ」

この人が憎いわ。グレースはしびれた頭で思った。憎くてたまらない。悪夢にさいなまれる姿を見ために芽生えたやさしい気持ちは、何がなんでも結婚を強行しようという強情な態度を目の当たりにして、すでにきれいさっぱり消えている。

「絶対にお断りします」グレースは力をふりしぼって立ちあがった。激しく感情をゆさぶられて疲れはて、いまはただ眠りたかった。目を閉じて眠りに落ち、朝になって目が覚めたら、すべては夢だったと

――恐ろしい、恐ろしい夢だったとわかったらどんなにかいいだろう。

ルシアンは口元をゆがめ、むっつりと微笑した。

「きみはこの状況をちっとも前向きに受けとめようとしないんだな、グレース。結局のところ、きみは公爵の弟と結婚するわけで――」

「わたしはいまでも公爵の義理の姪です」

「わたしは公爵の息子でもあるんだよ、グレース。ただし次男だが」そっけなく認める。「だが死んだ父は先見の明のある人でね。息子が三人もいては、先々もめごとが起きかねないと気づいていた。そこでそれを防ぐために、長男以外の子が、妹も含めてかなりの遺産を受けとれるように配慮したんだ。そしてわたしの財産は、賢明な投資によってかなり増えている。妻に公爵夫人のような暮らしをさせるくらい、わたしにとってはなんでもないことだ。しかもわたしの妻は、公爵夫人という地位にともなうわ

ずらわしい義務を負わずにすむ」

グレースはまばたきもせずに相手を見つめた。財産がなんだというの？　この人は本気で、安楽な生活を保証されればわたしが喜ぶと思っているの？

安楽？

ルシアン・セントクレアの妻としての将来が、安楽なものになるとはとうてい思えない！

グレースはきっと相手をにらんだ。「わたしの父も先見の明のある人でしたわ、閣下」冷ややかに言いはなつ。「そして相続人が男だろうと女だろうと、何も変わらないと考えていました。わたしは一人っ子ですから、コーンウォールの土地を含めた父の財産はすべて信託の形でわたしに遺《のこ》されています」

ルシアンはそっけなくうなずいた。「つまり、わたしはかなりの持参金を持つ女性を妻に迎えようとしているということかな？」

グレースは挑戦的に顎を突きあげた。「父の遺言書の付帯条項によって、財産の一部は結婚後もわたしの所有下にとどまり、それ以外はわたしの子供たちのために信託に付されることになっています」

グレースの両親はもちろん、自分たちの早世を予見していたわけではない。だが父も母も早くから、娘が財産目当ての男に言い寄られることを心配していた。私有財産法によって、女性の財産は結婚と同時に自動的に夫のものになる。遺言書の付帯条項は、両親にとって是認しがたいその法律を、可能なかぎり骨抜きにするためのものだった。

ルシアンはそっけなく微笑した。「つまり、結婚してもきみのために月々の手当を手配する必要はないわけだ」そのせりふを最後に、ドアが静かに、そしてきっぱりと閉ざされた。

グレースは閉じたドアをぼんやりと見つめた。相手が最後まで主張を変えず、今夜の一件は二人の結婚という形でしか収拾できないと確信しているらしいことに、かなり動揺していた。だが、それをルシアンに知られるわけにはいかない。

なぜなら本当に自分の希望どおりになるかどうか、口で言っているほどには自信がないからだ。この一年、親身に世話をしてくれたとはいえ、カーライン公爵夫妻は死んだ両親ほど進歩的な考え方の持ち主ではない。グレースの両親は娘が愛のない結婚をすることなど決して容認しなかっただろうが、伯母夫婦は自分たちと旧知の仲であり、いまは亡き一人息子の親友だったルシアン・セントクレアなら、姪の結婚相手にふさわしいと見なすだろう。

そんな結婚を承知するわけにはいかない。

何があろうと絶対に。

このばかげた計画をあくまでも進めようとすれば、ルシアン・セントクレアもすぐにそれを思い知るだろう。

5

「わくわくしてそれどころではないのはわかるけど、何か少しはおなかに入れなくてはね、グレース」朝食のテーブル越しに、伯母が励ますように笑いかけてきた。「だって、青い顔で具合悪そうにしているところを婚約者に見られたくないでしょう?」

グレースは生気のない目で伯母を見やった。この談話室にいるのは二人だけだ。昨夜の不調からすっかり回復した伯父は、馬車の修理の進み具合を確認するために、朝早くからフランシスを連れて出かけている。あなたの婚約を、出先でフランシスに知らせるつもりなのよ。伯母はいたずらっぽく言ったものだ。あの子にとっては寝耳に水の知らせだけど、そうすれば、戻ってくるまでに気持ちの整理をつけられるかもしれないからって。

フランシスが婚約について知らされるかどうかも、知らされた場合の反応も、わたしにとってはどうでもいいことなのに！

どうでもよくないのは、グレース自身がルシアン・セントクレアとの婚約をどう思っているかだ。

夜明け前に伯母とともに部屋を訪れた伯父から婚約成立を告げられたとき、グレースが感じたのはまさかという思い、そして激しい恐怖だった。だが伯父はグレースの抗議には耳を貸さず、この縁組の利点を並べたてた。ルシアンがいかに魅力的で洗練されているか。セントクレア家がどれほど格式の高い名門か。さらに、この縁組は社交界のすべての扉をグレースのために開くことになる、などなど。

ルシアン・セントクレアの妻になることの利点を記した一覧表には、終わりがないように思えた。

伯母夫婦が自分たちの部屋に戻っていくと、すっかり頭が麻痺《まひ》してしまっていたグレースは、ずっと窓腰掛けにすわりこみ、ゆっくりと白んでいく空をぼんやりと見つめていた。自分の身にこんな重大な、世にも恐ろしい出来事が起きたというのに、いつもと同じように夜の次には朝が来る。それが許しがたいことに思えた。おまけに傷口に塩をすりこむかのように、太陽が顔を出した。あたかもその輝きでこの縁組を――グレースとルシアンの結びつきを祝福するかのように。

伯母夫婦がこの縁組を好意的に受けとめるだろうというルシアンの予測は、正確そのものだった。伯母などは婚約せざるを得なくなったそもそもの理由を思いきりよく記憶の底に埋めてしまい、いまや二人の婚約を恋愛の結果と見なしているほどだ。

唯一の救いは、グレースの後見人夫妻が求婚を受けいれるという予想が的中したあとで、ルシアンがグレースの部屋に顔を出さなかったことだ。あれだけの屈辱を味わったうえに、ルシアン・セントクレアの悦に入った顔を見るはめになっていたら、とうてい耐えられなかっただろう。〝きみのような情熱的な女性には〟うんぬんというあの屈辱的な発言は、いまでも断じて忘れてはいない！

それはたぶん、昨夜のキスに対する自分自身の反応にいまなおショックを受けているせいでもあるのだろうけれど……。

ふたたびルシアンと顔を合わせ、あの暗褐色の瞳に嘲りが浮かんでいるのを見ることになると思うと、朝食など食べる気にもならない。自分で注文したお茶さえ、手つかずのままになっている。

「ごめんなさい、伯母さま。ちょっとぼんやりしていて、いまなんておっしゃったのか……」グレースは顔をしかめた。伯母が屈託なげにしゃべりつづけるのをよそに、すっかりうわの空になっていたらしい。何を聞きもらしたのか知らないが、たぶん花嫁衣装か結婚式の日程についての話だろう。でなければ、新婚旅行の行き先を尋ねられたとか！

「きみの伯母上は、わたしがロンドンできみと合流できるのは、残念ながらしばらく先のことになると説明されていたところだよ。その前にまず、グロスターシャーの兄のところに行かなくてはならないのでね」談話室に足を踏みいれると、ルシアンはけだるい口調でからかうように言った。

とたんにグレースが身をこわばらせたのに気づいて、ルシアンは眉をひそめた。婚約早々これでは、幸先《さいさき》がいいとはいえない。事情が事情だけに、無理もないことかもしれないが。

それにルシアン自身も、今朝はとりたてて幸福な気分ではない。飲みすぎたブランデーと頭部に受けた一撃の影響がいまごろになって表れ、口のなかにいやな味が残っているなどというかわいいものではない、つらい症状に見舞われているのだ。

それに今回の一件については、家族の同情は期待できそうにない。家長であるホークはしばらく前から、二人の弟がいまだに独身のままでいることについて小言めいたことを言うようになっており、セバスチャンなどは去年、ホーク自身が幸せな結婚に漕《こ》ぎつけたら自分も本気で花嫁探しをすると口走ったばかりに、いまになってその軽率な約束の履行を迫られている。もっとも当のセバスチャンは、いまのところ兄の催促に応じる様子は見せていないが。

それに対してルシアンは、それとなく花嫁候補を物色するつもりで、今年の社交シーズンは妹のアラベラのエスコート役を務めると申しでていた。求めていたのは、おとなしく従順な娘。つまりグレース・ヘザリントンとは似ても似つかない娘だ。だが昨夜、間違った部屋に足を踏みいれたその瞬間にルシアンの運命は決まり、自分自身が作った蜘蛛《くも》の巣に、ものの見事にからめとられてしまった。

だからといって、その運命やグレース・ヘザリントンに満足しているわけではない。「婚約したばかりで離れ離れになるのはつらいだろうが」ルシアンはからかうようにグレースを見おろした。「つらいのはきみだけではないよ」嘲るようにつけ加えると、青白かった頬が腹立たしげに紅潮した。

美しい娘であることは否定できない。男心をそそる魅力を備えていることも。耐えがたいのは、その美しさと魅力がかきたてた欲望を満たしてさえないのに、この娘と結婚するはめになったという事実だ。結婚は牧師の鼠《ねずみ》捕りの罠《わな》とはよく言ったものだ！ ルシアンはものの見事にその罠にはまってしまった。

「わたしのことはご心配いただかなくても大丈夫ですわ」グレースは挑戦するようにルシアンの視線を受けとめた。

いやな人。こんなふうに人をからかって！

これが見納めになっても、ちっとも構わないわ。たとえ今朝のルシアンが、どんなに粋な美男子に見えても。茶色い上着に黄褐色のベストとズボン、茶色いヘシアンブーツ。シャツの襟は真っ白で、暗褐色の髪が無造作に額に垂れているのがおしゃれな感じだ。

わたしの婚約者。

わたしの知らない人。

知りたいとも思わない人。

でも、この人の唇は昨夜わたしの唇を心ゆくまで味わい、わたしもそれに劣らぬ熱いキスを返した。

あのときのキスを思いだすと頬がほてる。「もちろん、それは閣下も同じでしょうけど」グレースはやっとのことでつけ加えた。

「まあ、どうにか耐えられるとは思うよ、グレース。あくまでもどうにかだがね」ルシアン・セントクレアは言い、優美な長身をゆったりと折り曲げてグレースの隣の椅子に腰をおろした。「奥さんになったときの練習に、紅茶を注《つ》いでもらえるかな……？ミルクだけで砂糖はいらないよ」

グレースは反抗的に唇を引き結び、冷めかけた紅茶が入ったポットとミルク入れをとりあげた。伯母がいなければ、紅茶もミルクも頭にかけてあげるのに。でも伯母が同席している以上、本心はどうあれ、最低限の礼儀は守るしかない。

社交界なんてくだらないわ。今朝早く、憂鬱な気分で窓の外を凝視しながら、グレースはつくづく思ったものだ。グレースとルシアンほど相性の悪い男女が、たった一つのささいな不品行のせいで、いやおうなしに結婚させられるなんて。本当のところ、あれは本物の不品行でさえない。社交界の面々が金科玉条としている厳密な規則から、ほんの少し逸脱しただけだ。

「主人とも相談したのだけれど、結婚式は来月でどうかしら……?」伯母がさりげなく提案した。

紅茶を手渡そうとしていたグレースの手が激しくふるえ、受け皿の上でカップがかたかたと音をたてた。呆然《ぼうぜん》とした視線を、ルシアンが余裕たっぷりに受けとめる。その目に意地の悪いからかいの表情が浮かんでいるのを見て、頬がかっと熱くなった。グレースはごくりと唾をのみこんだ。「来月ですって、伯母さま? だけどわたし、昔から結婚式は六月に挙げたいと思っていたのよ」

「六月?」伯母は狼狽《ろうばい》したように顔をしかめた。

昨夜グレースとルシアンが関係を持ったと信じていることを思えば、伯母が狼狽した理由は明らかだ。それは同時に、グレースが挙式を二カ月後まで先送りすることにこだわっている理由でもある。

だって子供が生まれる心配がないとわかれば、伯母さまだって婚約解消を認めてくれるはずだもの。たとえ伯母さまが認めなくても、婚約は解消してみせる。愛しても愛されてもいない相手と、してもいないことを理由に結婚するわけにはいかない。

「ええ、六月がいいわ」グレースはきっぱりと言った。今回は視線を合わせないように気をつけたが、ルシアンの目には、いまも嘲弄の色が浮かんでいるだろう。「そのころのほうが気候もいいはずだし。そうお思いになりません、ルシアン卿?」

ルシアンはすっと目を細くしてグレースを見つめた。問いかけるようにこちらに向けられた無邪気そうな表情には、一瞬たりともだまされなかった。グレースは、自分が妊娠していないことが後見人夫妻の目に明らかになりしだい、婚約を白紙に戻すつもりでいるに違いない。そして当事者二人はすでに、妊娠の可能性が皆無であることを知っている。

だがグレースは考えが甘すぎる。妊娠していようといまいと、カーライン公爵夫妻はグレースの評判は完全に地に落ちたと見なしており、結婚後七、八カ月で子供が生まれなかったからといって、事情が変わるわけではない。グレースはどうしても認めたくないようだが、自分の寝室であんな格好をしたルシアンといっしょにいるところを伯母に見られた時点で、二人の運命は決まってしまったのだ。

ルシアンはまばたきもせずにグレースの視線を受けとめた。「二人の気持ちがはっきりしている以上、六月まで式を延ばす理由はないと思うがね」

灰色の瞳が警告するように光ったが、口調はおっとりとやさしげだった。「六月まで式を延ばせば、もっとよくお互いを知ることができますわ」

ルシアンは歯をむきだし、面白くなさそうに微笑した。「きみの伯母上と伯父上は、われわれがすでに十分に知りあっているとお考えだと思うね！」

あけすけな発言に、公爵夫人は喉が詰まったようなあえぎ声をあげ、おろおろと喉元に手をやった。

「やっぱりお式は来月にしたほうがいいんじゃないかしら、グレース――」

「絶対に六月がいいわ」

ルシアンはグレースの強情そうに引き結ばれた口元をしげしげと観察した。この強情な態度もまた、グレースがルシアンが望んでいた従順な妻にはほど遠いことを物語っている。

昨夜、後見人夫妻から婚約の成立を告げられたあとでは、安眠できたとは思えない。にもかかわらず、今朝のグレースはびっくりするほど美しい。身ごろの高い位置に切り替えがあるドレスは瞳の色と同じ銀鼠《ぎんねず》色で、大きく開いた襟ぐりからは、なめらかな胸のふくらみがそそるようにのぞいている。黒い髪は奔放に渦巻き、ほつれ毛がなまめかしく喉とうなじにまとわりつき、唇のくすんだ薄紅色が、青白い顔に一点の色彩を添えている。強情な娘を妻にするはめになるのは残念だが、相手が美しく魅力的な娘だったのは、せめてもの幸いだ。

ルシアンはうなずいた。「わかったよ、グレース。きみがどうしてもそうしたいのなら」

「まあ、グレース。あなたの未来の旦那さまはなんて話のわかる方なのかしら」公爵夫人が好もしげに言った。姪《めい》が婚約者に向けたうさん臭げなまなざしには気づいたふうもない。

だがルシアンはそれに気づき、挑むような目でグレースの視線を受けとめると、口元にからかうような笑みを浮かべてみせた。「グレースほどの美女の希望とあっては、いやとは言えませんからね」

二人きりだったら、本当はどうしてほしいかをはっきり言ってやれるのに。この偽りの婚約からわたしを解放してほしい、と！　でも相手にはまったくその気はないらしい。

とはいえ、婚礼が六月にずれこむのはグレースにとっては望みどおりの展開だ。それまでには、伯母夫婦を納得させるに足る婚約解消の理由ができているだろう。ただし、ルシアンがこのまま物分かりのいい態度をとりつづけた場合、伯母夫婦を説得するのに少々骨が折れるかもしれないけれど。

グレースは反抗的なまなざしを隠すために、わざとまつげを伏せたまま口を開いた。

「ずいぶんお世辞がお上手ですのね、閣下」

「そんなことを言ってくれたのはきみがはじめてだよ」ルシアンの言葉には揶揄《やゆ》がこもっていた。

「あら、そんなはずはありませんよ、ルシアン卿」公爵夫人が甘やかすように言った。「若いころのあなたは、とても愛想のいい子でしたもの」

若くて愛想のいいルシアン・セントクレアなんて想像できない。「どんなに明るい性格の人でも、年齢を重ねるとひがみっぽくなるものよ、伯母さま」グレースは言い、にっこりと笑ってみせた。

やはりどう見ても従順ではないな。ルシアンは思い、心ならずも感嘆の念をおぼえた。もっとも従順な娘だったら、最初からこの娘に興味をそそられはしなかっただろう。あのときは、まさか結婚するはめになるとは思ってもいなかったのだし！

「わたしはまだそこまで年をとってはいないと思うがね、グレース」からかうように言う。

「まあ、この子は悪い意味で言ったわけではないに決まっていますわ」公爵夫人がすかさず姪をかばった。「実際、成熟した殿方と結婚するのはとてもいいことですもの。主人もわたくしより十歳年上ですけど、わたくしたちはとてもうまくやってきましたわ」いとおしむような口調でつけ加える。

公爵夫妻が仲むつまじい夫婦であることは、ルシアンもよく承知している。だが二人は恋愛の末に結ばれた。ルシアンとグレースの場合とはわけが違う。もっとも自分たちの結婚生活も、熱気をはらんだものにはなりそうだが！

「では、わたしはこれで……」ルシアンは流れるような動作で立ちあがった。「そろそろ出発したほうがよさそうです。グレースに外まで見送ってもらっても構いませんか？」

「もちろんいいですとも」公爵夫人はルシアンを見あげ、おっとりと笑いかけた。「二人だけで別れを惜しみたいでしょうからね」

ちらりと見やると、グレースは顔を紅潮させている。二人きりになったら言いたいことが、別れの言葉以外にどっさりありそうだ。

ルシアンは公爵夫人の手をとって口づけした。「一週間後にロンドンに戻ったら、バークリー広場のお宅にうかがってよろしいでしょうか？」

「もちろんですとも」公爵夫人はうれしそうに笑った。「きっとグレースも首を長くしてお待ちしているでしょう」

ルシアンは笑みを噛《か》みころした。伯母の言葉をまっこうから否定するかのように、グレースがちらりと軽蔑のまなざしを投げつけてきたのだ。

「では行こうか？」有無を言わせないしぐさで腕をさしだす。

グレースはしばしその腕を見つめたまま、見送りに出るのを拒否する勇気があるだろうかと自問した。でも、そんなことをしても意味はない。いまのグレースにとって、ルシアンと二人きりになるのは願ってもないことなのだから。

「ええ、閣下」しとやかに立ちあがり、ルシアンの上着の袖にごく軽く指をのせる。「すぐに戻ってくるわ、伯母さま」

「ゆっくりしてらっしゃい、グレース」伯母が励ますように笑いかけてきた。「あなたたちは婚約者同士なんだし、これから少なくとも一週間は会えなくなるんですからね」

婚約したとなると、普通なら許されないはずのありとあらゆる自由が認められるのね。ルシアン・セントクレアとともに外に出ながら、グレースは胸中で顔をしかめた。もちろん最後の一線は守らなくてはならないわけだけど、伯母さまと伯父さまは、わたしがそれすら踏み越えたと思っているのだし！

「残念ながら、きみは今朝も昨夜《ゆうべ》と同じで、ちっともうれしそうな顔をしていないね、グレース」

「うれしそうな顔をしていると思っていたんですか？」グレースはぷいとルシアンから離れ、後ろで手を組んだ。まばゆい陽光はいっこうに滅入《めい》った気分を引きたててくれない。

ルシアンはからかうように眉を上げた。「婚約したばかりの人間はたいていそうだろう？」

「意に染まない婚約の場合は違います！」

「グレース……」

「なんでしょうか？」

ルシアンはうんざりした気分でため息をついた。

「こうなることは昨夜話しておいただろう？」

「ええ」グレースは唇をへの字に結んでいた。「あなたのほうが事情に通じていたことは認めますわ」

「それでも、こうなったことは気に入らない？」

「ええ、ちっとも！」

ルシアンはきつく口元を引きしめた。「そうやって腹を立て、わたしを恨んだところで、われわれが婚約者同士だという事実は変わらないんだ」

グレースの目が銀色の光を放った。「それで、あなたはそのことに腹を立てていないんですか？」

ルシアンは広い肩をすくめた。「わたしは……あきらめているよ」

「まあ、ご立派！」

「きみもわたしのようにすれば、いまほど不幸ではなくなるはずだ」

「不幸？」グレースはいらだったようにルシアンから遠ざかった。「わたしは不幸ではありませんわ、閣下。それに、あきらめてもいません。なんとかしてこの……この偽りの婚約を解消する方法を見つけだすこと。わたしの頭にあるのはそれだけです」

ルシアンはグレースに憐憫《れんびん》のまなざしを向けた。

「この状況では、それはきみが考えているほど簡単なことではないと思うがね」

「わたしが身ごもっていないとわかれば——」

「それでも、きみが処女ではなくなったという問題は残る」

「それが事実ではないことは、あなたもわたしも知っているわ」

「では、それを証明するために医学的な検査を受ける覚悟があるか？」

グレースの顔がさっと青ざめたところを見ると、ルシアンがわざと残酷にふるまっていると思っているらしい。だがこの状況がいかに深刻なものかをわからせるには、こうするしかない。

「それとも、検査をしたらそうではないことが証明されてしまうかな……？」意地悪くつけ加える。昨夜のグレースの反応はとても情熱的だった。処女にしては情熱的すぎるほどに……？

「なんて……なんて汚らわしい人なの！」グレースが憤慨と屈辱をないまぜにした表情で吐き捨てる。

ルシアンはからかうような笑みを浮かべた。「せめてお互いに隠し事はしないようにしたいからね」

「隠し事をしない？　隠し事をしない！」グレースは痛烈な口調でくりかえした。「汚点一つないとはとうていいえない評判の持ち主が、そんなことを言うとはね！」

ルシアンはぐっと口元を引きしめた。「言葉に気をつけたほうがいいな、お嬢さん」

ふいに身を硬くし、額に険悪なしわを刻んだルシアンの姿は、それだけでも十分に危険を感じさせた。

「つまりあなたは、男が勝手なまねをするのはよくても、女が同じことをするのは許されないという二重基準に賛成だと言うわけ？」

「わたしはそんなことは言っていない。そう言っているのは社交界だ」

グレースはかぶりをふった。「でも閣下ご自身は、男女の行動規範に関するこの不公平な基準は、とうてい認められないとお考えでしょうね？」

ルシアンはきつく食いしばった顎がぴくつくのを感じた。「いや、妻を選ぶ際には無視できない基準だと思うね」愛人が経験豊富な分にはさしつかえない。だが未来の妻であるグレースがすでにほかの男を知っていたらと思うと、自分でも意外なほどの不快感をおぼえずにいられなかった。

グレースはいとわしげに鼻を鳴らした。「妻にするのは何も知らない娘がいいということ？」

ルシアンは肩をすくめた。「そのほうが好都合なこともあるからね。何も知らない娘なら……夫に快楽を与える方法を教えこみやすい」

「夫に快楽を与える方法――！」グレースは腹立たしげに息を吸いこんだ。「傲慢な人ね！」

「そのとおりだ」ルシアンは平然と認めた。

グレースの美しい唇がきつく結ばれ、目が強い光を放った。「だったら、わたしにあなたの妻になる気がなくて幸運でしたわね、ルシアン卿」

ルシアンはぐっと目を細めてグレースを見やった。灰色の目に宿っている反抗的な光が気に入らない。

「早まったまねはしないほうがいいぞ、グレース」

グレースの表情は無邪気そのものだった。「たとえば？」

「たとえば、わざと不品行なふるまいをして、わたしが婚約を破棄するように仕向けることだ」

この人は勘がよすぎる。グレースは思い、いらだちを感じた。あまりにも鋭すぎる。なぜなら、どうしてもほかに方法がない場合、婚約を白紙に戻すための最後の手段として、だれかほかの男性の気を引くしかないと考えていたからだ。この人に道理を説いても、まったく効き目がないようだから。

グレースは息を吸って気持ちを落ち着かせた。

「幸福になるために必要なことは、どんなことでもするつもりですわ、閣下」

「いいや、グレース。それはやめたほうがいいな」

気づいたときには、ルシアンがすぐ近くに立っていた。はらりと額にかかった暗褐色の乱れ髪、広い肩、ほっそりと引きしまった腰から腿にかけてのしなやかな線、強い光沢を放つヘシアンブーツ。それらすべてがはっきりと見てとれるほど間近に。

「もしもきみが」ルシアンはささやくような声で続けた。「だれかほかの男の気を引いているように見えるか、そんな噂《うわさ》が耳に入るかしたら、わたしとしては強引に既成事実を作らざるを得なくなる。こう言えばわかってもらえるかな、グレース？」

やわらかな脅しをはらんだ声と、有無を言わせない黒い瞳にからめとられて、グレースは呪縛されたように相手を見あげていた。陽光を浴びて、黒い瞳の奥で金色の粒がきらめいているように見える。

つと手が伸びてきて、あたたかいそよ風が吹き寄せた巻き毛をそっと額から払いのけた。グレースは思わずびくりと身じろいだ。額に触れた指が肌を焼き焦がすように感じられ、背筋を駆けおりたふるえは、グレースの願いに反して、嫌悪感によるものではなく、純粋に肉体的なざわめきだった。

この人のどこがわたしをこんなふうにさせるの？ ルシアン・セントクレアはいったいどんな魔法を使ってわたしをこの場に釘《くぎ》づけにし、もっとそばに寄りたいと、あの弾力のある唇の感触をもう一度この唇の上に感じたいと思わせているの？

ルシアンがふっと笑い、いくぶんまなざしをやわらげた。「この婚約がきみにとってなるべく楽しいものになるよう努力するつもりだよ、グレース」かすれた声で言う。「きみとわたしの双方が……もっとよくお互いを知る過程を楽しめるように」もっとよくお互いを知る――さっきグレースが使った表現だ。だがルシアンの口から出ると、同じ言葉がまったく違う意味合いを持ち、ひそやかながらも濃厚に、官能的なにおいを漂わせる。

グレースは体の内側が熱を加えられて溶けていくように感じた。呼吸が弱く、浅くなり、黒い瞳から目をそらせない。まるで意志の力だけで、じわじわと容赦なくたぐり寄せられていくかのようだ。

触れあってさえいないのに、胸のふくらみがはちきれんばかりにドレスの身ごろを押しあげ、胸の先端がつんと硬くなっていくのが感じられる。

グレースは乾いた唇をなめ、首をふって正気をとりもどそうとした。「よく知りあったからといって閣下の……魅力が増すとは思えませんけど」

「そうかもしれないな」相手は嘲るような笑みを浮

かべて認めた。「だが、きみの魅力は間違いなく増すはずだ」意味ありげに断定する。

グレースの頬はかっとほてった。何も知らない花嫁に夫に快楽を与える方法を教えこむというさっきの発言を思えば、その言葉が意味するところはたやすく読みとれる。「あなたは――」

「グレース！　嘘《うそ》だと言ってくれ！　セントクレアと結婚するつもりなど、ありはしないと！」

グレースははじかれたようにルシアンから離れ、ふりむいて顔をしかめた。フランシス・ウィンターが村に通じる小道を足早に進んでくる。フランシスは端整な顔を怒りで赤く染め、グレースのそばに立つ年長の男を燃えるような目でにらみつけた。

自分という者がいる以上、グレースがルシアンと結婚する気になるはずはない。そう決めてかかっているかのようなフランシスの言葉は、皮肉にも当人の意図とは逆の効果をもたらした。どうあっても婚約を白紙に戻そうというグレースの決意を、百八十度転換させたのだ。グレースはルシアン・セントクレアの肘にこれ見よがしに手をかけ、むっとしているフランシスを挑むように見やった。

「気をつけろよ、ウィンター」ルシアンはささやくように言い、グレースの手の上に軽く手を重ねた。「グレースが結婚を承知してくれたおかげで、今朝はいつもに増して気分がいいが、だからといって侮辱に対して寛大な態度をとるつもりはないぞ」

「侮辱する気などありゃせんよ、ルシアン」フランシスにいくぶん遅れて到着した公爵は、弟に置いていかれまいとして無理をしたせいで、呼吸が荒くなっていた。「あっという間に恋の花が咲いたことに驚いているだけだ。そうだな、フランシス？」

ルシアンは年下の男を冷ややかに見やった。フランシス・ウィンターがねじ伏せようとしている感情のなかで、驚きはごく小さな割合しか占めていない。

はっきりと読みとれるのは、怒りといらだちだ。

「きみが箱入り娘に食指を動かすとは思わなかったな、セントクレア」フランシス・ウィンターは挑戦的なまなざしを向けてきた。

今回の発言は明らかに侮辱を意図したものだ。だが昨夜グレースとのきわどい場面を目撃されたとき同様、ルシアンはジョージ・ウィンターの心中を思いやらずにはいられなかった。ルシアン自身とグレースに対する侮辱を理由にフランシス・ウィンターに決闘を申しこめば、兄であるカーライン公爵の健康に悪影響を及ぼすことは避けられない。

ルシアンはうなずいた。「セントクレア家の妻は代々、非の打ちどころのない女性ばかりだからね」

「本当かい？」年少の男はばかにしたような顔をした。「しかし、きみの兄上の奥方はたしか――」

「いいかげんにせんか、フランシス！」カーライン公爵が一喝した。「さっさとなかに入って頭を冷やせ」

ルシアンは誘惑に駆られていた――フランシス・ウィンターが口にしかけた、スタワーブリッジ公爵夫人ジェーンに対する侮辱の言葉を強引に相手の口からひっぱりだしてやりたいという、きわめて強烈な誘惑に。ジョージ・ウィンターを心から敬愛していなければ、この厚かましい若造にとっくの昔に決闘を申しこんでいるところだ。

グレースはフランシス・ウィンターの様子を興味津々で見守っていた。自分のとりたい言動と兄に命じられた言動が心中でせめぎあっているのが、手にとるようにわかる。冷ややかな光を放つルシアン・セントクレアの視線を受けとめたとたん、フランシスの目が警戒の色をたたえた。警戒して正解ね。グレースは思った。手の下で、ルシアンの腕がぐっと緊張している。いまにも獲物に飛びかかろうとしている、鎖につながれた肉食獣のように。

「わたしもすぐに行くわ、伯父さま」グレースはさらりと言い、晴れやかな表情を作って伯父を見やった。「ルシアン卿とのお別れがすんだらすぐに」

「早くも婚約者のそばを離れるのかい、セントクレア?」フランシスが嘲るように言った。

ルシアンはそっけなくうなずいた。「残念ながら、家族と先約があってね」

「きみは最近、家族とは疎遠になっているという噂だが」フランシスがさげすむような目を向けてきた。

「噂は当てにならないものさ」

ルシアンはそれしか言わず、長く緊張に満ちた数秒間、二人の男はそのままにらみあっていた。先に目を伏せたのはフランシスだったが、それでもルシアンは、自分と家族がそんな形で話題になっていると知って顔をしかめずにいられなかった。

ワーテルローの戦いのあと、ルシアンは家族のぬくもりのなかに戻る気がしなかった。流血の惨事を目の当たりにし、友人たちを失うことで、家族とのあいだにあまりにも大きなへだたりができてしまったと感じていたからだ。夜ごと執拗《しつよう》にまとわりつくいまいましい悪夢が状況をさらに耐えがたいものにした。そこでルシアンは、家族を含めたすべての人間に対して心を閉ざすことにした。そして、いまなお残っているわずかばかりの感情を、見せかけの倦《けん》怠《たい》と無関心の奥に隠して生きてきたのだ。

グレースとの婚約は、どうやらその見せかけを吹き飛ばしてしまったようだが……。

なおも喧嘩《けんか》腰で対峙《たいじ》している二人の男を、グレースはやりきれない思いで見守っていた。一方のフランシスは、あくまでも一方的にグレースに思いを寄せている相手。もう一方のルシアンは、互いに結婚など望んでいないにもかかわらず、不運ななりゆきからグレースが婚約するはめになった相手。そんな二人のいまの様子を表すには、滑稽という言葉がぴったりかもしれない。何しろ二匹の犬が、とびきりおいしい骨をめぐっていがみあっているようにしか見えないのだから！

業を煮やしたらしい伯父が、ぐいと弟の腕をつかんで宿屋のほうに引きたてていく。二人の後ろでぴたりとドアが閉まると、グレースはほっとした。

「なかなか得るところの多いひと幕だったな。そう思わないか？」

グレースはまだ硬く緊張している腕から手を離し、眉をひそめてそちらに向き直った。「そうかしら？」

「そうだとも」ルシアンは面白がっているらしい。抑えた笑みが黒い目をきらめかせ、形のいい唇は皮肉っぽくゆがんでいる。「どうやらわたしには恋敵がいるらしい」

グレースはふんと鼻を鳴らした。「わたしがなびく可能性があると一瞬でも思ったことがあるとしたら、フランシスはただのおばかさんだわ」

「そうかもしれない」ルシアンはそっけなくうなずいた。「だが愚か者にも気持ちを傷つけられたり踏みにじられたりしたと感じる能力はあるからな」

グレースはむっとしたように目を見開いた。「どういう意味ですか？　わたしがあの人に気を持たせるような態度をとったとでも？」

「そうじゃない。ふられた男は、ときとしてふられた女に劣らず危険な存在だと言いたいだけだ」

ルシアンはフランシス・ウィンターのなかに、子供のころの執念深さの名残がひそんでいるのを感じとっていた。フランシスのそんな性質に気づいたのは、学校の休暇中にサイモンの家に泊まりに行ったときのことだ。当時のフランシスはとにかく陰険で執念深く、サイモンとルシアンはどんな遊びをするにも彼を仲間はずれにせざるを得なかった。

ルシアンはフランシスが消えていった宿屋のほうに思案深げなまなざしを向けた。「だから、きみもフランシスには気をつけたほうがいい……」

「お忘れじゃありません、ルシアン卿？　わたしはまだあなたの妻ではありませんのよ」

グレースの顔に挑むような表情が浮かんでいるのを見て、ルシアンはふっと表情をやわらげた。まさに烈火の気性だ！　こんなに小柄で華奢《きやしや》で可憐《かれん》でありながら、鋼鉄の意志を持っている。ルシアン自身にもほとんど引けをとらないほど強靭《きようじん》な意志を。

「わがいとしのグレース、きみがわたしの妻になる日を指折り数えて待っているよ」ささやくように言うと、うさん臭げな視線を投げつけられた。ルシアンはかすれた笑い声をたてた。「とりあえずいまは、お互いにキス一つで我慢しておこう」

「だれがそんな――！」抗議の声はぷつりと断ち切られ、グレースはふわりと抱き寄せられてルシアンに唇をふさがれていた。

いくら婚約者でも、こんなキスはするべきでないはずだわ――こうも親密で情熱的な口づけは。体と体をぴたりと密着させたまま、唇を隅から隅までむさぼられて、グレースは息苦しさに耐えかねて広い肩にしがみついた。ルシアンの上着のボタンが悩ましく胸を刺激し、腿のあいだをほてらせる。

ようやく顔を離すと、ルシアンは黒い瞳の底に満足げな色をたたえて、顔を上気させ、熱っぽくうるんだ目をしたグレースを見おろした。

「再会までの時間を指折り数えて待っているよ」からかうような低い声。「おっと、お得意の毒舌でせっかくの雰囲気をぶちこわしにしないでくれよ」笑みを含んだ声で言って腕をほどき、一歩下がってグレースの鼻をつつく。「どうせ餞別《せんべつ》をもらうなら、憎まれ口よりも快い記憶のほうがずっといい」

いまの自分に憎まれ口をたたく力があるかどうか、グレースは大いに疑問だった。それどころか、口をきけるかどうかも危ぶまれる。認めたくはないけれど、ルシアンには――ルシアンのキスには、グレースの言語能力を麻痺させる力があるらしい！

でもここで黙っていたら、ルシアンとの婚約や結婚について、態度を軟化させたと思われかねない。

「つまり、真実ではなく幻想を道連れにするほうがいいと?」そっけない口調でぴしりと言う。

相手はむっつりと唇をゆがめた。「わたしの経験では、人生はほとんどが幻想だ。ならば幻想が少し増えたところで、何が変わるわけでもない」ぐいと背筋を伸ばす。「そろそろ失礼するよ、グレース。このままではまた喧嘩になりそうだ。では」軽く会釈すると、ルシアンはきびすを返して歩み去った。

厩舎《きゆうしや》がある宿屋の裏手に向かうその姿を、グレースは困惑した目で見送った。ルシアンは矛盾に満ちている。今回の求婚に際しては、自分自身の幸福よりも名誉と友情を優先した。一方で、たったいま口にした言葉は、ルシアンが世界とそこに住む人々に幻滅し、それを隠すために慇懃《いんぎん》さと倦怠という仮面をつけていることを示している。さらに、その仮面の奥には軍隊時代に味わった恐怖も隠されていて、封印された恐怖は、どうやら夜ごとの悪夢という形で現れているらしい。

家族とのあいだに距離を置いているのも、悪夢にさいなまれていることを知られたくないから……？

冷ややかに抑制され、感情など持ちあわせていないようにさえ見える男性のそんな思いがけない弱さを知り、あっけなく恋に落ちる……？

ああ……どうかそんなことになりませんように！

6

ルシアンは天井が高く快適な紳士クラブの部屋で、椅子を暖炉のほうに向けてすわっていた。椅子の腕木に肘を預け、両手の指先を合わせ、火の気のない暖炉を見るともなく見つめている。室内の様子も、社交シーズンを楽しもうと躍起になっている女性陣の熱気に辟易《へきえき》してルシアン同様に避難してきたほかの会員の出入りも、まったく気に留めていない。

ロンドンに戻ってきたのは二日前。妹のアラベラと伯母のレディ・ハモンドを無事に公爵家の屋敷に送りとどけると、ルシアンはすぐに二人に別れを告げ、メイフェアにある自分の住まいに戻っていた。

避けられない事態を先延ばししているだけだということはわかっている。婚約して九日になる女性のもとを訪れるのを、いつまでも避けつづけるわけにはいかない。ルシアンが予言したとおり、新聞には一週間前に婚約の告知記事が掲載され、二人の婚約はいまや周知の事実になっているのだから。

社交界の面々は、ルシアン・セントクレア卿《きょう》と婚約者であるグレース・ヘザリントンがいっしょにいるところを見たくてうずうずしているに違いない。それもまた、ルシアンがロンドンに戻ったあとはじめての社交界への顔出しを、昨日今日と二日にわたって見送った理由の一つだった。

ただし、それはあくまでも理由の一つでしかない。

そして、最大の理由はグレース本人だった。

なぜならグロスターシャーで家族と過ごしているあいだも、ルシアンはともすればグレースのことばかり考えている自分に気づき、胸が不穏に波立つのを抑えられなかったからだ。

「だからさ、その一件には絶対に何か裏があるって。セントクレアは疫病みたいに相手の娘を避けてるって話だ」声の感じからしてまだ若そうな男が、騒々しく部屋に入ってくるなり、満足げに言いはなった。「何しろ娘のほうは一週間以上も前からこっちに来てるのに、そこにはまだ一度も顔を出してないんだから」

「しかし情けない話じゃないか」連れの男が不愉快そうに応じる。「まさかセントクレアみたいなやりたい放題の男がおとなしく年貢を納めるとはね」

「だから違うんだって」もう一人の男がじれったそうに言う。「噂《うわさ》によると、娘の後見人のカーライン公爵が、やつに結婚を迫ったってことだ。二人がいっしょにベッドにいる現場を押さえてね」

「だったら、このまま結婚ってことはないな。間違いないって。セントクレアは必ず逃げ道を見つけるさ」

「いや、無理だって。娘のほうから婚約を破棄するならともかく、正気の女がそんなまねをすると思うか？」

連れの男が鼻を鳴らした。「まあ、見てろよ。セントクレアはきっとどうにか逃げるさ」

「相手は公爵の被後見人だぜ」

「うちの母によると、なかなかきれいな娘でもあるらしいな。昨日、カーライン公爵夫人のところに挨拶に行ったときに引きあわされたそうだ。けど、ほかになんの取り柄がある？　しょせんとるに足りない娘じゃないか。ミス・グリニス・ヒーストンだっけ？　絵描きか何かの娘なんだろう？　セントクレアがそんな娘と結婚するもんか！」

「よし、賭けようじゃないか」友人が挑戦する。

ルシアンはそのやりとりを聞きながら、急速に不快感がつのっていくのを感じていた。二人の若者が事実を正しく把握していないからではない。単なる憶測に基づく噂にしては、あまりにも正確に事実を把握しすぎていたからだ。噂をばらまいたのはフランシス・ウィンターと見てまず間違いあるまい。袖にされた格好のフランシスについては、一週間あまり前に、怒らせると危険な男かもしれないとグレースに警告しておいたが、案の定だったか……。

だがその件はひとまず後回しだ。グレースの父親が何者かを調べるのも。何はともあれ、いまはこの二人の若造に礼儀を教えてやるべきだろう。

ルシアンは音もなく立ちあがり、くるりと向き直った。「ごきげんよう、諸君」

問題の二人組は金髪と黒髪の青年だったが、ルシアンにいまの話をすっかり聞かれたらしいと気づくと、ともに恐怖に満ちた表情を浮かべ、ピンで留められた昆虫のようにその場に凍りついた。

「一つ訂正しておくと、きみたちが話題にしている令嬢の名前はミス・グレース・ヘザリントンだ」おだやかな口調で言ったにもかかわらず、青年たちは目に見えて青ざめた。「どうやらたったいま、きみたちの一方もしくは両方から、わが婚約者に対する侮辱と受けとらざるを得ない発言があったようだが……」その声には、かつて戦場で幾多の敵を屠《ほふ》った必殺の剣そのままの静かな迫力がこもっていた。

剣の名手としてのルシアンの名声は、当人が戦地にいるうちから母国に伝わっており、その結果、二年近く前に帰国すると、ルシアンは軍隊経験のない何人かの無鉄砲な若者から腕試しの勝負を挑まれることになった。剣技でルシアンを負かすのに失敗すると、若者たちは今度は拳闘での勝負を挑み、こちらの種目でも、ルシアンは噂にたがわぬ無敵の強さを示した。去年、兄ホークの結婚式で花婿の付き添い役を務めたとき、ルシアンは手を怪我《けが》していたのだが、それは結婚式当日の朝、そんな挑戦者の一人と勝負をしたばかりだったからだ。

目の前にいる若者の土気色の顔は、二人がルシアンの戦場での武勇伝だけでなく、紳士相手の華々しい戦果についても耳にしていることを物語っていた。しかもその紳士たちは、ルシアンの婚約者を侮辱したわけでもなんでもない。

この二人が自分よりいくらも若くないのだと思うと、ルシアンは気が滅入《めい》るのを感じた。少なくとも生きてきた年数という意味では。戦場やそれ以外の場所での経験の量には大きな差があるにしても。

「そう受けとらせてもらっていいのかな、お二方？」ルシアンは愛想のいい口調で続けた。「何かの誤解なら、そう言ってくれれば……」

「も、もちろん誤解だよ、セントクレア」金髪のほうがへどもどしながら言った。

「そうとも」連れの若者も、唾を飛ばさんばかりの勢いで言う。「ぼくたちはただ、きみは運がいいやつだと言っていただけで。うちの母が、ミス・ヘザリントンはすごい上玉だって言ってたし」

「ほう、きみの母上が？」ルシアンはおやおやというふうに片方の眉を上げてみせた。

「ええと。いや、その……」またしてもしくじったことに気づいて、黒髪の青年はごくりと唾をのみこんだ。「母は、とても上品で美しいお嬢さんという言い方をしたけど」

「それはそれは」ルシアンはにこりともせずに言った。「われわれは今夜、ミス・ヘザリントンの伯母君であるカーライン公爵夫人とともにレディ・ハンバーズの舞踏会に出席することになっていてね。なんならそのときにミス・ヘザリントンに紹介してもいいが？」この二人のような若者が、だいたいにおいてもっと下世話な娯楽を好み、その種の催しには顔を出したがらないことを承知で挑発する。

「ああ……もちろん」金髪の青年がうなずいた。

「楽しみにしてるよ」黒髪の連れが熱心に言う

「では、またのちほど」ルシアンはそっけなくうなずいた。「失礼するよ、お二方」幸運にも命拾いしてほっと胸をなでおろしているに違いない二人の若者のそばを離れ、広い歩幅で戸口に向かう。

どうやらこれで、今夜レディ・ハンバーズの舞踏会に出席し、グレースと再会することは避けられなくなったようだ……。

「どうして教えてくれなかったんだ、きみの父上はあの高名なピーター・ヘザリントン画伯だと」

レディ・ハンバーズ邸の込みあった舞踏室でダンスのステップを踏みながら、グレースは冷ややかにルシアンを見あげた。

ロンドンに来て今日で九日。これまでの時間の大半は、婦人服屋や帽子屋や靴屋をいくつもまわり、伯母がぜひとも新調する必要があると見なしたグレースの衣類各種を調達するのに費やされていた。実際、衣装一式を早急に新調するべきだという伯母の主張は正しかった。週に三日は午前中は家にいて訪ねてくる客を迎え、午後はその返礼としてせっせとお茶会に出席する。そんな日程をこなすには、デイドレス三着にイヴニングドレス二着というグレースの手持ちの服では、とうてい間に合わない。おまけにここに来て、夜会の類いも盛んに開かれるようになっている。

今夜のレディ・ハンバーズ邸は人であふれかえり、舞踏室にも収容能力の限界まで人が詰めこまれているように見える。だがグレースのよそよそしい態度は、押しあいへしあいの混雑ぶりのせいでも、騒々しい会話や笑い声のせいでもなく、まったく別の理由があってのことだ。

伯母は昨日も今日も、グレースの婚約者であるルシアンが留守中に訪ねてくるといけないから、遠出はなるべく避けるべきだと主張した。だがロンドンに戻ったら訪ねてくると言っていた婚約者は、一度も姿を見せなかった。二日前にはすでにロンドンに戻っていたにもかかわらず、だ。グレースはルシアンの妹であるアラベラからそれを知らされた。公爵家の令嬢は昨日の朝、未来の義姉に自己紹介をするために訪ねてきたのだ。グレースは率直で美しいアラベラにすぐに好感を持ったが、だからといって、ルシアンがロンドンに戻ったあともずっと、カーライン公爵邸にもグレースにも寄りつこうとしなかったという事実は変わらない。

グレースは婚約者に冷ややかな視線を向けたまま答えた。「お尋ねがありませんでしたので」

ルシアンはむっとして顔をしかめた。おかげでこっちは今日、クラブであの生意気な二人の若造の話を小耳にはさむまで、グレースが〝絵描きか何か〟の娘だとは知らずにいたのだ。いったんグレースがピーター・ヘザリントンと同姓であることに気づけば、二人が親子であることを確認するのは簡単だった。ピーター・ヘザリントンの作品は、王立アカデミーの展覧会にたびたび出品されたほか、今夜ここに集まっている社交界人士の屋敷にも、必ずといっていいほど飾られている。ルシアンのロンドンの住居にも、イングランド南部の海岸の野性的な美をとらえた海洋画が二枚かけられている。

「約束どおり、ロンドンにお戻りになってすぐに伯母やわたしに会いにいらしていれば、お話しする機会もあったかもしれませんけど」グレースはつけ加えた。やさしげな口調とうらはらに、瞳が腹立たしげに光っている。

なるほど、そういうことか。ルシアンは苦笑まじりに息を吐きだした。グレースはルシアンが二日前にロンドンに戻ってきたことを知っており、屋敷に顔を出さずにいたことに腹を立てているらしい。

実のところルシアン自身も、レディ・ハンバーズの屋敷に到着して込みあった舞踏室の奥にグレースの姿を認めたときは、なぜもっと早く会いに行かなかったのかと自問せずにいられなかった。伯母のかたわらに立ち、小柄ながらも自信を漂わせたグレースは、繻子《しゅす》にレースをあしらったごく淡いラベンダー色の衣装をまとって、まばゆいばかりに美しく輝いていた。こうして見ても、ドレスの色は黒檀《こくたん》の髪をこのうえなく引きたて、瞳にけぶるようなラベンダー色の輝きを添えている。肌の色は白木蓮《はくもくれん》を思わせ、唇は蠱惑《こわく》に満ちた一輪の薔薇のようだ。

すこぶるつきに蠱惑に満ちた一輪の薔薇。

はたして抵抗できるかどうか、不安にならずにいられないほど強烈な誘惑をはらんでいる。

「少し外の空気を吸いに行かないか？」形ばかりに提案すると、ルシアンはグレースの肘をつかみ、一直線にフランス窓を目指した。テラスと庭に面したフランス窓は開けはなたれている。朝から霧が濃かったにしては、今夜は気温が高めのようだ。

グレースは、何がどうなってルシアンとテラスに出てきてしまったのかさっぱりわからなかった。今夜は絶対に二人きりにはならないつもりだったのに。もっとも込みあった室内と比べたら、ここでは息をするのがはるかに楽なことは事実だ。ただし、ルシアンにそんなことを言うつもりはない。

「妹さんもこの舞踏会に出席しておいでですの？」

グレースは無造作に扇をゆらすと、明かりで照らされた庭園に目を向け、レディ・ハンバーズ自慢の縁どり花壇に見とれるふりをした。

それはあくまでもふりだった。実際には、三十分前にルシアンが舞踏室に姿を現したときから、その姿以外は何一つ目に入らなくなっていた。暗褐色の髪は粋に乱れ、黒い夜会服と純白のシャツは、がっしりした肩の広さと筋肉が盛りあがった胸、しなやかに引きしまった腰と脚を隠すのにはほとんど役に立っていない。なんてことを。上品に育てられた清純な良家の子女は、そんなことを考えるものじゃないわ！

もっとも、今夜ここにいる女のなかで、ルシアンの姿に目を奪われたのは、わたし一人ではないけれど。グレースはそのときの様子を思いだし、苦々しい気分になった。何しろルシアンが優美でためらいのない足どりで舞踏室を横切ってグレースのそばに到着するまで、ありとあらゆる年齢の女たちがその姿を目で追っていたのだから。おまけに数人の女性はその後も二人に視線を向けたまま、うわの空で会話を続けていた。

「アラベラ？」ルシアンはいくぶん驚いたように応じた。「いや、妹はモアフィールド伯爵夫人邸で催される音楽会に出席しているはずだが」

驚いた声を出したところを見ると、妹がすでに自分の婚約者と面識を得ていることは知らないらしい。

「妹さんは昨日の朝、伯母さまといっしょに、うちの伯母に会いに来てくださいましたのよ」

「なるほど」

グレースは甘ったるい笑みをルシアンに向けた。

「はつらつとした美しい方ですわね」

「ああ、そのとおりだ」ルシアンはそっけなく肯定した。ただし、アラベラにはほかにもさまざまな面があり、お節介なところもその一つだ。

予想していたとおり、家族はルシアンが婚約したという知らせを歓迎した。家族のなかにグレースと面識のある人間が一人もいないという事実は、まったく問題にされなかった。とにもかくにもルシアンが結婚する気になったのなら、相手がよほど不釣り合いな娘でなければそれでいいということらしい。そして公爵を後見人に持つグレースは、不釣り合いな相手ではない。それはともかく、あのお節介ではねっかえりのアラベラが、ロンドンに到着するなり自分の一存で兄の婚約者に面会を求めるだろうことは、予想しておくべきだった。

そして、はねっかえりという点では、グレースも妹といい勝負だ。

「たしか、きみの父上の話の途中だったはずだが……」

「そうでしたかしら?」グレースはまたちらりと冷ややかな視線を投げてよこした。「その話はもう終わったと思っていましたけど」

グレースは自分と伯母に会いに来なかった婚約者の怠慢にいまなお腹を立てているが、不完全ながらもその怒りを隠し、うわべだけは礼儀正しくふるまっている。ルシアンはその種の欺瞞《ぎまん》が大嫌いだった。一週間あまり前に宿屋の前で別れたときのグレースのほうがずっといい。社交界の世間ずれした貴婦人たちにうんざりしていただけに、あのときのグレースの率直さは実に新鮮に感じられた。

ルシアンはいらだたしい思いでため息をついた。

「何かわたしに言いたいことがあるなら、はっきり言ってもらいたいね、グレース」

グレースは黒い眉の片方をそびやかした。「今日はこの季節にしてはずいぶん蒸し暑かったですわね。そうお思いになりません? 午後に伯母と公園を散歩したのですけど、日傘をさしていたにもかかわらず、熱気でぐったりしてしまいました」

ルシアンは険悪に顔をしかめた。グレースは本来、こんなくだらない話をするような娘ではないはずだ。

「きみ同様、わたしも天気の話は願い下げだ」

「あら、そうですの?」グレースが相変わらず腸《はらわた》が煮えくりかえるほど冷ややかな口調で言う。「では、閣下のご家族のご健康についてお話ししたほうが?」

「お断りだね」

「わたしの家族の健康についてなら?」

「もっかのところは……それもだめだ！」

グレースは苦笑を浮かべて首をふった。「でしたら、閣下が話題を選んでくださったほうがいいと思いますわ」

ルシアンはぎりぎりと歯を食いしばった。本当のところは、話など少しもしたくない。ルシアンは十分前から、ずっと顔をそむけたままでいるグレースの繊細優美な横顔に見とれていた。優雅な曲線を描くなめらかな喉、つんととがった小さな顎のすっきりした輪郭、薔薇色の誘うような唇。自分の唇でふさがずにはいられない気分をかきたてる唇……。キスを。

キスを一つだけ……。

いや、断じてだめだ。そもそも二人が婚約するはめになったのも、一度だけという約束でこの娘にキスを求めたのがきっかけだった。そしてその結果、わたしは一つのキスだけで終わらせたくないと思ってしまったのだ。キスだけでなく、もっと多くの経験をグレースと分かちあいたかった。ビロードのようになめらかな肌の感触を楽しみ、豊かで感じやすい胸のふくらみにこの手をかぶせ……。

「庭を散歩しようか？」ルシアンは言い、グレースが先に石段をおりられるように後ろに下がった。

グレースはためらい、警戒の目でルシアンを見やった。こうして二人きりでいるのは危険だ。宿屋で出会ったあの夜に想像した以上に。あのときのルシアンは、高慢ながらも洒脱《しゃだつ》な美男子という印象だった。だが今夜、宝石で身を飾ったきらびやかな社交界の人々のなかに身を置いてみて、グレースは自分とルシアンの違いをこれまで以上に意識せずにいられなかった。

ルシアンが舞踏室の入り口に現れ、尊大な目で集まった人々を見やると、歓談の声がふっととぎれた。ルシアンが迷いのない足どりでグレースのほうに向かってくると、人々は男女の別なく退いて道を開けた。それらの人々が、男性は妬ましげに、女性は物欲しげにルシアンの一挙手一投足を見守る様子は、この選ばれた特権的な集団のなかで、ルシアンが大いに賞賛される一方で、恐れられる存在でもあることを物語っていた。

不安から来るふるえが背筋を駆けおり、グレースは自分もまたルシアンを恐れていることに気づいた。ただし、理由はまったく違うけれど。

「あまり長いあいだ外にいてはまずいのでは……」

ルシアンは硬い笑みを浮かべた。「われわれは婚約しているんだよ、グレース。わたしがレディ・ハンバーズの庭園で婚約者によからぬまねをしたと非難する人間がいるとは思えないな」

たしかに、ルシアンが何をしようと、自分の頭上に降りかかるはずの冷ややかな報復を思えば、男女を問わず、だれしもその行為を非難するのに二の足を踏まずにいられないだろう。

この人をひと目見て、なぜ内にはらんだ闇に気づかなかったのか。あるいはその後、悪夢にうなされる様子を見て、心に闇を抱えていることを感じとりながら、なぜもっと注意して、意のままにされかねない状況を避けるようにしなかったのか。

グレースはぐいと肩をそびやかした。「舞踏室に戻りたいというのは、わたし自身の希望ですわ」

ルシアンもまた自信に満ちた目でグレースの視線を受けとめた。「そしてわたしの希望は、きみと大事な話をするのにふさわしい場所に行くことだ。だれにも聞かれる心配のない場所にね」テラスに出てきた別の男女をふりむき、当てつけがましく顔をしかめる。男のほうはその表情の険悪さに気づいたらしく、身をかがめて連れの女性の耳に何かささやき、二人はそそくさと舞踏室に戻っていった。

それを見送ったグレースが、嘲るような視線を向けてきた。「閣下は単身でナポレオン軍を敗走させましたの？」

ルシアンは歯をむきだし、面白くもなさそうに微笑した。「そこまで言う気はないな」

「そうでしょうね」グレースは冷やかすように微笑した。「わかりましたわ、閣下」優雅にうなずく。「いっしょにお庭を散策して、人に聞かれる心配のない場所でしか話せない大事な話とやらをうかがいましょう」

相手はまだ勉強部屋を出たばかりのような娘だぞ。年齢はともかく、経験においては。連れだって石段をおりながら、ルシアンは苦笑まじりに思った。それでいて、この娘はわたしの関心をとらえて離さず、いっしょにいても退屈やわずらわしさを感じさせることがない。それどころか、ふと気づけば次は何を言うか、何をするかと期待している始末だ。

こうしていつまでも庭に出ているのは、賢明なことではないかもしれない。かもしれない？　むろん賢明なことではないに決まっている！　だが隣で歩を運ぶグレースはこのうえなく優雅で美しく、ルシアンはこの際、いつもの用心を忘れることにした。

グレースの頭はルシアンの肩にやっと届くかどうかという位置にある。月光が黒い巻き毛を青みがかった色に染め、グレースの顔に透きとおるような白さを与えている。灰色の瞳も月光を映して銀色にきらめき、張りつめた胸のふくらみがせわしなく上下している。少々せわしなさすぎるくらいに？

もしやグレースは……あの宿屋でのことはその場のはずみにすぎないと主張した若き処女の鑑は、ルシアン同様、あの夜の経験をもう一度味わうことに関心を抱いているのだろうか……？

7

明かりに照らされた小道を離れ、木立に足を踏みいれると、グレースは伏せたまつげの下からルシアンの様子をうかがった。舞踏室で奏でられている楽の音は遠くかすかになり、いまや二人の周囲には静寂が満ちている。こうしていると、すぐそこの邸宅には少なくとも二百人の人々がいるというのは何かの間違いで、自分たちは月光を浴びる茂みや木々のなか、完全に二人きりでたたずんでいるかのような錯覚に見舞われる。完全に二人きりで……。

　グレースはふいに足を止めた。「これ以上遠くに行く必要はないと思いますわ、ルシアン卿《きょう》」

　ルシアンがこちらに向き直った。その顔は月光のなかで謎めいた、どこか悪魔的な雰囲気を漂わせ、読みとりがたい表情をたたえた瞳は漆黒に光っている。「そう思うかい？」ささやくような声。

　グレースはごくりと唾をのみこんだ。体がかすかにふるえ、胸が不規則に上下しているのがわかる。

「恋愛ごっこをしたいなら別の相手を探してください」ルシアンの強烈な存在感にどぎまぎしているのを隠そうとして、ぴしゃりと返す。

　あれは本当にあったことなのかしら？　わずか十日足らず前、わたしは自分の寝室で一時間以上もこの人と二人きりで過ごし、この腕に身を預け、情熱的なキスを許した。あのキスを思いだすと、それだけでふるえるような渇望をおぼえずにいられない。

　ルシアンが狼《おおかみ》めいた笑みを浮かべ、むきだしになった歯を月光が純白にきらめかせた。「恋愛ごっこは嫌いかい、グレース？」

　グレースの目が銀色の光を放った。挑戦するように顎を突きあげる。「それは相手によります。口では立派なことを言いながら、約束を守ろうとしない人との恋愛ごっこなどまっぴらです！」

「ははあ」そのごく短い、かすかなつぶやきは、グレースがどの約束のことを言っているのかをルシアンがちゃんと承知していることを物語っていた。

グレースは目を燃やして相手をにらみつけた。

「わたしはもう一週間以上ロンドンにおりますのよ、閣下。そのあいだずっと、わたしは伯母夫婦の手前、閣下との降って湧いたような婚約を喜び、名誉にさえ思っているようにふるまってきました。閣下のような方と婚約できた幸運に対して、大勢の人から祝福の言葉をかけられるという試練に耐えてきたんです。それなのに、閣下は二日前にロンドンに戻っていながら、その〝幸運な〟娘のもとを訪ねるだけの礼儀すら持ちあわせていらっしゃらなかった！」

ルシアンはグレースの憤然とした顔を見おろし、こみあげてきた笑みをねじ伏せるのに苦労した。怒りを爆発させたときのグレースは、本当に目をみはるほど美しい。黒檀《こくたん》を思わせる髪さえ、いつもより黒々と輝いているようだ。「訪ねていたら歓迎してくれたかい？」ささやくように問いかける。

「ばかなことをおっしゃらないでください、閣下――」

「ルシアンだよ、グレース。二人きりのときは、わたしのことはルシアンと呼んでほしい」鋭い問いをはらんだ視線に応えて、かすれた声で説明する。

「あいにくですけど、わたしにとって閣下が何をお望みかはとりたてて重要ではありませんの。いまもこれからも！」グレースの目が強い光を放った。

なるほど、グレースはわたしの怠慢にそうとうおかんむりらしい。だが自分でも持てあましているこの感情をあらわにしすぎることなしに、どうすれば真相を説明できるだろう？　つまり訪問をためらった裏には、グレースに会いたくないという気持ちではなく、その逆の気持ちがあったのだと。

十七歳ではじめて愛をかわす歓《よろこ》びを知って以来、ルシアンは多くの女性と関係を持ってきた。公爵家の次男という毛並みのよさも手伝って、征服はたやすく、獲物は豊富だった。陸軍に入り、英雄と呼ばれる身になると、ルシアンのベッドを暖めたがる女性はさらに増加した。正直なところ、ルシアンはその事実にうんざりし、そのため退役後はずっと、その場かぎりの関係しか結ばないようにしてきたのだ。

だが小柄で華奢《きゃしゃ》な体つきと豊かな胸を持つグレースは、そんなルシアンの関心と欲望にふたたび火をつけていた。このまま抱き寄せて愛をかわせたら、どんなにかいいだろう。それも無垢《むく》な乙女を相手にする場合に示すべきやさしさや配慮とは無縁な、グレースに寿命が縮まるほどの恐怖を味わわせかねない、頭の芯をしびれさせるほどの激しさで。

ルシアンはその欲望をぐっと抑えつけ、片手でそっとグレースの頬を包んだ。雪花石膏《せっこう》を思わせるなめらかさと白さを持ちながら、その冷たさとは無縁な肌。「わたしの怠慢を償うには、キス一つで足りるかな?」

「とんでもない!」グレースは目にぎょっとした表情を浮かべ、頭をぐいと後ろに引いて、頬に添えられた手をはずした。「閣下はお忘れのようですけど、わたしは忘れていませんのよ。わたしたちが婚約するなどというばかげた事態を招いたきっかけは、たった一つのキスだったことを!」

ルシアンは面白くもなさそうに微笑した。「この二日間のわたしの行動には怠慢な点があったかもしれないが、記憶力はすこぶる健在だよ、グレース」

「だったらそんなことを言って傷口に塩をすりこむのはやめていただきた――」

「傷口に塩をすりこむ?」ルシアンはささやくよう

に問いかえした。「きみはわたしと婚約することで傷を負ったと思っているのか？　そして、わたしのキスはそこに塩をすりこむような行為だと？」

そのかすれた声の底には鋭い響きがひそみ、広い肩はさっきまではなかった緊張をはらんでいる。まるで獲物に飛びかかろうとしている猫のようだ。それも家猫ではなく、山猫の類いだ。家猫よりはるかに凶暴で人に慣れていない、危険な野獣。

グレースはゆっくりと慎重に息を吸いこんだ。少しでも対処の仕方を誤れば、ずたずたに引き裂かれかねない。肉体的にではないにしても、言葉によって。「もちろん違います、閣下——」

「ルシアンだ」うなるような声。

「ルシアン」グレースは用心深い目を相手に向けたまま、おとなしく言った。「ただ、この婚約が茶番でしかない以上、キスなど必要ないと——」

説明の言葉はそこでぷつりと断ち切られた。ルシアンがすくいあげるようにしてグレースを抱き寄せ、激しく唇を求めてくる。

グレースは抵抗したが、唇をむさぼられているうちに腹立たしさは跡形もなく消え去り、奇妙なもどかしいうずきにとってかわられた。

唇を開くと、さっそくもぐりこんできた舌が、グレースの舌に闘いを挑む。広い肩にしがみつくと、ルシアンの両手が下にすべりおり、腰のまるみをつかんでぴたりと引き寄せた。硬くなって脈打つ下腹部から、欲望の強さがひしひしと伝わってくる。

ルシアンのグレースに対する欲望が。

ルシアン・セントクレアのような経験豊富な大人の男性が、わたしにこんなにも欲望をかきたてられている。その事実にめまいをおぼえ、グレースの情熱はあおられた。ルシアンの片手が胸のふくらみを包みこむと、唇から小さなあえぎをもらした。胸が手のひらを慕うように張りつめ、先端が熱く脈打って愛撫《あいぶ》を求める。

やがてルシアンが唇をもぎ離し、探るような視線を向けてきた。グレースは抗議のうめき声をあげた。グレースの表情から何を読みとったにしろ、ルシアンは納得したらしい。少し後ろに下がってもどかしげに上着を脱ぎ、グレースの足元の芝生に広げる。

「ここに横になるんだ、グレース」切迫した口調で促す。グレースがわずかにためらっただけで言われたとおりにすると、黒い瞳が満足げに光った。

すぐに筋肉質ながっしりした体がかたわらに寄りそい、ルシアンがふたたび唇を求めてきた。

正気の沙汰じゃないわ。狂気の沙汰もいいところだ。それがわかっていながら、体の奥で制御できないまでにふくれあがり、声高に騒ぎたてている渇望をはねつける力も意思もグレースにはなかった。情熱的にキスに応え、ルシアンの手が燃えるような胸の頂をまさぐると、喉の奥で低いうめき声をあげる。

ルシアンは絹のドレスとシュミーズ越しにグレースの胸が反応するのを感じとり、そのやわらかさと熱さに酔いしれた。だがこれだけでは満足できない。むきだしの肌に触れ、舌と口で味わうまでは。

グレースはそうさせてくれるだろうか？　グレースには――いや、二人のうちのどちらにでも、すでにまわりはじめた歯車を止める力はあるだろうか？

ルシアンは慣れた手つきですばやく背中のボタンをはずすと、ぴたりとグレースの視線をとらえたまま、ドレスを腰のあたりまで引きおろした。ついでシュミーズの細い紐《ひも》を肩からすべらせ、胸のふくらみをすっかりあらわにすると、おもむろに視線を下に移動させて、心ゆくまで目を楽しませる。

グレースは全体的に小作りにできている。胴まわりは細く、腰幅も狭い。それでいて二つの丘はふっくらと盛りあがり、先端の蕾《つぼみ》は硬くとがって、全身で触れてほしいと叫んでいるように見える。

手を伸ばし、親指の腹で軽く胸の先端をこすると、グレースは小さく声をあげた。体が誘いかけるようにそりかえり、胸がそそのかすように突きだされる。ルシアンはその誘いに応じ、敏感になっている蕾に唇を寄せた。熱をおびた先端をゆっくりと舌で転がし、やさしく吸うと、グレースの体がふるえ、鋭い爪が肩に食いこむのを感じた。

ルシアンはゆっくりと愛撫を続けた。たっぷり時間をかけて、この先に待ち受けているめくるめく歓びの世界の一端をグレースにのぞかせる。性急に先を進むのではなく、グレースが未知の快楽になじみ、受けいれられるようになるのをじっくり待つつもりだった。肝心なのはグレースに歓びを与えること。自分自身の欲望や情熱は二の次、三の次だ。

やがてグレースの腰がもどかしげに動きだし、次の段階に進む準備ができたことを告げた。いまやグレースの体はもっと別の、ルシアンになら与える力があるはずの何かを声高に要求している。

ルシアンはどうすべきか迷った。この庭園でグレースを抱くわけにはいかないことは最初からわかっていたのに、あまりにも強烈な欲望に耐えかねて、キスし、体に触れずにいられなかった。だがグレースがここまで情熱をかきたてられてしまった以上、このまま手を引くわけにはいかない。体の中でくすぶっている欲望の始末をつけてやらなくては。

だがグレースはそれを許してくれるだろうか——手と唇と舌を使って、ふくれあがった快感が堰《せき》を切ってほとばしる瞬間に導くことを。それとも、そんな行為は単にショックを与えるだけだろうか？

むずかしい二者択一だ。ここで手を引いてしまえば、あとで一人になってから、グレースは欲求不満に悩まされ、ルシアンを恨むだろう。だがその一方で、グレースの肉体が声高に求めているとおりにしてやったとしても、やはり憎まれそうな気がする。

「ルシアン……？」

ささやくような声で名前を呼ばれ、グレースの瞳が熱っぽく輝いているのをはっきりと認めて、ルシアンはついに決断した。唇をグレースの喉に押しあて、やわらかくなめらかな肌を味わう。グレースのにおいたつような清純さは、二人の周囲で咲き誇る春の花々のどれよりもはるかに陶酔を誘った。

ルシアンの唇が灼熱《しやくねつ》感とともにゆるやかにグレースの喉をすべりおり、胸のふくらみに向かう。ひんやりした夜気にさらされていただけに、ルシアンの唇と舌は炎の熱さで肌を焦がした。甘やかなふるえがグレースの全身を駆けぬけ、脚のあいだのうずくようなほてりが強まり、そのうずきがもどかしい思いをかきたてて……。

何を求めてのもどかしさだろう？

見当もつかない。だがルシアンの片手がドレスの裾からもぐりこみ、触れた箇所すべてに火をつけながら、じりじりと腿を這《は》いあがってくると、グレースは悟った。何もかもこの人に任せておけばいい。この人は自分が何をしているのかを完全に心得ているのだから……。

「だから義姉《あね》上、あの二人はここにはいませんよ」

そのいらだった声は、間違いなくフランシス・ウィンターのものだった。「義姉上が見落としただけで、もう舞踏室に戻ってるに決まってますよ」

「いいえ、見落としたはずなどありません」カーライン公爵夫人がじれったそうに応じた。「二人が外に出ていったときもすぐに気づいたし。まあ、気づかなかった人などいないでしょうけど！」嘆かわしげな口調。「それからずっと、一瞬たりともフランス窓から目を離していないんですもの」

グレースは大きく目を見開いてルシアンを見あげた。身じろぎ一つしないところを見ると、ルシアンも二つの声がだれのものかに気づいているらしい。

話題になっているのが自分たちであることにも！

ルシアンは厳しい表情で、グレースの顔の前で静かにというふうに人差し指を立ててみせた。

まるでそんな警告が必要であるかのように！

楽の音はなおも遠くからかすかに響いてくるが、フランシス・ウィンターとカーライン公爵夫人の声は明瞭に聞きとれる。つまり二人は、グレースがルシアンの上着の上に半裸で横たわっている場所から目と鼻の先、ことによるとグレースとルシアンを囲んでいる茂みのすぐ向こう側に立っているということだ。フランシスか伯母さまが、あとほんの少しこちらに近づいてきたら……。

「だったら別の戸口から戻ってきたんですよ」フランシスがにべもなく一蹴した。「いまごろは別室で何かつまんでいるんでしょう。もっとも家のなかがああ暑くては、食欲が湧くとも思えませんがね」感心しないと言いたげにつけ加える。「戻りましょう、義姉上。さもないと口さがない連中が、二人きりで庭で何をしているのかと勘ぐりだしますよ！」

「本当にグレースにも困ったものだわ、こんな軽率なまねをして……」

二人は屋敷に引きかえしはじめたらしく、公爵夫人の困惑した声がしだいに遠ざかっていった。

「グレースを責める気にはなりませんね」フランシスが例によって独善的な口調で言う。「セントクレアの悪影響ですよ！　だからあんな男はやめたほうがいいと言ったのに……」舞踏室にたどりついたらしく、フランシスの声がふっと聞こえなくなった。

グレースは打ちひしがれ、いたたまれない思いでルシアンを見あげた。なんの抵抗もすることなく、親密な愛撫を許してしまった相手を。間違いなく自分に悪影響を与えている相手を。

フランシスか伯母があとほんの少しこちらに近づいてきていたら、見つかっていたかもしれない。そう思うと、いっそうやりきれない気分になる。

わたしはいったい何を考えていたの？　そもそも、何かを考えてさえいたかどうか。いいえ、何も考えてはいなかった。グレースは認めた。みじめな思いを噛《か》みしめながら身を起こし、ルシアンに背を向けて身づくろいを始める。まだ敏感になっている胸をシュミーズでおおい、ドレスをひっぱりあげる。

「さあ……わたしがやろう」ふるえる指で背中のボタンと格闘していると、ルシアンがその手を押しのけた。

「すみません」ルシアンが手早くボタンをはめおえるのを待ちかねて、グレースはそそくさと立ちあがった。ルシアンの愛撫そのものと、その現場をフランシスと伯母に発見されかけたことに、いまなお激しく動揺していた。「舞踏室に戻らないと――」

「グレース――」

「いまは話をしている時間はありませんわ、閣下」きっと向き直ったグレースの目が、月光のなかで警告するように光った。「それに、この件については今後もいっさい話したくありません。あんなことをした自分が死ぬほど恥ずかしいわ」グレースは自分自身に愛想がつきたというふうに首をふった。

ルシアンは顔をしかめてグレースの視線を受けとめると、上着を軽くふって袖を通し、シャツの袖口のレースを整えた。それからようやく口を開き、乾いた口調で問いかえす。「〝死ぬほど〟恥ずかしいって、グレース？　しかし、さっきあんな無粋きわまりない形で邪魔が入ったとき、きみはまだ〝小さな死〟にはかなり間がある状態だったがね」

グレースは当惑した表情を浮かべた。「小さな死……？」

この娘は本当に男女のことに無知なのだ。ルシアンは強い自責の念をおぼえた。男女の愛の行為がもたらすいわゆる絶頂が、小さな死と呼ばれていることなど知るはずがない。濡《ぬ》れ場を発見されかけたことで、ただでさえ打ちのめされている様子のグレースを、からかったりするべきではなかった。

「いまはどうでもいいことだ」いらだった口調で言い、やんわりとグレースの腕をつかむ。

「でも――」

「きみが言ったとおり、舞踏室に戻らないとまずい。きみの伯母上にあれ以上気をもませないうちに」

たしかに伯母さまは気をもんでいるようだった。

グレースは思い、顔をしかめた。でも、わたしたちは婚約しているのだから、多少のことは大目に見てもらえるはずでしょう？　もちろんレディ・ハンバーズの庭園であわや一線を越えかけるようなことは論外にしても、しばらく二人きりでいたくらいで、とやかく言われる必要はないはずだわ。

とはいえ、ついさっきまでいちゃついていましたと言わんばかりの姿で戻ったりしたら、そうはいかないだろうけど！

ルシアンがそんなふうに見えるというわけではない。髪がいつもより少し乱れているだけで、いつもながら一分の隙もない姿をしている。問題はグレース自身だ。髪がくしゃくしゃになっているのは確実だし、唇は腫れぼったく感じられる。そしてドレスの前身ごろは、ずっと腰のくびれのあたりでまるまっていたために、少ししわになってしまっている。

それでもここはルシアンに感謝するべきなのだろう。下に上着を敷いていたおかげで、ドレスの後ろに草の染みをつけることだけは避けられたのだから！

グレースは感謝などしていなかった。いまのこの気持ちがなんなのか、自分でもよくわからないけれど、とにかく感謝の気持ちでないことはたしかだ。

それについては、あとで自分の部屋で一人になってから考えることにしよう。いまはひとまず舞踏室に戻り、伯母さまによると、二人が外に出ていくのに〝気づかなかった人などいない〟という出席者たちの好奇の視線を浴びなくてはならない。

「わたしがやろう」グレースが乱れた巻き毛をもとに戻そうとしているのを見て、ルシアンがふたたびむっつりと申しでた。厳しい表情とはうらはらなやさしい手つきで、次々に巻き毛を整えていく。

もっとも髪の乱れを直したところで、舞踏会の客の大半、なかでも男性客は、ルシアンとグレースのあいだで何があったのかを正確に見抜いてしまうだろうが。グレースの瞳は過剰なほどのきらめきを宿し、頬は上気し、唇はキスされた直後に見られる、あのいくぶん腫れぼったい様相を呈している。

ルシアンは険しく顔をしかめた。「結局、話はできずじまいだったな」

当初の予定では、昼間のうちにクラブで小耳にはさんだ会話について話すつもりだった。二人の婚約は意思に反して押しつけられたものだという、社交界に出まわっているとおぼしき噂《うわさ》について。だが、いまとなってはそんな必要はないかもしれない。これだけ長いあいだ庭に出たきりになっていたあとで、二人の婚約が単なるご都合主義の産物でしかないと思う者がいるだろうか？

「どなたのせいかしら？」グレースが刺《とげ》のある口調で言い、身をかがめて芝生から扇を拾いあげる。

ルシアンは皮肉っぽく口元をゆがめた。「きみのせいだろうな」

「わたしの？」グレースがむっとしたように目を見開く。

ルシアンは肩をすくめた。「きみが美しすぎるのがいけない」

灰色の目が険しく細められ、忍耐の限界が近づいていることを告げる。「言ったはずよ、ルシアン。恋愛ごっこの相手をするつもりはないわ」

「そうだったな」ルシアンはグレースの腕をとり、

騒音と喧噪《けんそう》に満ちた屋敷に戻りはじめた。何はともあれ、グレースが〝閣下〟ではなくルシアンと呼んでくれたことは喜ばしい。「しかし、単に事実を述べるだけのことを恋愛ごっことは呼ばないよ」

グレースはうさん臭げに連れを見やった。この人と比べると、わたしは若い。そして、それは年齢だけのことではない。社交界に不慣れで、技巧というものをまったく心得ていないせいで、今夜ここにいる美しく洗練された女性たちと比べて、自分がひどくがさつに見えるのを感じる。そんなわたしに、ルシアン・セントクレアほど洗練された男性の関心を勝ち得たり、つなぎとめたりできるはずがない。

「本気で言っているとは……」

「美しくない女性に言い寄るような男だと思われているとしたら傷つくね」

グレースは口元を引きしめた。「わたしの言葉ごときで傷つくような閣下とは思えませんけど」

「そうかい、グレース？」

またしてもぐっと近づかれて、グレースの胸はあやしくざわめいた。「お話というのはなんでしたの、閣下？」

ルシアンはいらだった目でグレースを見やった。ただし、そのいらだちが自分自身と相手のどちらに向けられたものかははっきりしなかった。この小娘と結婚するのはしかたがないにしても、主導権を握るのは、あくまでもこちらであるべきだ。この娘に対する欲望の奴隷になるつもりはまったくない。

ルシアンは口元を引きしめた。「明日の朝、公園でちょっとひと乗りしよう。話はそのときだ」

「公園でひと乗り？」グレースがわくわくしたように目を輝かせた。「すてき。伯父さまの馬を思いきり飛ばせるなんて、そんなにうれしいことは――」

「わたしが提案したのは、無蓋馬車でのひと乗りだよ、グレース」ルシアンはそっけなくさえぎった。

自分がどれほどの名誉を与えられようとしているかに、グレースはまったく気づいていないらしい。ルシアンが女性を隣に乗せて馬車で公園にくりだしたことは、ただの一度もないのだ。

「あら」興奮の色はたちまち消えうせた。「そうよね、ちょっと考えればわかることなのに」しかめっ面をして言う。「わかったわ。伯母さまのお許しが出たら、明日の朝、馬車に乗せていただくわ」

ルシアンはグレースから楽しみにしていた娯楽をとりあげてしまったような後味の悪さを感じた。

「きみがそうしたいなら、乗り心地のいい無蓋馬車のかわりに馬に乗ることにしても構わないが」

「ええ、そうしたいわ！」グレースの目がふたたび輝いた。

ルシアンは肩をすくめた。「ただし、あらかじめ言っておくが、公園で馬を走らせるのは速度に関係なくすべてご法度だぞ」

「どうして？」グレースが眉根にしわを寄せる。

ルシアンは皮肉な笑みを浮かべた。「なぜかというと、公園で乗馬をする紳士淑女の目的は、人を見ること、そして人に見られることだからさ。馬を走らせることではなくてね！」

グレースは顔をしかめた。「なんだか退屈そうね。こんなことを言ったら気を悪くするかもしれないけど」

「少しも気を悪くなどしないよ、グレース」ルシアンは嘲るように唇をゆがめた。「むしろ、わたしもきみに賛成だ」

「どうやら伯母さまに絶対に必要だと言われてあつらえたきれいな乗馬服のどれかを着て、片鞍《かたくら》に品よく横ずわりしないといけないらしいわね」

ルシアンは顔をしかめてグレースを見やった。うんざりしたような口ぶりは、いつもは女性用の片鞍を使わずに乗馬をしていることを示しているように思えるが……。コーンウォールの父親の領地で、グレースはいったいどんな生活をしていたのだろう？画家だった父親は自由奔放な生き方だったとしても、母親はカーライン公爵夫人の妹で、結婚前はレディ・アメリア・ホップグッドだった。当然、社交界のしきたりは心得ていたはずだ。それにしては、娘にはその知識をまったく伝えていないようだが。

脚と尻の形がはっきりわかる、ぴったりしたズボンをはいて馬にまたがったグレースの姿が脳裏に浮かびあがる。下腹部がたちまち緊張するのを感じて、ルシアンは居心地悪げに身じろいだ。

グレースは伏せたまつげの下から、ルシアンが不快げに顔をしかめるのを見てとった。「もしもそうしなかったらスキャンダルになるかしら？」

「もちろんだ！」ルシアンは苦々しげに断言した。

「それはいいことを聞いたわ……」グレースの目が挑戦するような光を放った。

ルシアンはいらだたしげに唇を引き結んだ。「グレース――」

「ルシアン！」

グレースはテラスを見やった。親しげに連れに呼びかけてきたのは、並はずれて眉目秀麗な青年だった。からかうような茶色の瞳が率直に見かえしてくる。よく見ると、青年はルシアンとアラベラに驚くほどよく似ていた。ただし、その目にはルシアンの冷ややかさもアラベラの皮肉もない。では、この人がセバスチャン・セントクレア――セントクレア三兄弟の末弟に違いない。

「そして、そちらが婚約者の君かな？」

セバスチャン・セントクレアとおぼしき青年はうれしそうに笑い、テラスから庭におりてきた。

「紹介してくれよ、ルシアン」冷やかすような口調で促す。

「そんなことより、なぜおまえがこんなところにいるのか知りたいね」ルシアンはそっけなく応じた。

「おまえ好みの催しとも思えないが」

相手はからかうように眉を上げた。「友人二人にぜひいっしょに来てほしいとせがまれてね。昼間、クラブで会ったんだって……？」

「ああ、会った」ルシアンは目を険しく細め、むっつりと答えた。「グレース、紹介しよう。弟のセバスチャンだ。セバスチャン、こちらはミス・グレース・ヘザリントン。お祭しのとおり、わたしの婚約者だ」そっけなくつけ加える。

「ミス・ヘザリントン」セバスチャンはグレースの手に口づけし、なおもからかうような笑みをたたえている目を向けてきた。「兄より先にあなたに会わなかったのが残念です。セントクレア三兄弟のなかでは、ぼくが断然つきあいやすいんだし」

グレースはすぐにセバスチャンが気に入った。この人にはルシアンのような打ちとけないところも、噂に聞くスタワーブリッジ公爵の傲慢さもまったく感じられない。「お目にかかれてうれしいですわ、閣下」グレースははにかみながら応じた。

「こちらこそ」相手はグレースの手を握ったまま、悪びれるふうもなく笑いかえした。「どうせ兄は何も言っていないでしょうが、あなたは実に――」

「セバスチャン！」ルシアンは牽制《けんせい》するようにさえぎった。グレースの官能的にかすれた声を聞くなり、弟の目の色が変わったのを見てとっていたからだ。

「婚約者に賛辞を述べるのは、わたしに任せておいてほしいね」弟に握られたままになっていたグレースの手を、やさしいなかにもきっぱりとしたしぐさで奪いかえし、自分の上着の袖にのせる。

十日近く前、グレースは社交界に出ればすぐにも型破りな個性派として注目を浴びるだろうと予言したルシアンだが、まさか自分の弟のちょっかいからグレースを守らなくてはならなくなるとは予想していなかった！

　もっとも当のグレースは、守ってほしがっているようには見えない。ルシアンに険のある視線を投げつけると、ぷいと目をそらし、にっこりとセバスチャンに笑いかける。わたしには一度もあんな笑みを向けたことはないぞ。ルシアンは胸のなかで憮然とつぶやいた。

「それで、兄は賛辞の雨を降らせてくれていますか、ミス・ヘザリントン？」セバスチャンが快活な口調で問いかける。

「わたしの気づいたかぎりでは、そんなことはないようですわ、閣下」グレースは小声で答えた。

　セバスチャンが兄とは反対側からグレースに寄りそい、三人はいっしょに屋敷に向かった。「そういうことなら、ぼくが兄の怠慢の埋めあわせをしなくてはいけませんね。あなたの目は――」

「セバスチャン、いいかげんにしないか」ルシアンが歯ぎしりまじりに吐き捨てる。

　セバスチャンは平気な顔をしていた。「兄はまだ軍にいると勘違いしているんですよ。おまけに、ぼくたちを自分の部下だと思っているらしい」グレースに向かってわざと大袈裟《おおげさ》なささやき声で言う。

「おまえのような部下がいたら、即刻たたきだしているさ」ルシアンはいらだたしげに断言した。

「ほらね」セバスチャンが芝居がかったため息をつく。「弟の運命なんてこんなもんですよ」

　グレースは兄弟のやりとりを大いに楽しみ、すでにセバスチャンが大好きになっていた。このからかうような陽気さには、好感を持たずにいられない。弟に比べて打ちとけず、心に悩みを抱えたルシアンにも、きっといい影響があるに違いない。

　ルシアンの内なる苦悩に、ご家族は気づいているのかしら？　心をかき乱す記憶の数々が、悪夢となってまとわりついていることに。セバスチャンの軽口の裏には、それとない意図が感じられる気もする。どんなものであれ、寡黙な兄から反応を引きだせれば、なんの反応もないよりはましだというような
……。思案するような視線を向けると、あるかなきかの目配せが返ってきた。

ルシアンはそれを見とがめて、険悪に顔をしかめた。「セバスチャン、どこかほかに行かなくてはならない場所があるんじゃないのか？」

「紹介してもらえるかな、セントクレア？」

不機嫌な顔でふりむくと、クラブで会った二人の青年が立っていた。声をかけてきたのは金髪のほうで、期待に満ちた目をルシアンに向けている。黒髪のほうは感嘆のまなざしで、心を奪われたようにグレースを見つめている。ルシアンはそれが気に入らなかった。セバスチャンが現れただけでも面倒なことになったと思っていたのに、もはや最悪だ！

だが、この二人に今夜ここに来るように言ってしまった以上、グレースを紹介しないわけにはいかない。ルシアンはやむなく両者を引きあわせた。あくまでも堅苦しく。「諸君、わが婚約者、ミス・グレース・ヘザリントンだ」

「サー・ルパート・エンダービーです」金髪の青年がグレースの手をおしいただいて頭を下げる。

「ギデオン・グレイソン卿です」黒髪の青年が一礼したところでいったん演奏がとぎれ、別の曲に変わった。「さっそくですが一曲お相手願えますか、ミス・ヘザリントン？」青年は礼儀正しく問いかけた。

そんなわけで、ルシアンは数秒後にはセバスチャンとサー・ルパート・エンダービーとともに舞踏室の片隅にたたずみ、魅せられきった様子のギデオン・グレイソン卿の腕に抱かれて優美に踊るグレースを、ひそかに歯ぎしりしながら見つめていた。

8

「今朝はなんだかうわの空ですのね、閣下」グレースは伏せたまつげの下から連れを見やった。二人は公園の乗馬道を馬を並べて進み、少し離れて、伯母がお目つけ役につけてよこした若い馬番がついてきている。まだ時間が早いにもかかわらず、ほかにも馬に乗っている人間が十人以上いて、どうやら全員がルシアンと顔見知りらしい。もっとも先方から挨拶されたときのルシアンの反応は、これまでのところ、ごく控えめに言っても寡黙そのものだ。

昨夜セバスチャンから、グレースとルシアンは三十分前から自分といっしょに軽食をとりながら歓談していたといういささか事実と異なる説明を受けたマーガレット伯母は、翌朝グレースを乗馬に連れていきたいというルシアンの申し出を、馬番を同行させるならばという条件つきながら、快く許可していた。

グレースは新調の乗馬服を身につけていた。濃いグレーのビロードであつらえた乗馬服と共布のボンネットは、自分で言うのもなんだがなかなかよく似合い、伯父の馬番が用意してくれた、毛並みのつややかな黒い牝馬《ひんば》ともしっくり調和している。

ルシアンはもちろん、すばらしく立派に見えた。そう見えないときなど、はたしてあるのだろうか？　黒い帽子をかぶり、漆黒の上着に純白のシャツ。クリーム色の乗馬ズボンとぴかぴかのヘシアンブーツがふくらはぎの発達した筋肉を強調している。何年も将校をしていただけあって、手綱さばきは見事で、元気のいい黒い牡馬《ぼば》を軽々と御している。実際、この険悪なしかめ面さえなければ、今朝のルシアンは非の打ちどころなく立派に見える……。

「今朝アラベラが手紙をよこして、今日の午後、お茶の時間にきみの伯母上のお宅にうかがうので同行してほしいと言ってきた」

グレースは眉を上げた。「二日前に伯母とわたしが妹さんとレディ・ハモンドを訪問したので、その返礼ということでしょうね」

ルシアンは唇を一文字に引き結んだ。「というより、セバスチャンからサー・ルパート・エンダービーとギデオン・グレイソン卿《きょう》ともども顔を出すつもりだと聞いたからだろうな！」

「まあ、それは楽しみだこと」グレースは意識的にあいまいな声を出した。

正直に言えば、昨夜はいま名前が出た三人の青年といっしょに過ごすのを大いに楽しんだ。三人の他《た》愛《わい》ない軽口の応酬は、不機嫌になる一方だったルシアンの様子と、見事な対照をなしていたからだ。

ルシアンは唇を一文字に結び、すれ違った紳士に目礼した。ご多分にもれず、この男もまた、ルシアンのかたわらで馬を進めている若い美女しか目に入っていないらしい。公園に到着してからずっとこんな調子だ。無理もないかもしれない。女性用の鞍《くら》に横ずわりしていてさえ、馬上で優美かつ危なげのない姿勢を保っているグレースの姿は、十分に見とれる価値のあるものなのだから。

昨夜のレディ・ハンバーズの舞踏会に参加した結果、グレースは大勢の崇拝者を持つ身になったようだ。そのなかにはルシアン自身の弟セバスチャン、それにサー・ルパート・エンダービーとギデオン・グレイソン卿も含まれる。三人の若いしゃれ者は、それぞれが一度ずつグレースと踊った以外はだれとも踊ろうとせず、その後はずっとグレースを囲む崇拝者の輪のなかにとどまって、ルシアンを大いに不愉快にさせてくれた。

グレースがちらりといたずらっぽい笑みを向けてきた。「セバスチャンはきっと、あなたに嫌がらせをしたい一心で来ることにしたんでしょうね」

その意見にはルシアンも全面的に賛成だった。何しろセバスチャンはこれまでの人生の大半を、ルシアンに嫌がらせをするのに費やしてきたのだから！それはいいとして、目障りなのはルパート・エンダービーとギデオン・グレイソンが来ることだ。

あの二人に対しても、あれからダンスを申しこんできたほかの五、六人の若い紳士に対しても、グレースは少しもなれなれしい態度をとっていない。にもかかわらずルシアンをとまどわせ、いらだたせているのは、自分が二人の紳士に対して感じずにはいられない、理不尽そのものの腹立たしさだった。

ルシアンは努力して肩の力を抜いた。「実を言うと、昨夜《ゆうべ》きみに話すつもりだった一件にわたしが気づくきっかけを作ったのは、いま話に出たセバスチャンの友人、サー・ルパート・エンダービーとギデオン・グレイソン卿でね」

グレースは当惑したように顔をしかめた。「だけどわたし、あの時点ではまだお二人に紹介されてもいなかったけど……」

「そういう意味で言ったんじゃない」ルシアンはうなるような声を出した。「きみに話したかった件というのは、わたしがたまたま小耳にはさんだ、あの二人の会話の内容なんだ」

グレースは眉を吊《つ》りあげた。「もしかして……怒ってらっしゃる、閣下？」

「今回はきみに対してではないが」ルシアンはため息をつき、昨日の午後に耳にした、二人の青年紳士の会話の要点を話してきかせた。「まあ、あれだけ急な婚約だった以上、その種の憶測が生じるのもしかたがないのかもしれない。そうはいっても、噂《うわさ》を流した人間の正体はきっちり突きとめるつもり小間使いだけだ」厳しい口調で締めくくる。

グレースは気遣わしげな面持ちで口を開いた。

「もしかして宿屋の関係者が……？」

「それはまずあり得ないだろうな。宿屋の亭主には莫大《ばくだい》な額の口止め料を支払ってある」

たしかにそういうことなら、宿屋の主人が約束を破ることはなさそうだ。口止め料をもらったからではない。宿屋の主人だろうと公爵だろうと、ルシアンほど危険なオーラを放っている人間にあえて逆らおうとする人間がいるとは思えないからだ。

グレースは額にしわを寄せた。「だったら伯母さまの小間使いかしら？」自分自身の小間使いの口の堅さは、全面的に信頼している。「お屋敷勤めの使用人は往々にして、こちらが思っているより多くのことを知っているものだし」苦笑まじりにつけ加えたのは、十九歳になるまでわが家と呼んでいた増築に増築を重ねた領主館で、厨房《ちゅうぼう》を訪れるたびに耳にすることになった噂話の数々を思いだしたからだ。いつの日にか、ふたたびわが家と呼べるようになることを願っているあの館で……。

ルシアンが厳しい視線を向けてきた。「わたしはむしろフランシス・ウィンターが気になっていた。昨夜、それとはまた別の噂を耳にしたこともあってね。それによると、きみはスタワーブリッジ公爵家の次男坊のほうが別の公爵家の三男坊より上等だという理由で、フランシスを袖にしたそうだ！」

とっさに出かかった否定の言葉が、グレースの唇の上で凍りついた。考えてみれば、いかにもフランシス・ウィンターのやりそうなことではある。でも、どうしてそんなことを？　嫌がらせかしら？　いくら気を引こうとしても、ルシアンに出会う前もあとも、わたしがまったくなびこうとしなかったから？

その可能性は大いにあるわ！

使用人を別にすると、あのとき宿屋にいたのは自分自身の分たち五人だけだ。噂を流したのはグレースとルシアンではあり得ないし、伯母夫婦がグレースとルシアンの婚約について、そんな憶測を広めるはずもない。となれば、残るのはフランシスだけ……。ルシアンとの婚約をめぐってそんな噂が飛びかっているとはつゆ知らず、昨夜、のこのこと社交界に顔を出したことを思うと、恥ずかしさで身が縮む。

「ひどいわ！」ボンネットの下の顔を蒼白《そうはく》にして、グレースはうめくように言った。「あんまりよ」ルシアンとの婚約発表によって、その種の噂は未然に防がれたとばかり思っていたのに。

「許しがたいことだ」ルシアンはそっけなくうなずいた。「だが犯人の正体を確かめてしかるべき処置をとるのは、わたしに任せておいてくれればいい」冷ややかなきっぱりした表情で言いはなつ。

グレースは連れの視線を避けるようにして口を開いた。「あの……わたしはそろそろ伯母の家に……」

「それはだめだ、グレース」ルシアンがぶっきらぼうに言った。「わからないか？」グレースの尋ねるような視線に応えて続ける。「噂を沈静化させる最も効果的で手っとり早い方法は、われわれがいっしょに過ごすことだ。これからの数週間で、二人は間違いなく恋仲だと見せつけてやればいい」

グレースは目を見開いた。「こ、恋仲？」

その仰天した表情を見て、ルシアンは硬い声で笑った。「わたしの意中の相手と見なされることになるからといって、そんなに迷惑そうな顔をしないでほしいね、グレース」

最後のせりふをどう受けとるべきか決めかねて、グレースはごくりと唾をのみこんだ。わたしはこの人の意中の相手ではないし、この人もわたしの意中の相手ではない。社交界の人々の手前とはいえ、どうしてそんなふうにふるまうことができるだろう？

でも考えてみれば、わたしたちが昨夜したことは、まさにそのとおりのことだったのでは？　いっしょに庭に出たきり、いつまでも戻らずに……。

グレースは腹立たしげにあえいだ。「昨夜わたしを庭に連れだしたのは、そのためだったのね！　庭であんなことをしたのも！」頬を紅潮させ、なじるような目でルシアンをにらみつける。

ルシアンはなかば閉じたまぶたの下からグレースを見やった。グレースは本気でそう思っているのだろうか？　昨夜の庭園でのことは、わたしの計算ずくの芝居だったと。そうだと言いたいところだが、真相は違う。あそこでフランシス・ウィンターとカーライン公爵夫人に邪魔されなければ、グレースはいかさま行為よりもはるかに重大な罪でわたしを非難することになっていたはずだ！

ルシアンはうんざりした表情を浮かべてみせた。

「どうやらヒステリーを起こしかけているようだな」

「おかげさまでヒステリーとはまったく縁がありません！」グレースはそっけなく言い、ぐいと手綱を引いて、来たばかりの方向に馬首を向けた。「それに昨夜のことはどうあれ、あなただってこんな茶番を続けたいとは思っていないはずよ。わたしにそんな気がまったくないことは知っているわけだし」横に並んだルシアンに、ぴしりと言葉を投げつける。

ルシアンは鋭く息を吸いこんだ。この会話はルシアンの予想とも期待とも違う方向に進んでいる。その最大の原因は、どうやら昨夜のレディ・ハンバーズの庭園での親密なひとときらしい。それにしても、グレースにはわからないのだろうか……もはやこの結婚から逃れる道はないのだと。婚約を白紙に戻すことなど、社交界が許すはずがない。たとえ許されたとしても、そのときにはグレースの評判は完膚なきまでに傷つけられているはずだ。

ルシアンは渋い顔をした。「言いたくないが、きみの意見には賛成しかねるな――」

「まさかこんな茶番を続けたいと言うつもりじゃないでしょうね？」グレースは嘲るように言い、まっすぐに前方だけを見つめたまま、門に向かってずんずんと馬を進めていく。

「賛成しかねると言ったのは、その点についてじゃない」ルシアンはけだるい口調で言い、グレースがボンネットの下からうさん臭げな視線を向けてくると、からかうように眉を上げてみせた。「きみには明らかにヒステリーの気があるよ、グレース」小声で断言する。「ヒステリックで、おまけに石頭だ」

グレースはぐいと手綱を引いて馬を急停止させると、首をねじり、険しく細めた目でルシアンをにらんだ。大きな黒い馬にまたがり、馬の勝手な行動をいともたやすく抑えこんでいるその姿は、どこまでも高慢で優越感に満ちている。万が一にもわたしを妻にすることがあったら、わたしの〝勝手な〟行動もこんなふうに抑えこもうとするに違いない！

冗談じゃないわ。グレースは固く心に誓った。夫であろうとなかろうと、男の言いなりになどなってたまるものですか！

「そういうことなら、かえってよかったんじゃありません？　手遅れになる前に婚約者の欠点に気づいたんですもの」グレースはわざとらしく甘い声を出した。「帰宅したら伯母夫婦に伝えますわ。あなたの気が変わったので、婚約の話は――」

「ばかなことを言うな！」ルシアンは手袋をはめた手を伸ばして手綱をつかみ、グレースが一目散に馬を飛ばして逃げていくのを防いだ。顎に力をこめ、奥歯を噛《か》みしめるようにして続ける。「この件についてはわたしに従ってもらうぞ、グレース」

「手綱を放してください、閣下！」燃えたつような怒りが、グレースの頬をあざやかに紅潮させた。

ルシアンは高慢なしぐさで眉を吊りあげた。「いやだと言ったら？」

グレースはきゅっと唇を結び、目に挑むような光を浮かべた。「その場合は、実力行使をするしかないでしょうね」

ここで笑ったらまずいことになるのは確実だが、ルシアンはまたしても笑みをこらえるのに苦労した。身長は靴の踵《かかと》の高さを入れても百五十センチそこそこで、体重はルシアンの半分くらい。そんなグレースが、実力行使でルシアンを自分の意思に従わせようというのだ。自分にその力があると信じて疑わない自信のほどには、惚《ほ》れ惚《ぼ》れせずにいられない。

「グレース――」

「ちゃんと警告はしましたからね、閣下！」優越感に満ちた黒い瞳が余裕たっぷりに楽しげなきらめきを放つのを認めて、グレースは手綱の端をふりあげ、ぴしりと相手の頬にたたきつけた。

ルシアンは完全に意表をつかれ、鞍の上でびくりと身を引いた。大きな黒馬が動揺して飛びはね、そのはずみで、つかんでいたグレースの手綱が手のなかからもぎとられる。さすがの乗馬の名手も、いまは馬を落ち着かせるので手いっぱいのようだ。

グレースはその頬に浮きあがった赤いみみず腫れをちらりと見やると、馬腹を蹴って猛然と走りだした。これくらい飛ばせば、ルシアンが馬をなだめているあいだに逃げきれるかもしれない。

ぽかんと口を開けている馬番に爽快な気分で笑いかけ、飛ぶような速さでその横を駆けぬける。馬番がついてこられるかどうかも気にかけず、馬の背に低く身を伏せ、馬腹を蹴ってさらに速度をあげる。

背後でとどろく蹄《ひづめ》の音が、いっそう切迫感をあおる。だが寸秒をも惜しむグレースは、追ってくるのが馬番かルシアンかをふりむいて確かめようともせず、あわてふためいて道を開けようとするほかの乗り手のあいだを器用に縫って走りつづけた。

あとほんの少しで門にたどりつくというところで、

大きな黒い馬が横に並んできた。手袋をはめた手がにゅっと伸びてきて、牝馬の手綱をつかんで急停止させる。グレースほどの乗馬の名手でなければ、確実に落馬していたはずだ。

グレースは怒りで顔を朱に染めてふりむいた。「危ないじゃないの。無茶もいいところ――」

「これ以上わたしを怒らせるとただではおかないぞ、グレース！」ルシアンは食いしばった歯のあいだからうなるような声を押しだした。黒い目がすさまじい光をたたえてグレースをねめつけている。

「わたしがあなたを怒らせるですって？」あまりの言葉に、グレースは二の句が継げなかった。

ルシアンはうんざりしたように首をふった。「こんな強情で無茶な女に会ったのははじめてだ！」

灰色の瞳が憎々しげに細められる。「もう一度だけ言うわ。手綱を放してください、ルシアン卿」グレースは凍《い》てつくような声で言った。

ルシアンは憤懣《ふんまん》やる方ない思いでグレースをにらみつけた。手綱で打たれた頬がひりつき、グレースが混雑した乗馬道でやみくもに馬を飛ばすのを見た衝撃で、心臓はまだ早鐘を打っている。グレースか、なんの罪もないほかの乗り手のどちらかが、いまにも地面に投げだされ、馬の蹄にかけられるのではないかと、ずっと気が気でなかったのだ。

それに引き換え、反抗心をみなぎらせて鞍にすわっているグレースは神々しいまでに美しく、ルシアンは馬の背からすべりおりてグレースを鞍から引きずりおろし、強引に唇を奪うという形で自分に服従させたいのを、やっとの思いでこらえていた。どうやらグレースはわたしの健康にとって、かつてのナポレオンの軍勢よりはるかに大きな脅威になりつつあるようだ。胸中でむっつりとつぶやく。

ルシアンは荒々しく息を吸いこんだ。「いいだろう、グレース」そう言って手綱を放す。「午後にはアラベラのお供で伯母上のお茶会にうかがうが、そのときにはもう少しものわかりのいい状態になってくれていることを願いたいね」

グレースの瞳が不吉に光った。「さあ、どうかしら。あまり期待しないほうがいいと思うけど!」

ルシアンはむっつりと口元を引き結んだ。「伯母上のお宅まで送っていく役目はきみの馬番に任せようと思うが、構わないだろうね……?」

グレースがきっとにらみつけてくる。「もちろんですとも。そのほうがありがたいくらいだわ!」そっけなく目礼してルシアンから離れると、グレースは馬番についてくるよう合図した。

ルシアンは手綱を控えて乗馬道にたたずみ、つんと頭をもたげて遠ざかっていくグレースを見送った。

数カ月前に妻帯することを考えはじめたときは、夢にも思っていなかった。よもやグレースのような、話にならないほど強情で意地っ張りな娘を妻に迎えることになろうとは……。

「やあグレース、今朝のきみはとてもきれい——」

「やめてちょうだい。あなたにそんなことを言われたくないわ!」ルシアンと別れて帰宅したグレースは、廊下ででくわしたフランシス・ウィンターに腹立たしげに食ってかかった。「もう二度とわたしに話しかけないで!」ぐいと顎を突きあげ、辛辣な口調でつけ加える。「見さげはてた人ね。軽蔑にすら値しない。虫けらよ。虫けら以下だわ!」

いきなり辛辣な言葉を浴びせられて、フランシスは仰天した顔をした。「おいおい、グレース。そういう言い方は——」

「そんななれなれしい呼び方を許した覚えはありませんわ、閣下」

「しかしグレース——」

「話しかけないでと言ったでしょう!」ルシアンと

の激しい応酬の余韻も冷めやらぬなか、グレースは怒りのあまりふるえていた。「あなたはもう十分にしゃべりすぎているようだもの!」吐きだすような口調でつけ加える。

フランシスはいっそうまごついた顔をした。「いったいなんのことか……ぼくにはさっぱり……」

「どうしてもわたしの口から言わせたいの? あなたは口さがないゴシップ屋で、おまけに嘘《うそ》つきだと!」グレースの目が警告の光を放った。

フランシスはぎこちなく反り身になった。「聞き捨てならないな。きみが男だったら、決闘を――」

「あなたが男だったら、喜んで受けて立ちますとも!」グレースは力をこめて断言した。「否定できるものなら、してみなさいよ。わたしとルシアン卿の……突然の婚約について、おかしな噂を広めたのはあなたではないと!」

フランシスの顔から当惑の色が消え、いつものもったいぶった表情に場所を譲った。「ぼくはただ、きみに婚約を破談にする手段を与えようと――」

「わたしに恥をかかせることで?」グレースはあえぐように言った。「わたしにばつの悪い思いをさせることで?」

「きみがはまりこんでいる厄介な状況から抜けだすには、ぼくを頼るという選択肢もあることを示すことでだ」フランシスは落ち着きはらって訂正した。

「あなたが余計なまねをしなければ、わたしが厄介な思いをすることもなかったのよ!」グレースは嘲るように唇をゆがめ、哀れみの目でフランシスを見やった。「でも、あなたにその報いを受けさせる仕事はルシアン卿に任せておけばよさそうね。ああいう人を敵にまわしたのがあなたの運の尽きよ」

「きみは感情的になりすぎているようだな、グレース」フランシスは早くも落ち着きをとりもどしたらしく、いつもの尊大でもったいぶった表情が戻ってきていた。「どうやらヒステリーの気が——」

「わたしは憤慨しているだけよ、フランシス」グレースは冷ややかに訂正した。激しい怒りが頬をあざやかに燃えあがらせている。フランシスはさっきのルシアンとまったく同じ言葉を口にするという過ちを犯したのだ。「自分の身がかわいければ、ヒステリーと憤慨の違いを見分けられるようになったほうがいいわ。少なくとも、わたしに関してはね」

フランシスは嘆かわしげに首をふった。「ルシアンと知りあうまでは、きみはそんな口の利き方をする女性じゃなかったのに……」

「どうしてそう言い切れるの?」グレースは詰問した。「ルシアンに会う前だろうとあとだろうと、わたしのことなんてろくに知りもしないくせに」

「ぼくは知っているつもりで——」

「つまり思い違いをしていたわけね」

「どうやらそうらしいな」フランシスは顔をこわばらせてうなずいた。「こうなってみると、早まってきみに求婚しないでよかったよ」

グレースはそちらに冷ややかな視線を向けた。

「それは残念だこと。喜んで断ってあげたのに!」

フランシスは憎々しげにグレースを見やった。

「つまり、二人とも運よく命拾いしたという点については、見解が一致したということかな?」

「わたしの見解はね、あなたが見さげはてた虫けらで——」

「いったいなんの騒ぎだ?」困惑顔をしたカーライン公爵が廊下に現れた。「ドアを閉めていたのに、書斎までおまえたちの大声が聞こえてきたぞ」そう言って、なじるように二人を見やる。

グレースはとたんにばつが悪い気分になった。廊下でこんなふうに大騒ぎするべきではなかった。伯父さまだけでなく、使用人にも聞かれてしまったかもしれない。

だがグレースが伯父に謝罪するより早く、フランシスが口を開いた。「大声を出していたのは一人だけですよ、兄上。グレース——ミス・ヘザリントンはどうも……虫の居所が悪いらしくて」グレースにきっとにらまれて、言いよどんだ末にそう続ける。

「きっとセントクレアと喧嘩《けんか》でもしたんでしょう」

グレースは呆然《ぼうぜん》としてフランシスを見つめた。この男は……この男とは名ばかりの腐った生き物は、いまの口論の責任をわたしになすりつけるつもりなの？　たしかにあんな場所でやりあう結果になったのはわたしのせいかもしれないけれど、いまの口論の原因を作ったのは、断じてわたしじゃないわ。

「とんでもない。なかにはそうでない殿方もいらっしゃいますけど、今朝のルシアン卿はそれはやさしくていらっしゃいましたわよ」甘ったるい口調で言ってのける。

露骨に当てこすられて、フランシスは不快げに唇を引き結んだ。「やさしいなどという言葉がセントクレアに当てはまるとは思えないがね！」

「あら、だってあなたは、わたしほどよくルシアンをご存じないから」グレースは挑発するようにフランシスを見やった。きつく唇を結んだ様子から、相手が同じくらい辛辣なことを言いかえしたくてうずうずしているのがわかる。

そばで聞いている兄をちらりと見やって、フランシスは思い直したらしい。堅苦しく一礼して言う。

「そういうことなら、お幸せにと言うしかないな」

グレースはそちらに再度、嫌悪の視線を投げると、伯父に力ない笑みを向けた。「なんだか頭痛がするの、ジョージ伯父さま。失礼してよければ……」

「ああ、もちろん。もちろんいいとも」公爵は答えた。弟と被後見人のいさかいが終わったことに、ほっとしているようだ。

でも本当にこれで終わったのかどうか、グレースには確信が持てなかった。

　フランシス・ウィンターのような男に会うのははじめてだ。グレースの父はとにかくやさしい人だった。のんびりした性格で、妻と娘をいつくしんでいた。カーライン公爵も父に劣らず温厚な人柄で、いまなおマーガレット伯母を心から愛している。あのルシアンでさえ、少なくとも兄や弟、妹には愛情を持っているようだ。

　フランシス・ウィンターは自分以外のだれも愛さず、自分の利益だけを求めているように見える。

　そんな人間には、あれくらい言ってやって当然よ。胸のなかでかたくなにそう断言しながら、グレースはのろのろと階段を上がっていった……。

9

「伯母さまは、あなたは起きていないかもしれないとおっしゃっていたけど……」アラベラが寝室の戸口から満足げに笑いかけてきた。

　グレースは窓辺の長椅子に寝そべっていた。ノックの音を聞いて、読みかけの小説をすばやく部屋着のひだのなかに隠したところだ。この窓は広場に面しているため、ここに陣どっていれば、読書の合間にときどき外をのぞくだけで、伯母のお茶会に到着した客人たちの姿を確認することができる。

　アラベラは淡い金髪とクリーム色の肌にしっくりなじむ、きんぽうげ色のきれいなドレスを着て、晴れやかで美しい。「そうしていると、頭痛に苦しんでいるようには見えないわね」美しい客人は言い、グレースのしゃれた部屋着姿をしげしげとながめた。ぴったりと体の線に沿うように仕立てられた、空色のビロードの部屋着。それはグレースが今朝、自室に戻ってすぐに着替えたものだ。あとで伯母が様子を見に来たときに備えて、せめて少しでも病人らしく見えるようにしたかったのだ。

アラベラのからかいを含んだ言葉に図星を指されて、グレースは赤面した。そう、頭痛がするというのは真っ赤な嘘《うそ》。実はアラベラの兄を避けるために、仮病を使っているだけなのだ。もっとも、今日のお茶会に顔を出しているのは、ルシアンとアラベラだけではない。ほかにも昨夜会った青年紳士が数人、すでに到着している。

「兄のセバスチャンも、サー・ルパートやギデオン卿《きょう》も、あなたの具合が悪いと聞いてとてもがっかりしているわよ」グレースの心の一端を読みとったかのように、アラベラがいたずらっぽく言った。

でも、ルシアンにはいっさい近寄りたくないといういまの心境までは見抜かれていないと思いたい。アラベラにとっては、ルシアンは敬愛する兄なのだから！

「ルシアンはあなたがいないのにいらいらして、檻《おり》のなかの虎みたいに客間を行ったり来たりしているし」アラベラが探りを入れるようにつけ加える。

グレースは客人の探るような視線を避けて、つと目をそらした。「嘘ばっかり」

アラベラは鈴をふるような声で笑った。「あら、本当よ」そう言って長椅子の端に腰をおろす。グレースが場所を空けるために部屋着の裾をどけると、隠してあった本が床に転がり落ちた。「まあ、グレースったら！」アラベラが身をかがめて本を拾いあげる。「もしかしたらと思ったけど、やっぱり頭痛は仮病で、本当はお客に会いたくないだけ——」

「そんなんじゃないわ」グレースはしかめっ面で本を受けとり、かたわらのテーブルに放りだした。「ちょっと退屈だったから。ずっと何もしないで横になっていると、かえって疲れるんですもの」

アラベラの茶色の瞳が、からかうようにきらめいた。「とはいえ、もう一つの選択肢もお気に召さないというわけね！」

「何をおっしゃっているのかわかりませんわ、レディ・アラベラ――」

「アラベラよ。わたしたちは姉妹になるんですもの」輝くような笑みがかすかに薄れた。「それに、あのすさまじいしかめっ面の原因が自分だったら、わたしだってルシアンを避けていると思うわ」

ではルシアンは、いまだにしかめっ面をしているわけ？　だとすると、今日はずっと部屋にこもっていることにして正解だったらしい。

「でもまあ」アラベラはむずかしい顔をして続けた。「とにもかくにもルシアンが感情をあらわにしているのを見て、ほっとしているのも事実なんだけど」

グレースは探るようにアラベラを見やった。「どういうこと？」グレースの前では、ルシアンはつねに感情をむきだしにしている。初対面のときに後見人夫妻の前で見せた堅苦しいほどの礼儀正しさはどこへやら、いらだちや欲望や怒りをぶつけてくる。でもアラベラがこんなことを言うところを見ると、ルシアンは退役してから意識的に家族を避けていたのではないかという疑いは当たっていたらしい……。

「つまり……あら、まただれか来たわ！」カーライン邸の前で馬車が停《と》まる音を聞きつけて、アラベラがはしゃいだ声を出した。「また一人、あなたの崇拝者が到着したのかしら？　だとしたら兄がまた嫉妬に狂って歯ぎしりするわよ」アラベラは笑いながら続け、二人の娘は恥ずかしげもなく窓の外をのぞいて馬車から乗客が出てくるのを待ち受けた。

グレースはいらだちもあらわに首をふった。「わたしとお兄さまの関係は、あなたが思っているようなものじゃないのよ。わたしたちが婚約したのは、ちょっと口にできない事情があってのことで――」

「例の噂《うわさ》のこと?」アラベラの顔からは笑みが消えていた。「昨夜《ゆうべ》モアフィールド伯爵夫人のお宅でちらりと耳にしたわ」気の毒そうに説明する。「でもね、これはそのときもすぐに言ってやったことだけど、ルシアンはこの二年間、社交界の掟《おきて》なんてこれっぽっちも気にかける様子がなかったのよ」

「それはまあ、自分だけのことならそうかもしれないけど」グレースはぎこちなく認めた。例の噂がアラベラの耳にも入っていたと思うと、ばつの悪さで頬がほてる。知らない人なんて、はたしているのかしら?「だけど伯母夫婦とは長いつきあいだし、放っておけばわたしの評判に傷がつくとあっては、求婚しないわけにいかなかったのよ」

「ばかばかしい! ルシアンは……。あら、あれはダリウス・ウィンター卿みたいだけど……」アラベラが眼下の通りにじっと目を凝らす。そこにはようやく馬車からおりてきた紳士の姿があった。

歩道におり立ったのは、なるほどウィンター三兄弟の次男、ダリウス卿だった。黄金の髪と傲慢さを感じさせる端整な顔にまばゆい陽光を浴びながら馬番から帽子と杖《つえ》を受けとると、ダリウス卿はグレースの部屋着と同じ空色の瞳で屋敷を見あげた。

アラベラが後ろめたげに窓辺から身を引いた。「今年のシーズンはロンドンにはいないと思っていたのに……」

グレースはうなずいた。「こちらに来る前にモルヴァンの領地にお邪魔したけど、たしかそのときに、二、三日ロンドンに来る予定だと聞いた気がするわ。亡くなられた奥さまの領地のことで何か用事があるとかで。ダリウス卿が結婚後まもない奥さまを亡くされたばかりだということは、もう……？」

「ええ、知っているわ。ダリウス卿が莫大《ばくだい》な財産を持つ女性と結婚したことは周知の事実ですもの」アラベラは苦笑しながら認めた。「あれは事故死ではないんじゃないかという噂をずいぶん聞いたわ」

「そう、そんな噂が……」グレースはたじろいだ。なにしろ一週間あまり前に例の宿屋で、財産目当てで結婚する男性について、歯に衣着《きぬき》せない意見を披露したばかりだ。ダリウス・ウィンターが社交界でその類いの男と見なされていると知っていたら、いくらルシアンを怒らせるためでも、あんなことは言わなかっただろう。「でも、たしかにすばらしい美形ではあるわね」苦笑まじりにつけ加える。

「ええ、とてもね」アラベラはぶっきらぼうに言い、ぷいと立ちあがった。「見事な金髪と神秘的な青い瞳、そして天使の顔を持つ男。それとも悪魔の顔かしら」荒々しい笑い声をたてる。「噂が本当なら、いまではとても裕福な悪魔だわ」

「たったいま、噂なんて当てにならないと言わなかった？」グレースはまぜっかえした。

「ルシアンの場合はそのとおりよ」アラベラは頑として言い張った。「だけどダリウス卿の場合はまったく事情が違うわ。ろくに知りもしない女相続人と結婚して……花嫁はわずか一カ月後に急死……」話にならないというふうに首をふる。「あまりにも都合がよすぎるわ。もちろん花嫁にとってじゃないわよ」つけ加え、ばつが悪そうに顔を赤らめる。

「めったなことを言うものじゃないぞ、アラベラ！」

ルシアンの声が響いた瞬間、グレースははっと身をこわばらせた。青ざめた顔でそろそろとふりむくと、声の主は部屋の戸口に立っていた。厳しい目で妹をにらみつけている非難がましい顔をひと目見れば、いまの会話を少なくとも部分的には聞いていたことは明らかだ。せめてルシアンについての発言は聞いていないといいけれど！

　そしてグレースは、ルシアンが招かれずして自分の寝室に入ってきたのはこれが二度目だということを思いださずにいられなかった。

　ドアを開けた瞬間に、ルシアンの目にはグレースの優美な姿が焼きついていた。背中に流れ落ちている黒い巻き毛、やわらかいビロードの部屋着によって強調された腰のくびれと胸のふくらみ。だからこそ、わざとこうして厳しい視線をぴたりと妹に据えているのだ。だがこうしていても、グレースがしどけない服装をしていること、ぴったりした部屋着が魅力的な体の線をくっきりと浮かびあがらせていることを意識せずにはいられない……。

「グレースに謝るべきだな、アラベラ」妹に向かって冷ややかに言う。「ダリウス卿はグレースの義理の叔父上だ。そのダリウス卿をおまえは侮辱した」

　アラベラはむっとしたように顔をこわばらせ、反抗的に兄の視線を受けとめた。「真実を告げることで？」

　ルシアンは口元を引きしめた。「根拠のない噂話を口にすることでだ」

「ちょっと違うんじゃないかしら、ルシアン」グレースが横から口をはさんだ。口調はおだやかだが、その言葉にもやはり挑戦がこもっている。

　ルシアンは厳しい目でグレースを見据えた。「ではきみは、妹がいま口にしたような罪をダリウス卿が犯したと……？」

「もちろん違うわよ！」グレースは腹立たしげに頬を赤くした。「わたしはただ、ダリウス卿はわたしの義理の伯父の弟でしかないと言いたかっただけよ。それにアラベラはダリウス卿を犯罪者呼ばわりしたわけじゃないわ。結婚直後に奥さまを失うという悲劇に見舞われたことについて、ほかの人たちがどんなふうに考えているかを教えてくれただけよ」

ルシアンはそっけなく首をふった。「だとしても、根拠のない噂話を口にしたことに変わりはない」

「ふん、ばかばかしい！」アラベラは鼻を鳴らした。「だいいち、人の話を立ち聞きするような人間には、聞いた話の内容にけちをつける権利はないわ！」

「おまえは階下《した》に戻ったほうがいいな、アラベラ」

まったくなんとずけずけとものを言う生意気娘だ。ルシアンは内心で顔をしかめた。ホークもいいかげんで何か手を打つべきだ。いっそのこと、アラベラがのべつ反抗的にふるまうのを大目に見たりしないような男のところに嫁にやってしまえばいい。

アラベラは驚いたように目をみはった。グレースと兄を二人きりにして立ち去るのは、明らかに不適切だ。「いいって、だれにとって？」

「そうよ、ルシアン。だれにとっていいことなの？」グレースも信じられない思いでルシアンを見やった。こうも次々と、何かあったと思われてもしかたのない状況を作られては、婚約を白紙に戻すどころではなくなってしまう。もしかして、それが目的……？　でも、どうしてそんなことをするのか理解できない。今朝の一件で、わたしが妻にするのにはまったくふさわしくない相手だということは、いままで以上によくわかったはずなのに。

ルシアンは凍《い》てついた黒い瞳をグレースに向けた。端整な顔には冷ややかでとりつく島のない表情が浮かんでいる。「むろんアラベラにとってだ。それとも、きみはまたしてもわたしと舌戦するに際して妹が同席していたほうがいいとでも……？」

なるほど、そういうことね。グレースは思い、気が重くなるのを感じた。またさんざん非難されるのだろうと思うと、早くもいらだちがこみあげてくる。もっとも手綱で殴りつけてしまったのだから、文句を言われてもしかたがないのかもしれないけれど。

まだ右頬にうっすらと残っている赤いみみず腫れを見て、グレースは後ろめたい思いで認めた。「そうね、席をはずしてもらったほうがいいかもしれないわ、アラベラ。お兄さまはまたいつもの長ったらしいお説教を始めるつもりらしいから」そう言って、促すように笑いかける。

アラベラは優雅な身のこなしで戸口に向かい、兄のかたわらで足を止めた。「公爵夫人はいい顔をなさらないと思うけど……」

ルシアンの固く食いしばった顎がぴくりとふるえた。「わたしがいいと言っているんだ」

「なるほどね。それならまあ……文句を言われる心配はなさそうね！」アラベラはからかうような笑い声をあげた。「それでも念のために、薔薇園を見せてくださるようにお願いするつもりよ。お兄さまがなかなか階下に戻ってこなくても、公爵夫人があまり……気をもまずにすむようにね」

ルシアンは一文字に唇を引き結んだ。「そんなことはしなくていい。グレースとわたしは婚約しているんだぞ」

「それでもやっぱり、わたしはお庭を見せていただくわ」アラベラは言い、爪先立って兄の頬に愛情のこもった軽いキスをすると、最後にもう一度、グレースにいたずらっぽいまなざしを投げて立ち去った。二人の男女と気まずい沈黙をあとに残して。

グレースはルシアンと二人きりになったことを痛いほど意識していた。そしてルシアンは……ルシアンがどう感じているかは推量するしかない。部屋に入って静かにドアを閉めたルシアンの顔には、高慢で非難がましい表情が浮かんでいる。それを見るかぎり、この寝室で、寝間着の上に薄手の部屋着をまとっただけのグレースと二人きりでいることに、いささかも心を乱されている様子はない！

それはこちらも同じだと言いたいところだが、ロイヤルブルーの上着の下から刺繍《ししゅう》入りの銀のベストと白いシャツをのぞかせ、淡いグレーのズボンに筋肉質のふくらはぎをぴったりと包みこむ黒いヘシアンブーツを合わせたルシアンは、すばらしく立派に見え、くつろいだ気分になるどころではない。

アラベラに席をはずさせたのは賢明ではなかったかもしれないな。この場の雰囲気がいっきに親密なものになったのに気づいて、ルシアンは胸中ひそかにほぞを嚙《か》んだ。グレースはうっとりするほど美しかった。黒檀《こくたん》のような髪が波打ちながらほっそりした背中に流れ落ち、大きく開いた部屋着の襟元からは、そそるようななめらかで豊かなふくらみがのぞいている。そして、すぐそこにベッドがあるのが、いやがうえにもなまめかしい雰囲気を高め……。

ルシアンは後ろで手を組み、窓辺にすわっているグレースの美しい姿から目をそらすと、せかせかと室内を歩きまわりはじめた。「どうやら今朝のふるまいについて謝罪しなくてはならないようだ」

「謝罪……？」グレースは目をみはった。わざわざ妹を部屋から追いだしたあとで、まさかこんなことを言いだすとは思わなかった。

ルシアンはそっけなくうなずいた。「きみとの衝突について考えてみた結果、わたしの態度は婚約者に対して常識的に許される限度を超えて横暴なものだったという結論に達したのでね」

「横暴にふるまっていいのは、あくまでも結婚してからということ？」グレースは声に皮肉がにじむのを隠そうともしなかった。

「さらに、わたしはいくつか……言うべきでないことを言った」ルシアンはグレースの横槍《よこやり》を黙殺して続けた。「きみの性格について立ちいった発言をし、その結果、きみを……早まった行動に走らせた」

謝罪としてはいささかお粗末だ。自分があんなふるまいをしたのはグレースに原因があるとほのめかしているように聞こえる。それでもとにかく、謝罪であることに変わりはない……。

「謝罪を受けいれるわ」グレースはうなずいた。

ルシアンはうさん臭げに目を細めてグレースを見つめた。「それはまたずいぶんと……寛大な……」

グレースは無造作に肩をすくめた。「わたしはとても寛大な人間なの」

ルシアンはわずかに口元をゆるめ、いくぶん肩の力を抜いた。だが完全にではない。グレースの美しさをひしひしと感じ、ビロードの部屋着の下は裸同然だという事実を痛いほど意識している状態で、完全にくつろぐことなどできるはずがない。「公爵にうかがったところによると、朝の乗馬から戻るなり、フランシスとひと悶着《もんちゃく》あったそうだが……？」

グレースは挑むように顎を突きあげた。「だって気に障ったんですもの」

ルシアンは硬い笑みを浮かべた。「あの男が息をしていることが、かな……？」

グレースはそっけなくうなずいた。「まあね」

ルシアンはわかっているというふうにうなずいた。

「もしもわれわれの想像どおり、今回の婚約に関する噂を流したのがフランシスだったら――」

「そのもしもだったのよ！」

「本人がそう認めたのか？」

グレースは腹立たしげに唇を引き結んだ。「そう受けとっていいと思うわ」

「そういうことなら、きみがあの男に腹を立てるのはしごく当然だ」

グレースの目が強い光を放った。「寛大なるお言葉、恐縮至極に存じますわ、閣下！」

いったいなぜ、とルシアンはいらいらと自問した。グレースと話をすると必ず口論になるのだろう？　こちらが物分かりよくふるまおうとしているときでさえ――いや、むしろ物分かりよくふるまおうとしているときほど、グレースはこちらのちょっとした言葉や行動に腹を立てるように思える。

ルシアンはため息をついた。「とにかくフランシス・ウィンターを懲らしめるのはわたしに任せておいたほうがいい。きみの伯母上夫妻のために、という意味だ」グレースにすさまじい目でにらみつけられて、不機嫌に吐き捨てる。「結局のところ、あの男はきみの後見人の弟だし、しかもきみたちはもっか同じ屋根の下で暮らしているんだからな」

言われてみればそのとおりだ。そしてひねくれているようだが、グレースは反論できないことを残念に思った。ルシアンをつついて怒らせるという行為には何かとても甘やかで……わくわくするところがある。ことにルシアンが、実の弟と妹が二人揃《そろ》って、兄は感情を失ってしまったのではないかと心配するような状態だったことがうかがえるだけに……。

少なくともこの二年間はそうだったらしい。ナポレオンとの戦いは言うまでもなく熾烈《しれつ》なもので、出征した将兵のなかには生還できなかった者も少なくない。おそらく……おそらくはそれこそが、ルシアンが悪夢にさいなまれている理由なのではないだろうか。自分は生還してしまったという事実が。

だとしたら、そんなふうに感じるのはもちろんばかげているけれど、知りあって日が浅いとはいえ、グレースはルシアンがとても豊かな感情の持ち主だということを知っている。少なくとも怒りと欲望に関するかぎりは……。

「あなたの言うとおりかもしれないわね」グレースは恥じらうように目を伏せて、静かに言った。

「これはこれは……」ルシアンはぽかんとした顔をした。

グレースはびっくりしてルシアンを見やった。

「どうかした？」

「わたしが思うに……」ルシアンはにんまりと笑っ

た。「きみがなんの反論もせずにわたしの意見に賛成したのは、いまのがはじめてだ！」

「そんなはずはないわ、ルシアン」グレースは顔をしかめた。「だってほら……。ああ、あれは違ったわ。でも、たとえば……。あら、あれも違う」重いため息をつく。「だけど、たしかあのときは……。あああもう、それもやっぱり違ったみたい」どうやらルシアンの言うとおりらしいと気づいて、グレースは渋い顔をした。「あなたがいつも、何がなんでも自分の意見を通そうとするから……」

「おっと、そこまでだ。せっかくの瞬間をだいなしにはさせないぞ！」ルシアンはずいとグレースに近づき、人差し指を誇らしげに唇に当てて口を封じた。

次の瞬間、ルシアンは間違いを犯したことに気づいた。指の下には唇のやわらかい感触があり、あたたかい息が指をなぶる。すぐ目の下では、胸のふくらみがやわらかく上下して……。

グレースの呆然《ぼうぜん》としたまなざしがルシアンの視線を受けとめた。数センチをへだてて、けぶるような灰色の瞳と強い眼光をたたえた黒い瞳がぶつかりあう。指をくすぐるグレースの息はあるかなきかにまで弱まり、ルシアンの呼吸はいくぶん乱れている。

時間が止まったような感覚のなか、ルシアンはグレースの目の奥をのぞきこんだ。見つめるうちに瞳孔が広がって、灰色の虹彩《こうさい》は輪郭だけを残してそのなかにのみこまれた。ひたと見あげる目のなかで、期待の色が強まっていく。まるでキスを求めているかのように。

グレースにキスしたい。

なんとしてでもキスせずにはいられない。

骨も折れよと抱きしめて唇をふさぎ、グレースの瞳が与えることを約束しているキスを味わいたい。

だが唇を合わせたら最後、キスだけではやめたくなくなることはわかりきっている。やめようとしても、やめられるはずがないことは。そして、ここはそんな衝動に身をゆだねるのに安全な場所ではない。ましてやすべてを忘れ、グレースのはちきれんばかりの美しさをとことんまで味わうには。

グレースはまだ若く未経験だ。いまにも堰《せき》を切ってあふれそうになっているルシアンの情熱の激しさに、なすすべもなく押し流されてしまうだろう。

ああ、くそっ！

ルシアンは荒々しく息を吸いこみ、乱暴に身を引いた。ずいと背筋を伸ばし、背中で手を組む。そうしないと、またうっかりグレースに触れてしまいそうだ。「伯母上によると頭痛で休養していたそうだが、もうよくなったようだな」ぎこちなく言う。

グレースは当惑して顔をしかめた。気のせいじゃないわ。たったいま、ルシアンはわたしにキスしようとしていた。それがいまは打って変わって他人行儀にふるまっている。顔つきはよそよそしく、なかば閉じたまぶたが目の表情を隠している。

それに対して、グレースはあふれんばかりの官能で身をふるわせていた。体がほてり、胸がちりちりとざわめき、胸の先端は硬くとがっている。グレースの視線は、いつしかルシアンの形のいい唇に吸い寄せられていた。昨夜、うずく蕾《つぼみ》を丹念に愛撫《あいぶ》したその唇で、また同じことをしてほしい……。

グレースはうつむき、かすかにふるえる手で部屋着をなでつけた。思ってもみなかった。このわたしが男に体を触られるのを喜ぶような女だなんて。いいえ、男ならだれでもいいわけじゃない。わたしが欲しいのは、焦がれているのは、ルシアンの手だけ。そして、その願いが叶《かな》うことは決してない。

グレースは敏感になっている唇をなめ、ルシアンの視線を避けるようにして口を開いた。「残念ながらそうでもありませんの、閣下」声がこわばっているのが自分でもわかる。「少しでも楽になるように、部屋を暗くして横になったほうがよさそうですわ」

公爵夫人から姪《めい》が頭痛を訴えていると聞かされたとき、ルシアンはどうせ仮病だろうと信じて疑わなかった。だがこうして見ると、グレースの顔はひどく青ざめ、目の下が腫れぼったい。「そんなに悪いなら、お見舞いは遠慮するべきだったな」ルシアンは顔をしかめた。「すまないことを――」

「半日たらずのあいだに二度の謝罪ですの、閣下?」グレースは揶揄《やゆ》するような笑みを浮かべた。「まさに前代未聞ね。反動が怖いわ!」

ルシアンは硬い笑みを浮かべた。さっきのつかの間の心の通いあいは、ただの幻だったのか……。「またいつもの敵対関係に逆戻りだな」

グレースはそっけなく肩をすくめた。「そうでないときなど一度もなかった気がしますけど……」

ルシアンの笑みが自嘲を含んだ。「そうかもしれないな」答え、しゃちこばったお辞儀をする。「では、明日あらためてお見舞いにうかがおう。それまでに頭痛がよくなっているといいが」

グレースは目を見開いた。「そこまでしていただく必要はありませんわ、閣下。体裁を繕うためなら、使いの者に病状を尋ねさせるだけで十分ですもの」

戸口でふりむいたルシアンは、ひどく近づきがたく見えた。「きみの伯母上ご夫妻は、わたし自身が見舞いに来るのが当然だとお考えになると思うね」

たしかに伯母夫婦はそれを期待するだろう。社交界では、男性は婚約相手の女に思いやりを示すべきだとされているのだから。ルシアンが明日も訪ねてくるのはわたしに会いたいからではないかと思うとは、わたしはなんておめでたいのだろう。

グレースは優雅に会釈した。「なんであれ、閣下が正しいと思うとおりになさるべきかと」

ルシアンは口元を引きしめた。「そう思うのか、グレース……?」

グレースは目をぱちくりさせた。このさりげない問いかけの奥には、何か別の意味がひそんでいるようだ。それが何かはわからないけれど。「閣下？」

「いや、なんでもない」ルシアンは投げやりな表情で首をふった。「では」ドアが音もなく閉まる。

ルシアンが去ったあと、グレースは身じろぎもせずにすわっていた。胸がざわめき、肌は熱をおびている。唇をかすかにふるわせ、苦悩に満ちた目をして、グレースは閉ざされたドアを見つめつづけた。

もしかして……。まさかとは思うけど……。それだけは絶対にしたくないと思っていたのに、わたしはルシアンに恋をしてしまったのかしら……？

10

「ヘザリントンさまとおっしゃるお嬢さまがお見えでございます」老執事のリーヴズがしゃちこばった姿勢で書斎の入り口のすぐ内側に立ち、炉端の椅子に腰をおろして寝酒のブランデーを味わっているルシアンに告げた。「グレース・ヘザリントンさまでございます」

わざわざ〝グレース〟とつけ加えられるまでもなく、ルシアンが知っているヘザリントンは一人しかいない。

そして、そのグレースが夜の十一時近くにルシアンを自宅に訪ねてくるというのは、断じてあってはならない事態だ。いくら婚約者でも、未婚の若い令嬢であるグレースが独身男性であるルシアンの住まいを訪問するのは、たとえどんな時間であろうと、許されることではないのだから。

「なんだってまた！」ルシアンは険しい顔をして、安楽椅子のなかでがばと身を起こした。「まさか一人じゃないだろうな？」

「はい、閣下。小間使いがお供をしております」しゃちこばった背中の線が、この奇妙ななりゆきに対するリーヴズの不快感を物語っている。

無理もないな。ルシアンは心のなかでむっつりとつぶやいた。ロンドンに生活の拠点を移してから十年。修道僧のような生活をしてきたとは間違っても言えないが、ルシアンが身内以外の女性を家に連れてきたことは、ただの一度もない。そして供がついていようといまいと、グレースがこんなふうに独身の紳士を訪ねてくるのは、不適切な行為だ。カーライン公爵邸に送っていきがてら、その点をきっちりと本人に言い聞かせなくては……。

「ヘザリントンさまはいささか……お気持ちが高ぶっておられるようにお見受けいたしましたが」リーヴズがいくぶん表情をやわらげてつけ加える。

ルシアンはうさん臭げに顔をしかめた。「気持ちが高ぶっているというと、具体的には……？」グレースがまたもや何かばかげた思いこみにとりつかれ、喧嘩《けんか》を売りたい一心でこんな時間に押しかけてきたのなら、この手でお仕置きしてやらなくては……。

「ヘザリントンさまは……泣いておられたご様子でございます」リーヴズが小声で告げる。

泣いていた？　グレースが？　あの歯に衣着《きぬ》せない、どんなときでもひるむことのないグレースが、泣いていたように見える？　あのグレースがそこまで動揺するとは、いったい何があったのだろう？

ルシアンは険しい顔をして立ちあがった。「ルシアン！」待ちくたびれたらしく、とり乱した様子のグレースがリーヴズの後ろに現れた。髪は乱れ、青ざめた頬は涙で濡《ぬ》れている。「ああ、ルシアン！」かろうじて脇によけた老執事のそばをすりぬけて部屋に飛びこんでくると、グレースはルシアンの腕のなかに身を投げこんだ。「ああ、どうしましょう、ルシアン！」ひしとしがみついてすすり泣く。「わたしのせいなの！　わたしのせいなのよ！」

腹を立てているグレース、反抗的なグレースなら、扱いやすくはないにしても、とりあえず理解はできる。とり乱し、泣いているグレースは、完全にルシアンの理解を超えていた。胸に顔を埋《うず》めて泣きじゃくるグレースの背中に腕をまわして抱きかかえながら、助けを求めてリーヴズに困惑の視線を送る。

執事も主人に劣らず途方に暮れている様子だった。

「手前はヘザリントンさまの供の者とともに、使用人部屋に下がらせていただきます。あとは閣下とヘザリントンさまで……腹蔵のないお話を」リーヴズはそそくさと退却し、そっと書斎のドアを閉めた。

裏切り者め！　心のなかで憤然と執事をなじりながら、ルシアンはなすすべもなくグレースを見おろした。腕のなかのグレースはひどく小柄で華奢《きゃしゃ》に感じられ、心細げなすすり泣きがいやがうえにも保護本能を刺激する。

数分後、ルシアンはグレースを膝にのせて安楽椅子にすわっていた。涙はいっこうに止まる気配がなく、このまま手をこまねいているわけにはいかないことは明らかだ。「グレース、わたしのシャツがこれだけ湿っているところを見ると、流すべき涙はもう底をついているはずだがね」

自分がどこにいて何をしているのかという認識がじわじわと脳に浸透し、グレースはぼんやりと身を起こしてルシアンの白いシャツを見つめた。これは湿っているなどというものではない。上等なリンネル地は完全に透きとおって肌に張りつき、黒い胸毛をくっきりと浮かびあがらせている。

ルシアンは上着とベストを脱ぎ、首に巻いていた幅広のネクタイ《クラバット》もはずして、クリーム色のズボンと濡れた白いシャツだけの軽装になっていた。ボタンがはずされた襟元から、力強い喉の線がのぞいている。来客を予想していなかったことは明らかだ。まして大量の涙でシャツをぐしょ濡れにするような客が押しかけてくるとは思ってもいなかっただろう。

ルシアンの膝に恥ずかしげもなくすわっているのに気づいて、グレースは立ちあがろうとした。後ろめたげな困惑の表情を浮かべ、まつげを伏せる。

「そのままでいい」ルシアンが言い、体にまわした腕に力をこめた。「どうやら落ち着いたようだし、すわったままで何があったのか聞かせてくれ」

ここに来た理由を思いだしたとたん、グレースの目にふたたび涙が浮かんできた。あんなことになって、会いに来ずにはいられなかった。ルシアンに。会えば口論ばかりしていても、頼れる相手であることは一瞬たりとも疑ったことのない人に。もしかしたら、わたしが愛しているかもしれない人に……。

グレースはごくりと唾をのみこんだ。「伯父さまが……突然倒れたの。医者は……助かるかどうかわからないって!」熱い涙がふたたび頬を伝う。「何もかもわたしのせいなのよ、ルシアン!」グレースはまたしても泣きだした。

「グレース、いいかげんに落ち着くんだ」ルシアンは泣きやませようとして、わざと厳しい声を出した。「相談に乗ろうにも、いつまでもそうやって見苦しく泣きわめいていられては、手の打ちようがない」

厳しい声を出したくらいでは涙が止まる気配がないのを見て、そっけなくつけ加える。

このひとことは効いたらしい。グレースが憤然とした表情でにらみつけてきた。「泣きわめくですって？　レディは泣きわめいたりしないわ！」

「まあ、一般的にはそうだろうがね」ルシアンはもったいぶった口調でうそぶいた。

グレースの頬がかっと赤くなった。「わたしは泣きわめいたりしてません!」

ルシアンはにんまりと笑った。「その主張の当否はどうあれ、わたしの発言は狙いどおりの効果をあげたらしいな。きみの涙は止まり、わたしもこれ以上、不快な思いをせずにすむ」濡れてへばりついているシャツを当てつけがましく見おろす。

グレースはそちらにむっとしたような視線を投げつけ、ルシアンの腕のなかから抜けだして立ちあがった。「からかうなんて意地悪だわ。わたしがどんなに動転しているか、見ればわかるはずなのに」

ルシアンはグレースを観察した。たしかに、ここ十日間ほどの優美で洗練されたグレースとは別人のようだ。髪はくずれかけ、顔は涙で汚れ、目は泣いたせいで充血し、淡いブルーのドレスはルシアンの腕のなかにいたせいでしわくちゃになっている。だが瞳にきらめきが戻り、頬が濃い赤に染まっているのを見れば、ルシアンの言葉が狙いどおりの効果をあげたことは明らかだ。服や髪がどんなに乱れていようと、グレースは歯に衣着せない本来の自分をすみやかにとりもどしつつある。

「意地が悪かったことは認める」ルシアンはうなずいた。「事実を述べただけとはいえ、たしかに意地悪だった」

グレースは唇をきゅっと結んだ。「閣下……」

「口論をしている場合ではないはずだぞ、グレース」ルシアンは険しい表情でたしなめた。「カーライン公爵が倒れたって?」

今夜のカーライン邸でのあの恐ろしい情景が脳裏によみがえり、グレースはたちまちルシアンに対する腹立ちを忘れた。グレースが伯母と家族用の居間にすわっていると、書斎の方角から伯父がよろめきながら近づいてきた。顔を真紅に染め、片手で胸をつかみ、苦しげにあえいでいる。二人の女が立ちあがるより早く、伯父は絨毯《じゅうたん》の上にばったり倒れた。

とたんにマーガレット伯母がヒステリックな悲鳴をあげ、フランシスとダリウスが居間に駆けつけてきた。フランシスは途方に暮れたように突っ立って、倒れた兄を見おろしているだけだったが、ダリウスはあくまでも冷静だった。使用人に医者を呼びに行かせると、弟に手伝わせて、意識をとりもどす気配のない公爵を寝室に運びあげたのだ。

伯母とともに男たちのあとから大階段を上がりながら、グレースは懸命に伯母を落ち着かせようとした。だが効果はほとんどなく、しばらくして医者が到着し、邪魔が入らないところで落ち着いて患者を診察できるように全員を部屋から追いだしたときには、伯母はいまにも倒れそうになっていた。

伯母をなだめ、慰めの言葉をかけながらも、グレースは今朝のフランシスとのいさかいを思いだして、ずっと罪の意識にさいなまれていた。伯父はあのとき、ひどく心を痛めているようだった……。

「わたしのせいだわ」グレースはささやくようにくりかえした。

ルシアンがもどかしげに立ちあがった。「それはもう聞いた。耳にたこができるほどね。きみがなぜそんなふうに思うのか、わたしにはさっぱり――」

「わからないの?」グレースはいらだちもあらわにルシアンをにらみつけた。「わたしが今朝、フランシスと口論をしなければ……大声を出して、伯父さまに心労をかけなければ――」

「ちょっと確認させてくれ、グレース」ルシアンが気短にさえぎった。「きみの考えによると、公爵が今夜倒れたのは、きみとフランシスのあいだで起きた、いまから、そうだな、十二時間ないし十四時間前の口論が原因だというわけか?」

グレースはむっとした顔でルシアンをにらみつけた。「そうに決まっているじゃないの」

「その思いこみの強さは見あげたものだがね、グレース」

「思いこみなんかじゃないわ！」グレースがきっとにらみつけてきた。「伯父さまが突然倒れたのに、それ以外にどんな理由があるというの？」そう反問し、落ち着かなげに室内を歩きまわりはじめる。

理由ならいくつも考えられる。人生の大半を田舎で過ごしてきた男にとって、ロンドンの社交シーズンは退屈なだけでなく、ときとしてひどくくたびれるものだ。だがルシアンはそれは言わずにおくことにした。それを聞けば、グレースが新たな罪悪感にさいなまれるのは目に見えているからだ。公爵夫妻が社交シーズンのためにロンドンに来たのは、姪《めい》のためなのだから！　あるいは公爵はひそかな財政上の悩みを抱えていたのかもしれない。それにフランシス・ウィンターのような男に長期滞在を決めこまれては、さぞかし気苦労が多かっただろう。そこへ持ってきて、今日の午後にはダリウスも到着している。こちらはフランシスと比べればはるかにつきあいやすい相手とはいえ、公爵の二人の弟は昔から反りが合わない。その二人が同時に滞在していれば、緊張感が生じるのは避けられないはずだ。

今朝のグレースとフランシスの小競り合いなど、そのうちのどれと比べてもささいなものだ。

ルシアンは首をふった。「たとえば、きみの伯母上と夫婦喧嘩をしたとか――」

「ばかばかしい！」グレースはにべもなく一蹴した。「マーガレット伯母さまとジョージ伯父さまの夫婦仲は円満そのものよ！」

それはルシアンの兄夫婦も同じだが、その二人でさえ、まったく夫婦喧嘩をしないわけではない。

「だったらダリウスとフランシスがもめたのかもし

れない」ルシアンはそっけなく言った。「公爵が倒れる原因になった可能性のある出来事は、今朝のきみとフランシスの口論のほかにもごまんとある。あるいは、原因となった出来事などないのかもしれない」ルシアンはおだやかにつけ加えた。「つまりウースターシャーの主治医の診断が正しくて、公爵は以前から心臓が悪かったのだとしたら……」

伯父が倒れたのは自分のせいだというグレースの確信は、いくぶんゆらいできたようだ。「たしかに今夜伯父さまを診察した医者は、心臓発作だろうと言っていたけど」

「では、それで決まりだな」ルシアンは肩をすくめた。

「でも、たとえそうだとしても、発作を起こしたのには何かきっかけがあったはずでしょう?」

「グレース、いくらなんでも考えすぎだぞ。きみかフランシスの言動が心臓発作の引き金になったと想像するなど、はっきり言ってばかげていると思うね」公爵が倒れたのは自分の責任だという思いこみになおもしがみつこうとするグレースの態度に、ルシアンは早くもしびれを切らしかけていた。

グレースの確信はさらにぐらついたようだ。「そう思う?」

「ああ、思うね」

いくらか落ち着きをとりもどしたいま、グレースは今夜の自分がどれほど衝動的に行動してしまったかを急速に自覚しはじめていた。こうしてルシアンの家に押しかけてきたのは不適切な行為だが、それだけではない。グレースはあらためてルシアンのしどけない服装を見やった。ゆったりした白いシャツとぴったりしたズボンに身を包んだその姿はたまらなく魅力的で、どぎまぎせずにいられない。

この人が恋しくてたまらない……。

ルシアンもまた、この状況のきわどさに気づいているはずだ。やがて二人の視線がぶつかりあい、グレースは空気がぴたりと静止するのを感じた。胸がせわしなく上下する。射すくめるような黒い瞳から、どうしても目をそらせない。ルシアンが一歩足を踏みだし、グレースはおびえたように目を見開いた。

いまやルシアンとのあいだはわずか数センチしか離れていない。なんて背が高く、立派なのだろう。こんなに間近に立っていると、体温まで伝わってくる。グレースは濡れたシャツが筋肉質なたくましい胸に張りついている様子をうっとりとながめた。

「家に送っていかないといけないな」ルシアンがかすれた声でささやく。

「そうね……」

「いますぐに」

「ええ」

「ぐずぐずしてはいられない」

「そうね」

だが二人とも動かなかった。グレースは動けなかった。動きたくなかった。行き先がルシアンの腕のなかでないかぎりは。

決定的な一歩を踏みだしたのはルシアンだった。グレースの体に腕をまわし、うつむいて唇を重ねる。やさしさとは無縁な強引な口づけ。そこにあるのは懇願ではなく要求だった。グレースは唇を開いてその要求を受けいれた。ルシアンの舌が熱く湿った口《こう》腔《こう》をそっと探るのを感じて、脈拍が速まる。

ルシアンはグレースのよくしなう、あたたかくやわらかな体をぴたりと自分の体に沿わせ、やわらかな丘に下腹部の高まりを押しつけた。

グレースの唇の奥にある湿った洞窟をうっとりと探索すること数分。グレースがおずおずと舌をからめてきた。さらに手探りでシャツのボタンをはずし、ほてった肌をまさぐってくる。そして、それでもまだ飽きたりないらしく、シャツを肩からすべらせ、ルシアンの上半身を完全にあらわにした。

肌に触れるグレースの指は、最初は蝶《ちょう》のはばたきのように感じられた。やがて愛撫《あいぶ》は大胆さを増し、手に力が加わった。爪が悩ましく乳首をかすめ、ルシアンにかつて味わったことのないような快感をもたらす。思わず首をのけぞらせると、グレースは唇をもぎ離した。熱い唇が炎の軌跡を残して喉を這《は》いおりていく。ルシアンの肌を舌で味わい、歯を立てる。そしてついに、いつかルシアンがしたように、舌で乳首をなぶりはじめた。

なんてことだ……!

ルシアンも同じようにグレースに触れ、グレースを味わいたかった。なんとしても! グレースのすべてを!

顎の下に手を添えて顔を上げさせる。探るような視線を向けると、縁だけを残して黒ずんだ銀色の瞳が問いかけに答えた。頬は上気し、唇は激しいキスと自分自身の欲望のせいでぽってりと腫れている。

グレースは張りつめた沈黙に耐えられなくなった。「やめないで、ルシアン」ぴたりと腰を押しつけてせがむ。「次はどうすればいいのか教えて。これで終わりじゃないことはわかってるわ。まだ続きがあるはずよ。教えてちょうだい、どうすればあなたを気持ちよくさせてあげられるのか……」

ルシアンは苦しげにうめいた。「グレース、これ以上気持ちよくさせられたら、いざというときに自分を抑えられるかどうか保証できない」

「自分を抑えてほしいなんて思っていないと言ったら?」グレースがぴたりとルシアンの視線をとらえたまま、両手で肩を、固い胸板をなでまわす。

ルシアンは荒々しく息を吸いこんだ。「グレース――」

「お願い、ルシアン!」グレースは腫れた唇をなめた。「わたし……わたしの体は……」また昨夜のように満たされないうずきを味わうのは、考えるだけで耐えられない。生まれてはじめて経験した、どうすれば癒やせるのか見当もつかなかったあのうずき。

なおもルシアンの黒い瞳をとらえたまま、ゆっくりと胸元のボタンをはずし、ドレスを肩からすべり落とす。ルシアンの視線がそろそろと胸元に這いおりた。いまやその胸を隠しているのは、丈が腿のなかばまであるクリーム色の絹のキャミソールだけで、硬くなった蕾《つぼみ》が薄い生地を突きあげ、下腹部の黒い茂みが透けている……。

「グレース……」ルシアンの抗議のうめき声は、喉につかえて消えた。グレースが華奢な白い腕を上げてピンを引きぬくと、髪が奔放に渦巻きながらすんなりした背中に流れ落ちた。腕を上げたせいで、胸のふくらみがそそるように持ちあがっている。

ルシアンはその誘惑に抗《あらが》えなかった。両手を伸ばして二つの美しいふくらみの下にあてがうと、キャミソールの薄い生地の上から蕾の一つに唇を寄せ、熱い口に含む。グレースが胸を突きだし、髪に指をからめてルシアンの頭を引き寄せると、やさしくしようという考えはきれいさっぱり吹き飛んだ。

唇と舌でむさぼるように胸の先端を味わいながら、親指の腹でもう一方の蕾を愛撫する。二重奏で官能を刺激されて、グレースは喉の奥でやわらかくすすり泣くような声をたてた。

ルシアンはなおも胸の先端を口に含んだまま、片手を下に移動させた。なめらかな茂みを越え、敏感な部分を探りあてると、唇と舌が胸の先端を愛撫するリズムに合わせ、律動的に指先を動かす。

グレースは膝がくずれそうになるのを感じ、髪にからめた指に力をこめた。腿の合わせ目で新たな快感がくすぶりはじめているのがわかる。本能に導かれて脚を開くと、ルシアンがわずかに手の位置を変えた。長い指の先が少しずつ、うっとりするほどゆっくりと、秘められた場所に入ってくると、そこでいったん動きを止めた。そしてグレースがその感覚に慣れるのを待って、さらに進む。

親指の腹はなおもリズミカルな愛撫を続けている。グレースはうめき、ルシアンの肩にしがみついた。感じやすい部分を攻めたてられ、グレースはルシアンの肩に爪を食いこませた。熱くとろけてうずく下腹部を、ルシアンの指がさらに追いつめる。グレースは目を閉じ、ふたたび本能に導かれて、指の動きに合わせて体を動かしはじめた。歓《よろこ》びがふくれあがり、耐えがたいまでに高まる。

そりかえった背中から、ルシアンはグレースが絶頂を迎えようとしていることを悟った。体の芯が痙《けい》攣《れん》を始め、呼吸が浅いあえぎに変わり、歓びの波が強さと激しさを増しながら次々に身内を駆けぬける様子を伝えてくる。

ルシアンは顔を上げ、快感が堰《せき》を切ってあふれる瞬間の一歩手前でふるえているグレースを見つめた。そのままわざと快感の頂点で足止めし、グレースがすすり泣き、声をあげて甘やかな苦痛からの解放を求めるのを見ていると、ルシアンの胸にも強烈な満足感が満ちてきた。やがて哀願するような腰の動きに応え、硬くなった突起を親指で軽く刺激すると、グレースはたちまち惑乱の渦にのみこまれた。

忘我の瞬間に身をゆだねるグレースは美しかった。顔は上気し、目はきつく閉ざされ、ふっくらした唇はしっとりと濡れている。前に突きだした胸の先端でくすんだ薔薇色の蕾が硬くなり、長い髪が蠱《こ》惑《わく》的に渦巻いて肩をおおい、背中に流れ落ちている。

果てしないほど長く感じられる数分間、グレースは絶頂の快感のなかで痙攣し、あえぎつづけた。むきだしの胸に押しつけられた額が汗ばんでいるのを感じながら、ルシアンはなおも容赦なくグレースを駆りたて、相手に完全に抑制を失わせる能力が自分にあると知ることで、自身も快感を味わった。

グレースは体が燃えているように感じた。全身いたるところで興奮の炎が燃えたち、うずくような痙攣が何度も何度も全身をゆさぶる。そのあいだも、ルシアンの指はなおも愛撫と律動を続けていた。やがて体の奥でふたたび興奮の波がふくれあがってくるのを感じて、グレースははっと目を見開いた。

「もう一度だ！」ルシアンが激しい口調で励まし、ふたたび唇を重ねてきた。舌が熱い口のなかにすべりこみ、指と同じリズムで律動を始める。二重奏で官能を刺激されて、グレースはたちまち二度目の絶頂を迎えた。今回の快感は苦痛に近く、グレースは身をよじるようにしてすすり泣いた。

やがて脚の力が抜けて立っていられなくなり、余韻で身をふるわせながら、ぐったりとルシアンにもたれかかる。腰のくびれに巻きついた二本の腕が、鋼鉄の輪のようにしっかりと体を支えてくれた。

ここまであられもないふるまいをしたのだから恥ずかしく感じるべきだと頭ではわかっている。でも実際にはそんなふうに感じてはいない。

ルシアンを愛しているというだけでなく、いまの秘めやかなひとときはグレースを誇らしい気持ちにさせ、いままで感じたことがないほどしみじみと、自分は本当に女なのだと実感させてくれた。

ルシアンの力強い腕にぐったりと身をゆだねたまま、どれほどの時間が過ぎたのか。快楽を堪能した体はけだるく、充足した幸福感が五感を満たしている。だがグレースの意識はゆるやかに覚醒し、ルシアンの欲望の証《あかし》が硬く張りつめていたことを思いだした。グレースは身勝手にもそんなルシアンを置き去りにして、自分一人で快楽をむさぼったのだ。

グレースは腫れて敏感になった唇をなめ、口を開いた。「ルシアン……」

「きみが口にしようとしているのが後悔の言葉でないことを願うよ」ルシアンの声は厳しい責めるような響きを含んでいた。

後悔？　どうして後悔などしなくてはいけないの？　こんなにもすばらしい、こんなにも解放感に満ちた経験を。

グレースは唾をのみこんだ。「違うわ」

「違う？」ルシアンが黒い眉を上げて問いかける。

グレースはうなずき、かすかに自嘲を含んだ笑みを浮かべた。「後悔なんてできるはずがないわ。あんな……あんなうっとりするような経験を」

グレースのような立場に置かれたらたいていの女は後悔するだろうし、そもそも上流階級の女は、たったいまグレースがしたように、惜しげもなく自分自身を与えたりしない。たとえ与えても、これほど率直に自分の感情を認めようとはしないだろう。

だがグレースは〝たいていの女〟ではない。上流階級の女もそうでない女も含めて、ルシアンがこれまでに会ったどんな女とも違っている。

ルシアンは探るようにグレースを見おろした。グレースはルシアンと視線を合わせようとせず、どこかおずおずしているようにさえ見える。「それにしては何か気がかりなことがあるようだが……」

すんなりした喉が何かをのみくだすように動き、グレースはかすれた声で言った。「あなたはさっき……」言いかけて、探るようにルシアンを見あげる。「もしかして、わたしが欲しくないの……？」

ルシアンは顔をしかめた。「いったいどこからそんな突拍子もない考えが出てくるんだ？」

グレースの頬がほんのりと赤らんだ。「だって、わたしはこういうことにはうといけど、あなたがまだ……すっきりするところまで行っていないことくらいはわかるもの……」

「わたしがどんなにきみを欲しがっているか、自分の手で感じてごらん」ルシアンはグレースの手をとって下腹部に導き、グレースの指がいまなお硬く張りつめている部分をズボンの上からためらいがちに愛撫するのを感じて、喉の奥で低くうめいた。「わたしはきみが欲しい」ぶっきらぼうに言い切る。「欲しくてたまらない。いますぐ裸になってそこの椅子にすわり……」恨めしげに炉端の安楽椅子を見やる。「きみが服を脱ぐのをながめられたら、どんなにいいか。やがて一糸まとわぬ姿のきみが近づいてきて、わたしの脚をまたいで立ち、ゆっくりと腰を沈めてわたしを完全に自分のなかに収める。覚えているかい？　きみは婦人用の鞍《くら》を使わず、馬にまたがって乗るのが好きだと言った……」

ルシアンはそのときの会話をありありと思いだした。そしてまた、グレースの言葉によって呼び覚まされた官能的な空想の数々も。

「覚えているわ」グレースの頬は紅潮し、目はきらきらと輝いている。

ルシアンはうなずいた。「きみにしてほしいのは、馬に乗るようにわたしにまたがって、体を上下させることだ。ゆっくりと、そしてしだいに速度をあげて」想像しただけでたまらなくなり、ぐっと歯を食いしばる。「そうやってわたしを駆りたて、きみがいま味わったばかりの忘我の境地にわたしを導いてほしい」ルシアンはぶるっと首をふった。「だが、それはあくまでも空想だ。実際にそんなことをさせるつもりはない」厳しい口調で締めくくる。

グレースは問いかけるように首をかしげた。「なぜ？」

ルシアンは苦笑した。「きみが処女だからだよ、グレース。否定しても無駄だ。きみの純潔の証しが健在なことは、この手が知っている」グレースが黙っているのを見て、おだやかに釘《くぎ》を刺す。「さっきのわれわれの行為――きみがさっき経験したことは、きみの純潔を損ねてはいない。そして、わたしはきみに結婚するまでそのままでいてほしいんだ」

グレースはさっきルシアンが自分の空想について語っていたとき、手の下で欲望の象徴が勢いよく頭をもたげたのを感じとっていた。「あなたがどうしてもそうしたいのなら――」

「それがわたしの望みだ」ルシアンの口調は有無を言わせないものだった。

グレースはうなずいた。「では、わたしにしてあげられることは何もないの？　純潔を失わないままで、さっきあなたが導いてくれたのと同じ状態にあなたを導いてあげる方法があるのなら……」

ルシアンは顎に力を入れた。「ないこともないが……」

「だったら、どうすればいいのか教えて」

信頼しきった目で見あげられて、ルシアンは喉の奥で低くうめいた。どうして拒むことができるだろう？　欲しくてたまらない相手からこうも無邪気に至福のひとときを提案されて、拒絶できる男がいるだろうか？

だがルシアンは、拒絶こそとるべき道だと知っていた。「きみは男の生理を知らない清らかな娘だ。その清らかさをこれ以上損なうわけにはいかない」

グレースはかぶりをふった。「あなたのせいで何かが損なわれたなんて、そんなふうにはちっとも感じていないわ。むしろ自由になった気分！　男の人もあのあとではこんなふうに感じるの？　つまり、さっきわたしが経験したみたいな、あの――」

「あれは絶頂というものだ」

「あれがいつか言っていた〝小さな死〟なのね。そうでしょう？」グレースは察しのいいところを見せた。「たしかに、ちょっと死ぬのに似ていたわ。天国の一端をちらりと垣間見たような感じ」

この娘ならわたしにとどめを刺せるだろう。ルシアンはうずくような思いで認めた。こうも信頼しきった態度で、自分が感じたことを包み隠さずありのままに告げられると、それだけで屈服しそうになる。激しく脈打っている高まりにやさしい愛撫を加えている手に、いまにも屈服してしまいそうだ！

ルシアンは悲しげに首をふった。「男にとってもまったく同じだよ、グレース。だが決定的な瞬間は過ぎてしまった。わたしにとってのその瞬間は、もう過ぎてしまったんだ」やさしいなかにもきっぱりしたしぐさでグレースの手を下腹部からはずし、口元に持っていくと、ほっそりした指にそっと唇を走らせる。「そろそろ伯母上ご夫妻のお宅に送っていかないといけない」グレースが拒絶されたと感じてとまどい、傷ついているのを見て、つけ加える。「きみが屋敷にいないとわかったら、よけい心配させるだけだとわからないのか？」こうなったら憎まれ役を演じるしかない。ルシアンは腹をくくった。

下腹部の高まりがどれほどそれを要求していようと、グレースとこれ以上快楽を分かちあうわけにはいかない。グレースはようやく性愛の歓びに開眼したばかりだ。今夜はここまでにしておかなくては。

グレースは衝撃を受け、愕然《がくぜん》としていた。ルシアンの腕に抱かれていたあいだ、ここに来た理由などきれいさっぱり忘れ去っていたのだから。今夜、伯父が倒れたことも、そのせいで伯母がとり乱したことも。どうしてそんなまねができたのだろう？

両親を失った姪を引きとってくれた夫婦に捧《ささ》げるべき愛情と忠誠心をそうも完全に忘れ去るとは、ルシアンへの恋心はわたしにどんな魔法をかけたのだろう？　この一年、伯母夫婦はグレースをただの姪ではなく、愛娘《まなむすめ》のように扱ってくれた。この時期にロンドンに滞在することになったのも、伯母がぜひともグレースに本場ロンドンの社交シーズンを経験させたいと主張したからにほかならない。

グレースは打ちのめされて顔をそむけた。胸がむかつくのを感じながら絨毯を敷いた床からドレスをつかみあげ、そそくさと引きあげて裸同然の体をおおい、ふるえる手でボタンをはめはじめる。

「グレース……？」

「何も言わないで！」グレースは頬を燃やしてルシアンに向き直り、噛《か》みつくように言った。

「グレース、今夜われわれのあいだで起きたことは……ごく自然な反応だよ。病気などをきっかけに死を意識したときに、よくあることだ」ルシアンはおだやかに言った。「わたしは戦闘のあとで、何度もそういう例を見ている。そんなとき人間は――」

「もうその話はしないで」グレースは激しい感情で身をふるわせていた。「ここに来るべきじゃなかったわ。ましてや……ましてや……。その話はもう二度としないで！」語気も荒くくりかえす。

グレースの激した態度から、事態収拾の方法を誤ったことに気づいて、ルシアンは顔をしかめた。

伯母夫婦のことを思いださせたのは、グレースを傷つけるためではない。あくまでも自分自身の苦しみに……グレースを絨毯に横たえてその体に身を沈める歓びを味わい、ともに天国の一端をちらりと垣間見たいという衝動に終止符を打つためだった。だが、いまさら前言を撤回しても遅すぎる。

グレースはほどけた髪をまとめようと、やみくもに髪にピンを突き刺している。ピンの先が頭皮を痛めつけていることなど気にする様子もない。

ルシアンは荒々しく息を吸いこんだ。「すぐに馬車を用意させよう」言いおいて、戸口に向かう。

「ルシアン！」

グレースが警告するような声をあげ、ルシアンは顔をしかめてふりむいた。「何か……？」

グレースは青ざめた頬をして、ごくりと唾をのみこんだ。「使用人に会うのなら……服を着たほうがよくはない？」むきだしになったたくましい上半身を見ると、ついさっき、ルシアンの肌に触れたくてたまらず、シャツをはぎとるも同然のまねをしたときのことを、いやでも思いださずにいられない。ルシアンはいらだたしげにシャツを引きあげ、ボタンをはめた。「こうすれば、きみの繊細な感受性は満足するかな？」挑むような視線を向けてくる。

わたしの感受性は、完全に破壊されてはいないいまでも、傷だらけよ……それも自分自身のあられもないふるまいのせいで！ ここまでずたずたになっていては、はたしてもとに戻るかどうか……。

グレースは高慢そうにうなずいてみせた。「ええ、おかげさまで」

ルシアンが嘲るように口元をゆがめた。「きみもいざとなると上品ぶったお嬢さんなんだな！」見くだすような一瞥《いちべつ》を残して、ルシアンは出ていった。

わたしが上品ぶっている？ どうしてそんなことが言えるの？ あんな……あんなことのあとで……。ルシアンにあんなきわどいまねを許した——というより、こちらからせがんだなんて、考えるだけで耐えられない。しかも、わたしはさらなる手ほどきを求め、ルシアンにも同じような歓びを与えるにはどうすればいいか教えてほしいと懇願した。

そして、ルシアンはそれを拒絶した……。

ルシアンはわたしをどう思っただろう？

あれは断じて育ちのいい令嬢のふるまいではない。それについてはグレース自身も強烈な自己嫌悪を感じている。でもルシアンはそれよりはるかに大きな衝撃を受け、嫌悪感をおぼえているだろう……。

11

「伯父上のお宅に到着したら、ダリウスとはわたしが一人で話をしたほうがいいと思う」カーライン邸に向かう馬車のなかで、ルシアンはきっぱりした口調でグレースに告げた。グレースは向かい側の座席に、小間使いと並んですわっている。

「わかったわ」グレースはごくわずかにためらっただけでうなずいた。「そのかわり、帰る前にもう一度話をする機会を作ってもらえるかしら？」

なんの話をするつもりかは容易に想像がつく！

本人は否定したが、グレースはさっきの親密な行為を深く悔いているようだ。そうとしか考えられない。あれ以来、グレースはつねに細心の注意を払ってルシアンとの身体的な接触を避け、馬車に乗るときでさえ、いっさいの手助けを拒絶したのだから。

だが小間使いが同乗していては、いまここでその話をするのは不可能だ。もっともカーライン邸が動揺のさなかにあることを思えば、目的地に到着してからも、そんな話はできないかもしれないが。

「いいだろう」ルシアンは冷ややかにうなずいた。「ダリウスに頼んで呼んでもらうから、寝室で待っているといい」ここで若い小間使いにちらりといらだちの視線を投げる。会話には参加していないものの、この娘はすべてを聞いているはずだ。「きみが今夜わたしの家に来たことを身内の方々に知らせたところで、いいことは何もない。そこで提案だが、きみの代理で小間使いが伯父上が倒れたことを知らせに来て、心細いので会いに来てほしいというきみの伝言を伝えたことにしておくのはどうかな」

グレースはルシアンの狙いを正確に読みとった。

今夜グレースがルシアンの自宅を訪れたことは、たしかにとんでもなく不適切だった。しかも、その訪問の結果、二人のあいだで起きたことは、不適切などという言葉では片づけられない！

「それがいいと思うわ」グレースも冷ややかな口調で賛成した。「メアリーも承知してくれるはずよ」

メアリーは子供のころからグレースの小間使いをしており、ウースターシャーの伯母夫婦のもとに引きとられたときも、いっしょについてきたのだ。

グレースはふたたび黙りこんだ。頭に浮かんでくるのは今夜の自分のふるまいばかりで、どうにも落ち着かない。ほかのことを考えようとしても、胸と太腿のうずきがそれを許してくれないのだ！

ルシアンはこの胸に触れた。唇を寄せ、先端を口に含んで吸い、舌で転がした。そして脚のあいだに手を伸ばし……。あの愛撫《あいぶ》を、それによってもたらされた想像を絶するほどの快感を思いだすと、それだけであのうずくような熱さがよみがえり、頬がほてってくる。呼吸は弱く、浅くなり、胸のふくらみは硬く張りつめてドレスの胸元を押しあげる。

そして向かいにすわっているルシアンの存在が、グレースをいっそう落ち着かない気分にさせていた。ルシアンはどこまでも冷静でよそよそしく見え、いつもながら高慢なほどの自信に満ちている。クリーム色のズボンをはき、濃いブルーの上着の上に外套《がいとう》をはおり、細心の注意を払って結ばれたクラバットが、書斎に戻ってくる前に着替えた白いシャツ——清潔で乾いたシャツの襟元を飾っている。その一分の隙もない姿を見ていると、さっきの親密なひとときなど存在しなかったかのように思えてくる……。

あれがただの夢だったら、どんなにいいだろう。

グレースのそんな思いは、ダリウス卿《きょう》との会見を終えたルシアンと客間でふたたび顔を合わせた結果、いっそう強まることになった。

「予後はよくないようだ」ルシアンにはカーライン公爵の容体について嘘《うそ》をつくことに意味があるとは思えなかった。今後数日、数週間にわたってグレースが伯母の力になるためには、本当の状況を知っておく必要がある。それにグレースは、つらい真実を隠すという形の気遣いを喜ぶような女性ではない。

「今夜は医者がつききりで伯父上の容体を見守るそうだ。医者はこれから二十四時間以内に、最初のものより重い発作が起きる可能性があると見ている」ルシアンは深刻な面持ちで告げた。

すべての色彩を失ったグレースの顔のなかで、けぶった灰色の瞳が暗澹《あんたん》たる表情をたたえている。

「それで、もし二度目の発作が起きたら……?」

ルシアンは顔をゆがめた。「二度目の発作に見舞われれば、まず助からないだろうということだ」

またしても身内を失うかもしれないと告げられて、グレースはルシアンに背を向け、きつく両手を握りあわせて、まばたきして涙を押しもどした。だがグレースはすぐに自分の感情を脇に押しやり、そうなったときの伯母の苦痛と悲しみを思った。伯母夫婦はそれは仲むつまじく、しかもすでに一人息子に先立たれるという悲劇に見舞われている。そんな伯母が最愛の夫まで失うなど、あまりにむごすぎる。

「もちろん、わたしにできることがあればなんなりと力になると申してた」ルシアンはグレースが与えられた情報を咀嚼《そしゃく》するのを待ちながら言葉を続けた。これまでのつきあいで、グレースがこの先に待ち受けている心労に満ちた日々を乗り切れるだけの気丈さを備えていることはわかっている。

たとえ公爵が一命をとりとめても、公爵夫人にはしっかりした話し相手が必要になるだろう。ダリウスやフランシスではなく、すがりつき、もたれかかる公爵夫人を受けとめ、心の支えになれる女性の話し相手が。そしてグレースには間違いなく、その役目を果たすのに必要なだけの強さがある。

顔色こそ悪いが、ふたたび向き直ったとき、グレースは気丈に顎をもたげていた。「ありがとう」しかつめらしく礼を述べる。「伯母もダリウス卿もフランシス卿もさぞかし感謝するでしょう」

公爵夫人とダリウスはともかく、フランシス・ウィンターはルシアンがこの件にかかわることを、家庭内の問題への余計な干渉としか見なさないだろう。幸いなことに、フランシス・ウィンターにどう思われようと、こちらは痛くもかゆくもないが。

「公爵夫妻やダリウスへの好意はそれとして、わたしが助力を申しでたのはきみのためだよ。彼らのためじゃない」ルシアンは静かに言った。

グレースは額にしわを寄せた。「こんなことになって動揺しているのは事実だけど、だからといって、あなたに迷惑をかけるつもりはないわ」

「われわれは婚約しているんだよ、グレース」そう言ったとたんに相手がきゅっと口元を引きしめるのを見て、ルシアンは一文字に唇を引き結んだ。「そしてこんな状況だからこそ、婚約解消を狙った画策はすべて棚上げにしてもらわないと困る。そんなこともわからないのか?」グレースの強情さにいらだつあまり、ルシアンはつっけんどんな口調になった。

残念なことに、それはグレースにもわかっていた。たしかにいまはこれ以上、伯母の心痛と悲しみの種を増やすべき時期ではない。だが頭で理解できるからといって、強いられた婚約を維持することに居心地の悪さを感じずにすむわけではない。

「それに」ルシアンはからかうような口調で続けた。「ああして親密なひとときを過ごしてみて、わたしと結婚するのは思ったほど不愉快なことではないとわかってもらえたんじゃないかな……?」

グレースは頬がかっと赤くなるのを感じながら、きっとルシアンをにらみつけた。「その話はしたくないと言ったはずよ！」

ルシアンは広い肩をすくめた。「幸いダリウスはもっかほかのことで頭がいっぱいで、きみがわたしの馬車に乗っていたことには気づいていないし、わたしがこんな夜中に顔を出すことになった経緯についても、つっこんだ質問はしてこなかった。このまま気づかれずにすむといいが」口元をゆがめて苦笑する。「さもないと、われわれは予想よりずっと早く祭壇の前に立つはめになりかねないからな！」

グレースはルシアンに冷ややかな視線を投げつけた。「ダリウス卿はわたしの後見人じゃないわ」

「それはそうだが、公爵が回復されるまでは、その役目を代行することになる」ルシアンは指摘した。

グレースの頬は燃えるようにほてった。「ダリウス卿自身も、たたいても埃《ほこり》も出ない生活をしてきたとはとうてい言えないと思うけど！」

ルシアンはからかうような笑みを浮かべた。「おや、知らないのかい？　改心した放蕩《ほうとう》者は、得てしてとびきり厳格な後見人になりがちなものでね」

グレースの目が腹立たしげな光を放った。「ご自分の経験からおっしゃっているのかしら？」

「実を言うとそのとおりだ」ルシアンは皮肉っぽく認めた。「改心した放蕩者といえば、兄のホークがまさにそれでね。その兄がごく短期間、ある若いご婦人の後見人を務めたことがある。その令嬢がいまでは兄の奥方だ」そう言って、挑戦するようにグレースの視線を受けとめる。グレースが聞きたかったのがそんな答えでないことは承知のうえだ。

わたしは改心した放蕩者なのだろうか？

イベリア半島から帰還して以来、深入りした女がいないことは事実だが、それは改心の結果ではなく、まったく別の理由があってのことだ。それは同時に、ルシアンがいまではほぼ毎晩、酒の力を借りずには眠れなくなってしまっている理由でもある。

そして、それはルシアンが結婚して昼も夜も妻といっしょに過ごすことに乗り気になれない理由でもある。この二年間、夜ごとつきまとい、激しい疲労と自己嫌悪をもたらしてきた悪夢の数々。あんな悪夢にさいなまれている自分の姿を女性の目にさらすことを、どうしてうれしく思えるだろう？

ただし、結婚後も夫婦の寝室を完全に別にしておけば、その危険は回避できるかもしれない。ルシアンはそこに望みをかけていた。夫婦の営みを終えたあと、そのままグレースの腕のなかで眠りこむことさえなければ、夜ごとルシアンをさいなんでいる恐怖を、グレースは永遠に知らずにすむだろう。

ルシアンはむっつりと口元を引きしめた。「今夜はこれ以上その話をするつもりはない」有無を言わせぬ口調で言う。「もう遅いから失礼する。きみも寝室に戻ったほうがいい。明日の朝、またお邪魔するから、お望みなら話の続きはそのときに」

グレースの望みは、衝動に身を任せ、臆面もなく深夜にルシアンの自宅に押しかけてしまった今夜の自分の行動をとり消すことだった。そしてそれ以上に、ルシアンの書斎で二人きりになったとたんに、臆面のなさが慎みのなさに変わってしまったという事実をとり消せればと思わずにいられない！

あの慎みに欠けるふるまいは、グレース自身だけでなく、ルシアンも決して忘れられないだろう……。

翌朝、ルシアンはセントクレア邸を訪れ、朝食の間に通された。「伯母さまはまだお休みよ」アラベラが兄の無言の問いを読みとって言い、いたずらっぽい口調でつけ加えた。「出歩くにはずいぶん早い時間じゃなくて？　上流社交界の男性は、お昼まで寝床を離れないものと思っていたけど！」

紅茶を一杯注《つ》がせると、ルシアンは従僕を下がらせた。「昨夜《ゆうべ》カーライン公爵が心臓発作を起こした」

いくら目のなかに入れても痛くない妹でも、今朝はアラベラの軽口につきあう気分ではない。

「まあ、なんてこと！」アラベラはとたんに真顔になり、なめらかな額にしわを寄せた。「公爵夫人はどんなご様子？　それにグレースは？　ああ、かわいそうなグレース」気遣わしげにつけ加える。

「わたしがこんな早い時間に訪ねてくることになったのは、そのグレースが原因なんだ」ルシアンは唇を一文字に結び、厳しい表情を浮かべた。「さっきグレースから手紙が届いて、今朝の四時に、伯父上が意識を回復しないまま逝去されたそうだ」

アラベラは青ざめ、はっと息をのんだ。「まさかそんな……信じられない……」呆然《ぼうぜん》と頭をふる。

「なんて恐ろしい！」つぶやいたと思うと、ふっと目が鋭くなった。「だけどグレースのところに行かなくていいの、ルシアン？」そう言って、眉をひそめる。「さぞかし気が動転しているでしょうに」

ルシアンはそこに非難の響きを聞きとった。たしかに非難されてもしかたがない。婚約者である以上、今朝はグレースのそばにいるのが当然なのだから。グレースの手紙も言外にではあるが、そうすることを求めていた。ルシアンももちろんその要請に応えるつもりだが、できればカーライン邸にはアラベラをいっしょに連れていきたかった。

なぜなら昨夜見た夢は、これまでずっとつきまってきた、いつもの生々しい悪夢ではなかったからだ。ルシアンは昨夜、グレースの夢を見た。敏感に反応する官能的な肢体。自分がグレースに与えた歓《よろこ》び。それによって自分自身が味わった満足感。

青ざめ、ぐったりして目覚めたのはいつもと同じだが、今回その状態をもたらしたのは、ルシアンを流血の戦場に引きもどすおなじみの悪夢ではなく、グレースの体を自分のものにしたいというううずくような渇望だということはちゃんとわかっていた。

こんなことなら、血みどろの悪夢のほうがまだましかもしれない……。

ルシアンはそっけなくうなずいた。「もちろんそうだろう。だからカーライン邸にはおまえにも来てもらったほうがいいと思ってね。行きたくないのか？」眉をひそめ、ふいに立ちあがった妹を目で追う。アラベラは部屋を横切って庭園に面した窓に近づくと、こちらに背を向けて窓辺にたたずんだ。

「公爵逝去、新公爵万歳……」小声でつぶやく。

ルシアンは険しい顔をした。「なんだって？」

ふりむいたとき、アラベラの顔にはばかにするような笑みが浮かんでいた。「考えていたのよ。わずか一年前には筋金入りの放蕩者と見なされていたダリウス卿が、こうも完全な運勢の逆転に見舞われるとは、なんて不思議なんだろう、って！」

ルシアンは非難するように首をふった。「いったい何を言っているのか……」

背後の窓からさしこむ陽光が、アラベラの巻き毛を黄金にきらめかせた。「一年前、ダリウス卿はたしか破産寸前だったはずよ。ところが七カ月前に女相続人と結婚したら、好都合にも花嫁が全財産を夫に遺《のこ》して他界。そして今度はお兄さままで亡くなって、公爵領が転がりこんできた」アラベラは嘲るように首をふった。「まさに運勢の逆転ね！」

ルシアンは険しく眉根を寄せた。「何か妙なことをほのめかしているんじゃないだろうな？」

「何もほのめかしてなんかいないわ」アラベラはかたくなな口調で答えた。「この運命の急変はダリウス卿にとっては天の恵みだったと述べただけよ」

ルシアンは眉を上げた。「兄上を亡くしたことをダリウスが天恵と感じるとは思えないがね」

「もちろんホークがそんなことになったら、お兄さまはそんなふうには感じないだろうけど……」

「そこまでダリウスを嫌っているとは知らなかった

な」そういうことなら、ダリウスが去年アラベラを嫁に欲しいと言ってきたことを、当の本人が知らずにいるのは幸いというものかもしれない！

アラベラはかぶりをふった。「嫌いになるほどよく知らないもの」

ルシアンは顔をしかめた。「やっぱり、おまえは連れていかないほうがいいかもしれないな」

「あら、もちろんいっしょに行くわよ」アラベラはきっぱりと告げた。「ダリウス卿への偏見くらいで、グレースを慰めに行くのをやめるつもりはないわ」

そう言って、戸口に向かう。「階上に行って伯母さまに出かけることをお知らせして、ボンネットとマントをとってくるわ」

ルシアンは朝食用のテーブルに向かったまま、思案深げな表情で、ダリウス・ウィンターの運命の急変についてのアラベラの言葉を反芻《はんすう》した。

ダリウスの甥《おい》でリッチフィールド侯爵だったサイモンは、二年前にワーテルローで戦死した。

ダリウスの妻はいまから半年前、婚礼のわずか一カ月後に狩猟中の事故で死亡し、莫大《ばくだい》な財産を夫に遺した。

さらに今回、ダリウスの兄ジョージが心臓発作を起こして死亡した。一度も意識が戻らなかったため、発作の原因がなんだったのかは永遠にわからない。

そして、ダリウスはカーライン公爵になった。

ただの偶然だ。ルシアンは頭のなかで妹の説を一蹴して立ちあがり、玄関ホールに出て帽子と杖《つえ》をとりあげた。ダリウスとは子供のころからのつきあいだ。七カ月前に結婚するまでは、たしかに女と賭博に目がなかったが、最近はモルヴァンの領地に腰を落ち着け、すっかり田舎暮らしになじんでいた。

そうとも、たまたま不幸が重なっただけに決まっている。それはともかく、ジョージ・ウィンターの死によって、いまやダリウスはグレースの後見人になったわけだ……。

「医者が置いていった眠り薬が効いたのか、伯母はようやく泣き疲れて眠ってくれました」着替えをすませ、書斎でウィンター兄弟と合流すると、グレースはぐったりした声で告げた。手持ちの服のなかで多少なりとも喪服にふさわしいのは、瞳の色と同じ濃いグレーの絹で仕立てられたこのドレスだけだ。

窓を背にして立ったダリウスが、沈痛な面持ちで首をふった。「いまだに信じられない。わたしがモルヴァンではなくここにいたのが、せめてもの幸いだな」

「まったくだな」火の気のない暖炉の前に置かれた椅子にすわっているフランシスは、次兄への反感を隠そうともしなかった。「兄さんがいなかったら、ぼく一人では何もできなかっただろうからね！」

兄に対する言いがかりとしか思えないその発言を聞いて、グレースははっと息をのんだ。あまりにも性格が違いすぎ、共通点がまったくないせいか、この兄弟は昔からずっと仲が悪かったらしい。それにしても、兄が他界した直後のいまくらいは、いがみあうのをやめてもよさそうなものなのに。

一方のダリウスは悲しみと寝不足にさいなまれているにもかかわらず、アラベラが昨日、天使か悪魔のようなと評した美男子ぶりは、今朝も健在だ。

「無礼は大目に見てやろう、フランシス」ダリウスは空色の瞳を不吉に細め、厳しい口調で吐き捨てた。「兄上の死に動揺しているようだからな」

「もちろん動揺しているさ」フランシスは真っ青な顔をして、ふるえるような息を吸いこんだ。「あんたは動揺していないとでも言うのか、ダリウス？」

「ばかなことを言うな。動揺しているに決まっているだろう。なんだ、レイノルズ？」ダリウスは静かに書斎に入ってきた執事に渋面を向けた。

「ルシアン・セントクレア卿とレディ・アラベラ・セントクレアがお見えになりまして、ミス・ヘザリントンにお会いしたいとのことでございます、公爵閣下」

執事がダリウスを新しい称号で呼ぶのを聞いて、グレースはたじろいだ。もちろんいまではダリウスが公爵だが、伯父が息を引きとってまだ数時間しかたっていないのにそんな呼び方をするのは、なんだかしっくりこない気がする。

「やじ馬どもが！」フランシスが不愉快そうにつぶやいた。

グレースは冷ややかにフランシスを見やった。

「お二人が来てくださったのは、わたしが今朝ルシアン卿に手紙をさしあげて、伯父さまが亡くなったことをお知らせしたからよ」

フランシスは面白くもなさそうな笑みを浮かべた。

「そうだろうとも」

グレースは辛辣な言葉を投げつけたいのをこらえ、執事に顔を向けた。「ルシアン卿とレディ・アラベラを客間にお通ししてちょうだい、レイノルズ」指示してから、ダリウスを見やる。「お許しいただければ……」

昨夜の今日だけに、ルシアンと顔を合わせるのは気まずいが、それでもウィンター兄弟の反目が作りだしているぴりぴりした空気から逃れられると思うと、ほっとする。それにアラベラの存在が、ぎくしゃくした雰囲気をやわらげてくれるだろう。

「もちろん、いいとも」ダリウスが渋い顔で言う。

グレースは膝を折ってお辞儀をし、逃げるように書斎を出ると、廊下で足を止めてため息をついた。

これからの数日間が楽ではないことは覚悟していたけれど、ダリウスとフランシスがあの調子で角突き合いを続けたら、余計に気苦労が増えそうだ。

グレースはぐいと頭をふった。いまはそんなことを考えてもしかたがない。それにルシアンとアラベラが客間で待っている。

「アラベラ！」客間に入り、優美な足どりで客人に歩み寄る。アラベラは両手をさしのべてグレースの手を握りしめ、頬に心のこもったキスをした。

アラベラの慰めの言葉を聞きながらも、グレースはルシアンの存在を全身で意識していた。ルシアンは暖炉の横に無言で立っていた。暗褐色の髪が額に垂れかかり、なかば閉じたまぶたが謎めいた瞳を隠し、顔には彫像めいた硬い表情を浮かべている。黒い上着にグレーのズボン。完璧に身だしなみを整え、純白のシャツには飾りの類いは一つもない。

昨夜グレースが脱がせたシャツと同じように……。

「ルシアン卿」グレースは伏し目がちにそちらに向き直り、軽く膝を折ってお辞儀した。「お二人ともよく来てくださいました。それもこんなに早く」

他人行儀な態度をとられて、ルシアンは険しく顔をしかめた。「言ったはずだがね。きみがわたしを必要とすることがあれば、必ず来ると……」

「ええ、たしかに」グレースはうなずいたが、ルシアンのほうには目を向けようともしない。

グレースのそんな態度は、ルシアンの胸中に葛藤を生じさせた。ついさっきまで、今朝はグレースと二人きりにはなりたくないと思っていた。昨夜あんな生々しい夢を見た直後に二人きりになるのは、明らかに賢明ではないと判断したからだ。ところがどうやらグレースも二人きりになりたがっていないと知ると、ひねくれた気持ちが頭をもたげ、ルシアンはアラベラを連れてこなければよかったと思いはじめていた。いますぐグレースを抱き寄せ、気が遠くなるようなキスというショック療法で、このよそよそしい態度をはぎとってやりたくてたまらない。

ルシアンは手ぶりですわるよう促されたのを無視し、暖炉の横に立ったまま、渋い顔をしてグレースを見おろした。今朝のグレースは青ざめて弱々しく見え、目の下の黒ずみは、十分に眠っていないことを物語っている。だがはかなげに見えても、グレースには状況に打ちのめされることを潔しとしない気丈さがある。

「ダリウス卿――いえ、公爵は……」ダリウスを新しい称号で呼ぶ必要に迫られて、グレースはぴくりと顔をゆがめた。「みんなでなるべく早くウィントン・ホールに戻れるように手配を進めているようです」

会話のボールを投げかえしたのは、グレースと並んでソファーにすわり、片手を握っているアラベラだった。「田舎に戻るの？」

グレースはうなずいた。「伯父さまをウースターシャーに埋葬するのが伯母さまのご希望だから」

アラベラはルシアンを見あげた。「もちろん、お兄さまもグレースについていくんでしょう？」

それは質問ではなく断定だった。それはまた、当然予想しておくべきことでもあった。だがルシアンは予想していなかった。たしかにグレースの婚約者である以上、ルシアンがウィンター一族とともにウースターシャーの領地に向かうのは当然と見なされるだろう――グレースと並んで葬儀に参列し、その後もグレースが望むかぎり、ずっとあちらにとどまるために。

グレースを完全に自分のものにする夢がいまなお生々しく脳裏に焼きついている状態では、グレースとあまり長いあいだいっしょに過ごすのはどう考えても賢明なことではない。だがどうやら運命は、わたしを破滅させようとしているらしい……。

ルシアンのしかつめらしい顔に一瞬、隠しきれない当惑がひらめくのを見て、グレースはルシアンが妹の提案をどれほど不快に思っているかを悟った。いつものルシアンは、冷笑的な仮面の奥に、内面の心の動きを完璧に隠しおおせているのだから。

グレースは堅苦しい笑みを浮かべて口を開いた。

「そんな必要は――」

「とんでもない。きみの婚約者である以上、わたしがウィントン・ホールに同行する必要は大ありだ」ルシアンは有無を言わせない口調で言った。

グレースはかぶりをふった。「ロンドンにとどまって、いろいろと……楽しいことをなさったほうがいいと思いますけど。ウースターシャーにいらしても退屈なさるだけでしょうし」そう言って、挑むような目でルシアンの視線を受けとめる。ルシアンと視線を合わせるのは、今朝はこれがはじめてだ。

黒い目にからかうような笑みがきらめいた。「こんな悲しい状況のなかでも、きみといっしょにいて退屈することはあり得ないと思うよ、グレース」

グレースの目は怒りでぎらついた。「残念ながら、わたしのほうはそうではありませんわ、閣下！」

「そうはいっても、世間体というものもある。気の毒だが、我慢してもらうしかないだろうな」ルシアンの顔にはうんざりした表情が浮かんでいた。

世間体。

わたしの人生はまたもや社交界が何を期待し、何を要求するかによって決められようとしている。当事者であるわたしやルシアンの望みを無視して！

とくにルシアンの望みを無視して。

グレース自身は、これから何日も、場合によっては何週間も、ルシアンと顔を合わせることも、言葉をかわすこともなしに過ごすことなど想像できない。ルシアンがいっしょに来たくないと思っていることを、ああも露骨に顔に出さずにいてくれればよかったのに！

「もういいだろう、グレース。いつまでも痴話喧嘩《げんか》を続けてアラベラを困らせるべきじゃない」強い光を放つ目が、ルシアンはもはや面白がってはいないことをグレースに告げた。

「あら、わたしはちっとも困っていないわよ」アラベラがほがらかに請けあった。「それどころか、とても勉強になるわ」

「どういう意味かきいてもいいかな?」ルシアンが渋い顔をして、きしんだ声を出した。

アラベラは肩をすくめた。「去年はたまたまホーク兄さまとジェーンが恋に落ちるところを観察する機会に恵まれて……いまはお兄さまとグレースの恋愛が進行中」アラベラの目がいたずらっぽくきらめいた。「想像していたよりずっと楽しいものなのね」

ルシアンは嘲るように眉を吊《つ》りあげた。「だれにとってかな?」

「あら、もちろん観察している人間にとってよ」アラベラはくすくす笑った。「当事者二人はちっとも楽しそうには見えないもの!」

グレースもまったく同感だった。

あくまでも一方的なものとはいえ、グレースはルシアンに恋をしている。真剣に。どうしようもないほどに。そしてルシアンの腕に抱かれ、たしなみを完全にかなぐり捨てているとき以外は、恋をするのが楽しいと感じることなど皆無なのだから!

相思相愛だったら、また話は違うのかもしれない。でも現実には片思いで、グレースにできるのは、せいぜいルシアンへの恋心を隠すように努力することだけ。もっとも、二人きりになるたびにとろとろになってルシアンの腕に身をゆだねているようでは、それもあまり成功しているとはいえないけれど。

アラベラが口元に笑みを漂わせて立ちあがった。

「わたしはそろそろ席をはずして、また薔薇園をひとまわりしてきたほうがよさそうね……」

「だめよ——」、

「ばかなことを——」

抗議の声が重なり、グレースとルシアンははたと口をつぐんでしかめ面を見あわせた。グレースは身構えるように、ルシアンはいらだたしげに。

「おまえはどこにも行かなくていい、アラベラ」やがてルシアンがいらだった声で吐き捨てた。「グレースがどんな議論をふっかけるつもりか知らないが、その相手をするのは、旅の手配のことでダリウスと話しあってからでも間に合うはずだからな」

「ただし、わたしがいてはだめだというわけ？」アラベラががっかりしたようにつぶやいた。

「そのとおりだ」ルシアンはぶっきらぼうにうなずいた。「では失礼、お嬢さん方」そっけなく一礼すると、ルシアンは大股で部屋を出ていった。

「面白いこともあるものね」アラベラは興味深げにつぶやき、ふりむいてグレースに笑いかけた。「勇敢で恐れを知らない兄が、敵に背中を見せるなんて。ああ、敵というのはあなたのことじゃないわよ、グレース」聞き手の困惑した表情に気づいてつけ加える。「あなたは戦いの原因というだけで……」

グレースはわけがわからずに首をふった。「まるで謎々を聞いているみたいだわ、アラベラ」

「そうでしょう？」アラベラはいたずらっぽく微笑した。「それも、とても興味をそそる謎々。二人ともウースターシャーの荒野に行ってしまうなんて、残念でたまらないわ！」物欲しげにつけ加える。

「ウースターシャーは荒野なんかじゃないわよ、アラベラ」グレースはそっけなく言ったが、ふいに名案がひらめいて、ぱっと顔を輝かせた。「そうだわ、あなたもいっしょに来ればいいのよ！　ねえ、来ると言ってちょうだい、アラベラ！」相手が面食らった顔をするのを見て、熱心な口調でせがむ。

アラベラはつとグレースから離れ、どうしようかと思案する風情で窓辺にたたずんだ。

グレースがアラベラを招待したのは、このしごく実際的でありながら、茶目っ気たっぷりな令嬢の存在が、ルシアンとのあいだの緊張感をやわらげてくれるのではないかと期待したからだ。でも、そんな理由で誘うなんて、アラベラに失礼だ……。

「誘うべきじゃなかったわね」グレースは言い、けげんな顔でふりむいたアラベラに悲しげな笑みを投げた。「だってシーズンはまだ始まったばかりよ。そんな時期にあなたをロンドンから引き離そうとするなんて、正しいこととはいえないわ！」

「伯母のアガサは泡を吹いてひっくりかえるでしょうね」アラベラは乾いた口調で言った。「今年こそわたしが片づくことを期待しているんですもの！」

グレースは問いかけるように眉を上げた。「あなたもそれを望んでいるんじゃないの？」

アラベラは強情そうに唇を引き結んだ。「どうせ結婚なんてできっこないわ」

「どうしてそんな……」グレースはあっけにとられた。アラベラはまだ十九歳で、このうえなく美しく気品に満ちている。それに公爵の妹なのだから、持参金の額も半端なものではないはずだ。

アラベラは低い自嘲するような笑い声をたてた。「グレースったら、そんなに驚いた顔をしないでよ。わたしは大胆不敵で、傲慢で、眉目秀麗な三人の兄に囲まれて育ったわ。そして、そんな兄たちを心から崇拝しているの。あの兄たちに見劣りしない男性なんて、絶対に見つかりっこないわ！」

グレースは反論できなかった。どうして反論できるだろう？　グレース自身、ルシアンほどの男性にはいまだかつて会ったことがなく、今後も決して会うことはないと承知していながら……。

12

「いまならもう、あなたがロンドンへ戻ると言ってもだれも反対しないはずよ」ウィントン・ホールの池をめぐる小道を並んで歩きながら、グレースは小声でルシアンに告げた。「ジョージ伯父さまは一族の墓所に埋葬され、伯母さまは近いうちに隠居所に移る予定」グレースは肩をすくめた。「ここにはもう、あなたにできることは何もないわ」

ルシアンは険悪に顔をしかめた。そもそもこの散歩は、明朝には出発するつもりだとグレースに告げるためにルシアンが提案したものだった。だがグレースにさっさと出ていけと言わんばかりの態度をとられると、そんなことはどうでもよくなってしまう。

この一週間、グレースとはろくに話もできず、二人きりになったことは一度もない。アラベラが丁重に同行を辞退したため、ロンドンからの旅は静かなものになった。悲しみで半狂乱の公爵夫人にとって、しっかり者の姪《めい》はなくてはならない心の支えであり、グレースの芯の強さは、ウィントン・ホールの使用人一同を励まし、慰める際にも力を発揮した。

四日前に弔いの礼拝が終わると、公爵夫人は完全に虚脱してしまい、グレースは伯母の代理として、堂々と弔問客に応対した。多くの人々に愛され、尊敬されていた故人に最後の別れを告げるために、数キロ四方から大勢の親族や友人が集まっており、ルシアンの兄ホークも短時間ながら弔問に訪れた。

ホークはいつもながら居丈高で、ひとにらみでほかの弔問客を牽制《けんせい》し、ルシアンとグレースと言葉をかわすあいだ、だれもそばに近づかせなかった。グレースは専制君主さながらのスタワーブリッジ公爵にいくぶん気圧《けお》されたようだが、うろたえることなく落ち着いて応対し、ホークもマルベリー・ホールにあるグレースの父親の絵の話をして、相手をくつろがせた。グレースの父親が何者かにすぐに気づかなかったのは、どうやらルシアンだけらしい。

「合格だな」かれこれ三十分後に兄を馬車まで見送ったルシアンに向かって、ホークはぽつりと言った。

ルシアンは眉を吊《つ》りあげた。「合否判定をしてほしいと頼んだ覚えはないが」

ホークは敏捷《びんしょう》な身ごなしで馬車に乗りこんだ。

「とにかく、あれなら合格だ。ここを離れられるようになりしだい、マルベリー・ホールに連れてくるといい」横柄に馬番にうなずきかけて扉を閉めさせることで、ホークは手際よく会話を打ち切った。

気位の高いスタワーブリッジ公爵ホークは、グレースを気に入ったらしい。アラベラもグレースを気に入っているし、セバスチャンも明らかにそのようだ。どうやらルシアンだけが、いまなおグレースに対する自分の気持ちを把握できずにいるらしい。

もちろんグレースがよき妻に必要とされる資質を備えていることはわかっている。グレースは美しい。そして愛嬌《あいきょう》がある。おまけに寛大だ。

だがグレースは頑固で、こうと決めたらてこでも動かず、衝動的に行動する傾向がある。早い話が、グレースはルシアンがこんな妻ならばと思っていた女性像——物静かでわがままを言わない女性とは、これ以上ないほどかけ離れているのだ。

それに加えて、いまやルシアンが見るのはグレースの夢ばかりだという新たな懸念材料もある。グレースを愛撫《あいぶ》する夢。グレースを燃えあがらせる夢。そして、グレースと一つになる夢！　どの夢も、かつて見ていた戦場の悪夢以上に心をかき乱す。

「そう断言してしまっていいのかな……？」

ルシアンは小道の途中でふいに足を止め、謎めいた表情を浮かべてグレースを見おろした。

「断言するって、何を?」その黒い瞳を見あげたとたんに、グレースは落ち着かない気分になった。

この一週間は目がまわるほど忙しく、ルシアンと二人きりになるのを避けるのはさほどむずかしくなかった。だが気づいてみれば、この小道にいるのは自分たち二人だけ。そしてウィントン・ホールは池の向こう側にあり、小道は池のほとりの森のなかを、うねうねと曲がりくねって伸びている。

おまけに今日のルシアンはとても立派に見える。濃い茶色の上着にクリーム色のズボン、ベストの下から純白のシャツがのぞき、襟元に入念に結んだクラバットの中央には、小さなダイヤのピンが光っている。むしろ色男っぽく見えると言うべきね。自嘲ぎみに訂正しながら、グレースはおなじみのあやしいふるえが胸をざわめかせるのを感じた。

ルシアンが片方の眉を吊りあげた。「ここにはもう、わたしにできることは何もないという話さ」

思わせぶりな口調。グレースはいっそう落ち着かない気分になった。ここにいるのはわたしたち二人だけ。屋敷からも、ほかの人々からも遠く離れすぎている……。

グレースはかぶりをふった。「この一週間、いろいろと力になってくれたことにはもちろん感謝しているけど……」

実際、神経に障るフランシスがあまりひどくダリウスをいらだたせないよう、よそに注意を向けさせるルシアンの手腕は見事なものだった。伯母へのやさしい気遣いには頭が下がったし、礼節という皮膜の下で感情の濁流が逆巻くいまのウィンター家にいながら、グレースが毎日多少なりともぴりぴりした空気から解放されて過ごせるよう、ひそかに気を配ってくれていることもちゃんと知っている。

どれもこれもありがたいことではあるけれど、グレースはまた、ルシアンが自分といっしょに過ごすのを避けていることにも気づいていた……。

ルシアンがからかうような笑みを浮かべた。「そのあとに続くのは、〝でも〟かな……？」

グレースはうなずいた。「でも、あなたももう自分の生活に戻るべき時期だわ」

ルシアンは眉を上げた。「わが婚約者は、わたしの生活の一部だと思っていたが……」

「ルシアン――」

「グレース」ルシアンが横柄に見おろしてくる。

グレースは苦しげに顔をゆがめた。「わたしたちの婚約がただの茶番だということは、お互いにわかっているはずよ。当面は伯母さまのために婚約を維持するしかないけど、だからといって、あなたがこれ以上ここにとどまる必要はまったくないわ」

「要するに、わたしはお払い箱ということか？」

いまやルシアンの声には怒りがひそんでいた。厳しい光を宿した目にも怒りが見てとれる。「お払い箱だなんて、そんな。わたしはただ、これ以上あなたを……できたらあなたには……。ああもう、何を言いたいかはちゃんとわかっているはずよ、ルシアン！」じれったくなってそう締めくくったとたんに、ルシアンの目が危険な光を放った。

危険の予感が、ここには自分たち以外はだれもいないという事実をいっそう強く感じさせる……。

ルシアンはぶっきらぼうにうなずいた。「どうやらきみは、わたしの役目はもう終わったからさっさと出ていけと言っているらしいな」

「わたしは決して……そんなことは少しも……。もう、あなたがいまみたいな気分になっているときは、いくら話してもらちが明かないわ！」グレースは憤慨のあまり、頬を赤く染めて吐き捨てた。

ルシアンは昔から喪服の色が嫌いだった。あの陰気な黒と灰色は、馬車の事故による十一年前の両親の死をいやというほど思いださせるからだ。

だがグレースが着ている黒い絹のドレスは、なぜか喪の暗さではなく、なまめかしい魅力を感じさせる。肌の透明感が増し、表情豊かな灰色の瞳はいっそう大きく謎めいた風情をたたえ、ふっくらした唇は蠱惑《こわく》に満ちた濃い赤に見え、なめらかな喉の線があえかな美しさで見る者を招き……。

ルシアンはグレースの唇に食いいるような視線を向けたまま口を開いた。「いまのような気分というと……?」

グレースはいらだたしげな身ぶりをした。「さっきからわたしの言うことがわからないふりばかりしているじゃないの。わざと挑発しようとして!」

挑発というなら、グレースが登場した昨夜の夢は、とてつもなく挑発的なものだった!

ルシアンは今朝、夜が明けるか明けないかのうちに目覚めた。唇にはグレースの味が、手のひらにはなめらかな肌の感触が、体には押しつけられていた肢体の燃えるような熱さが、生々しく残っていた。

下腹部は硬く張りつめ、脈打つようにうずいて、一週間前に丹念に愛撫を加えたあのなめらかな体に身を沈める必要性を訴えていた。なだめるすべのない欲望を持てあましたあげく、ルシアンはウィントン・ホールの敷地に出て、いま二人が散策している小道のかたわらにある、しびれるように冷たい池のなかに飛びこんだのだ!

もっとも、それも一時の気休めでしかなかったようだが。こうしてグレースを見ているだけで、全身を駆けめぐったあの激しい脈動がよみがえり、下腹部はあのときよりもいっそう強くうずいている。

「では、きみ自身がわたしを挑発していることについてはどうなんだ、グレース?」

グレースはあやふやな表情でルシアンを見あげた。

「わたしはただ、あなたにここを出ていきやすいようにしようと……」声が先細って消えた。ルシアンの食いいるような視線がなおも自分の口元に向けられているのに気づいて、当惑が強まる。

黒い瞳の底で何かが燃えあがり、グレースはどぎまぎして乾いた唇をなめた。息が喉につかえ、ルシアンの顔から目をそらせない。最後に二人きりになったときの記憶が、燃えるように頬をほてらせる。

周囲の木々さえそよぐのをやめ、小鳥たちもぴたりと口をつぐんだかのように感じられる。しんと静まりかえったなかに、二人の息遣いだけが響く。耳元でしゅーしゅーという奇妙な音がするのは、自分自身の血が血管のなかを駆けめぐる音らしい。

グレースはふいに激しく首をふった。「ルシアン、だめよ、こんな――」

「もう我慢できないんだ、グレース」ルシアンはうなるように言い、ぐいとグレースを抱き寄せた。

「ほら、感じないか？　わたしがどれほどせっぱつまっているか」かすれた声でたたみかける。

たしかに、ルシアンがどれほど自分を求めているかははっきりと感じとれる。感じずにいられるわけがない。ルシアンの欲望の高まりがぴたりと押しつけられ、それに呼応するかのように、グレース自身の腿のあいだも熱く脈打っているのだから。

グレースはなんとかして正気にしがみつこうとした。「ここには人目があるわ、ルシアン。敷地内には作男もいれば庭師もいる。いつだれが通りかかって、わたしたちに気づくかわからないのよ！」

ルシアンは険しい顔をした。「わたしを拒絶する理由はそれだけか、グレース？」

「拒絶なんてしてないわ」グレースは激しく反論した。渇望が胸をうずかせる。「どうしてそんなふうに考えられるの？　つい一週間前、わたしが……わたしのほうから教えてほしいと頼んだばかりなのに……どうすればあなたを……」グレースは口をつぐんだ。いま与えられたのと同じ歓《よろこ》びをあなたに与える方法を教えてほしい。ルシアンにそうせがんだときのことを思いだすと、頰がかっと熱くなる。

ルシアンの熱い唇ががむしゃらに喉に押しあてられ、なめらかな肌をくまなく味わった。舌が喉の付け根の敏感なくぼみを探りあて、すでに熱くなっている体に快いふるえを送りこむ。

「今回はだめだと言う気はないよ、グレース」ぶっきらぼうな約束の言葉とともに、あたたかい息が肌をくすぐった。「きみにわたしのすべてを与えよう。そして、わたしもきみのすべてを……」

「おーい、そこの二人！」

グレースは火傷《やけど》したようにルシアンから飛び離れた。頰から血の気が引くのを感じながら、ルシアンにちらりとおびえた視線を投げ、背を向けて髪の乱れを直す。フランシス・ウィンターが悠然とした足どりで小道を進んでくる。近づいてきたのを見ると、口元にはくつろいだ笑みが浮かんでいた。

意外にも、いったん長兄の死の衝撃から立ち直ると、フランシスはグレースに対してはそこそこ感じよく、公爵夫人にはやさしい思いやりを持って接するようになった。それ以上に驚いたのは、ロンドンでの一件について、グレースとルシアンに謝罪したことだ。一方で、ダリウスに対する態度は相変わらずだが、二人の不仲は子供のころからのことらしく、いまさら兄弟仲がよくなるとは思えない。

「やあ、グレース。それにルシアン」フランシスは陽気な口調で挨拶した。「いい天気だな」風で髪がいくぶん吹き乱されたその姿は、なかなか悪くない。「ウィントン・ホールに滞在中は毎日この池のまわりの小道を一周するように心がけているんだ。子供のころは、よくみんなでここで遊んだっけね。覚えているだろう、ルシアン？」

ルシアンが覚えているのは、サイモンと二人で、ときには学校から帰省中のダリウスもまじえて、三人で遊んだことだ。いつも自分を仲間に入れてくれないと文句を言うフランシスから逃げだすために、この森の奥に駆けこんで。実際、仲間はずれにしていたわけだが、何しろ子供のころのフランシスは、むやみと泣き言を言う目障りなちびだったのだ。

大人になったいまも、神経に障るところは変わっていない。おまけにいまもこうしてしゃしゃりでて、あのころと同じ邪魔者ぶりを発揮している！

間一髪の登場だったことは認めるが、それでも不愉快なことに変わりはない。

グレースのどぎまぎした様子を見て、ルシアンは内心で顔をしかめた。頬を紅潮させ、目にどことなく追いつめられたような表情を浮かべ、なじるようなまなざしをルシアンに投げつけてくる。

「何度かきみを池に放りこんだことなら覚えているがね」ルシアンはそっけない返事をした。

フランシスは当惑したように顔をしかめたが、すぐににこやかな表情に戻った。「子供というのは他愛《た》《わい》ない悪ふざけをするものだからね」

「わたしにとっては、きみを厄介払いする手段だったがね」フランシスがグレースに近づきすぎているのが気に入らず、ルシアンはぴしりと言った。

「たしかに当時のぼくはちょっとしたお邪魔虫だったかもしれないな」フランシスはうなずき、目に読みとりがたい表情を浮かべてルシアンの視線を受けとめた。「どうかな、せっかくだから、ここからは三人で散歩を楽しむというのは……？」軽い口調で提案し、グレースの手をとって腕にはさみこむ。

そのなれなれしいふるまいを見とがめて、ルシアンは険しく目を細めた。まぶたの下のわずかな隙間が熾烈《しれつ》な光を放つ。たしかにフランシスは二人に謝罪した。ロンドンで友人たちに言ったことが不運にも噂《うわさ》となって広まり、結果的に二人に不快な思いをさせて申しわけなかった、と。だがルシアンはその一件を忘れたわけではないし、フランシスがグレースにまとわりつくのを歓迎する気もない。

「われわれは屋敷に戻るところでね」ルシアンは冷ややかにフランシスを見やった。「それでもよければ、いっしょに来てもらっても構わないが……」

屋敷に戻るところだったなんて初耳だわ。グレースは思った。でも、この状況では戻ったほうがよさそうだ。フランシスをまじえて散歩を続ける気にはなれないし、そうかといって、ルシアンとさっきの続きをするのも論外なのだから……。

あそこでフランシスが通りかかって声をかけてこなかったら、いったいどうなっていたか！

「ひと足先に屋敷に戻りたいのなら、グレースのお供は喜んで引き受けるよ、ルシアン」フランシスは言い、尋ねるようにグレースを見やった。

「やっぱりわたしも戻らないと」グレースは腕にはさみこまれていた手を引きぬき、フランシスから離れた。「今日は伯母さまが荷造りをなさる予定だし、お手伝いが必要かもしれないから」

「それもそうだね」フランシスはわかったというふうにうなずいた。「それにしても、こんなに急いで義姉上《あね》を隠居所に追いやるなんて、ダリウスもずいぶんだよな」非難がましい口調でつけ加える。

グレースはぎょっとした顔をした。「あら、だけどダリウス卿《きょう》が……公爵が……」あたふたと言い直す。「伯母さまを隠居所に移らせようとしたわけではないと思うけど」

「きみが身内に忠実であろうとするのは褒められてしかるべきことだよ、グレース」フランシスがいつものもったいぶった口調で言った。「だが現にダリウスのせいで、義姉上が三十年以上もわが家と呼んできた屋敷にいづらく感じているわけだからね」

「そう言うきみの身内に対する不忠な態度は、とうてろで褒められたものではないな、フランシス」ルシアンは厳しく言い、年少の男に侮蔑の表情を向けた。

「ダリウスが隠居所に移るのをせめてあと何週間かは先に延ばしてはどうかと公爵夫人を説得するのを、わたしはこの耳で聞いているんだぞ」

「もちろんそうだろうとも」フランシスは優越感のにじんだ口調で言った。「ダリウスだってばかじゃないからね。そうでなくてもあれこれと噂がささやかれているのに、スタワーブリッジ公爵のような大貴族の弟君の前で兄嫁に冷たい仕打ちをして、さらに立場を悪くしようとするはずがない。ただし内々にどんなことが起きているかとなると、これはまた別の話でね……」悲しげにつけ加える。

ルシアンは両手をきつく握りしめ、フランシスの鼻に拳骨《げんこつ》をお見舞いしたい衝動と闘った。噂があろうとなかろうと、ダリウスはわたしの友人だ。噂といえば、アラベラもつい一週間前に、ここ数カ月のいるのは本当のことだが。それはともかく、フランシスが実の兄を中傷するのを黙って聞いているわけにはいかない！

ルシアンは凍《い》てついた視線を相手に向けた。「いまの発言の最後の部分について説明してほしいね、ウィンター」

フランシスは無造作に肩をすくめた。「だったら義姉にきくんだね。ダリウスに隠居所に移ってほしいと言われたことは、義姉も否定できないはずだ」

ルシアンはもどかしい思いで唇を引き結んだ。この一週間、公爵夫人は思いがけない夫君の急死によって、さんざんつらい思いをしてきた。隠居所への転居を妙に急いでいる理由を尋ねてこれ以上つらい思いをさせることなど、できるはずがない。

「そんな話を口にすること自体、不謹慎きわまりない行為だぞ、フランシス」ルシアンはいらだちもあらわに言った。「わたしやグレースの耳に届くところで、もう二度とそんな悪意に満ちた陰口をたたかないことだ！　どうやらきみは、謝罪をしたとはいえ、グレースとわたしに関するゴシップをばらまいた件から何一つ学んでいないらしいな！」

フランシスが兄を非難するのを聞いて、グレースはあっけにとられた。少なくとも最初は……。だが、よくよく考えてみると、フランシスの言葉もまったくのでたらめではないのではないかと思えてならない。伯母は夫の死後わずか一週間で隠居所に移ると言いだした。グレースもつい昨日、伯母に指摘したのだが、それではいくらなんでもあわただしすぎる。だが公爵夫人は、なんとしても週末までにウィントン・ホールを出ると言い張って聞かなかった。

それはダリウスに退去を求められたから……？

「そういうことなら……」フランシスは堅苦しく一礼した。「ぼくはこれで」そう言って、屋敷とは反対方向に歩み去る。ルシアンの非難の言葉に気を悪くしているらしく、背中の線がこわばっている。

グレースは伏せたまつげの下から、そっとルシアンの様子をうかがった。万が一にもさっきフランシスに向けたあの凍てつくような侮蔑の視線を浴びせられたら、脚がふるえてしまうことは確実だ！

「ルシアン……？」なおも険しい目でフランシスの背中をにらみつけている連れに、そっと声をかける。

荒々しく息を吸いこんで気を静めると、ルシアンはようやくグレースに向き直った。「どうしてあの男がいまだに決闘で殺されずにすんでいるのか、理解に苦しむね！」ゆっくりした足どりで屋敷に向かいながら、不愉快そうに吐き捨てる。

グレースは苦笑した。「実を言うと、大いに期待していたんだけど。ここ一週間の感じのいい態度が、この先も続いてくれるんじゃないかって！」

ルシアンは唇を一文字に結んだ。「豹《ひょう》の模様は一生変わるものじゃないぞ、グレース」そっけなく言う。「もっともフランシス・ウィンターを豹にたとえたら、豹を侮辱することになるだろうがね」

「そうかもしれないわね」グレースはうなずいた。森を出ると、降りそそぐ陽光がボンネットの下の黒い巻き毛をきらめかせた。「フランシスが言ったことはすべて、まったくのでたらめだと思う？」

ルシアンがフランシス・ウィンターと話してみて最も気がかりに感じたのは、まさにそこだった。すなわち、フランシスの告発にはなんらかの根拠があるのではないかという不安。

はっきりしているのは、この一週間いっしょに過ごしてきたダリウスが、少年時代から知っていたダリウスと同じ人間ではないことだ。昔からばかな人間には我慢できない性分で、そこがルシアンとの共通点でもあったのだが、この一年でダリウスの態度は以前よりとげとげしさを増し、さらに、それまではなかった冷笑癖が煙幕になって、内心の考えや感情を読みとることを不可能にしている。

つまるところ、ダリウスがどんなことをしかねない人間で、どんなことならするはずのない人間か、もはやさっぱり見当がつかないのが実情なのだ。

ルシアンは険悪に顔をしかめた。「くだらない噂話には耳を貸さないことにしているんだ。ことに噂をばらまいているのがフランシス・ウィンターのような手合いの場合は」

グレースはそれを自分への非難と感じて頬をほてらせた。そんな言い方は不当だわ。わたしはただ真実を知りたいだけなのに。フランシスがほのめかしたように、ダリウスが陰で伯母さまにつらく当たっているとしたら、いくらなんでもひどすぎる。

「その件について伯母上に質問することは許さないぞ」ルシアンは冷ややかにつけ加えた。

「許さないですって……？」グレースは怒りで頬を染め、押しころした声でくりかえした。

ルシアンは硬い表情でグレースを見おろした。「たとえきみの伯母上が隠居所への転居を決意した陰にダリウスの意向が働いていたとわかったところで、なんの意味もない。先代公爵の未亡人に屋敷の明け渡しを求めるのは、新公爵の正当な権利だ」

「その新公爵が冷酷非情な怪物だとわかるだけでも、確かめてみる意味はあるわ！」グレースは憤然と反論した。

「グレース、この件についてきみと議論するつもりはな――」

「それは好都合だわ。わたしもあなたと議論するつもりはないから」グレースは足を速め、ルシアンを置き去りにして歩きはじめた。「わたしは自分のしたいようにするわ。放してよ、ルシアン！」ぐいと腕をつかまれて、押しころした声ですごむ。

その怒りに燃えた様子に、ルシアンはやりきれない思いでため息をついた。この一週間、グレースといっしょに過ごす機会はろくになかった。それなのに、やっと二人きりになれたと思ったら、さっそく口論が始まるとは。「では、この件については伯母上には何も言わないでほしいと要請すれば……」

「いまさら要請しても遅すぎですわ、閣下」グレースは甘ったるい口調で断言した。「さっきも言ったとおり、わたしは自分のしたいように――」

ルシアンは腹立たしげに鼻を鳴らして、その強情な言葉をさえぎった。「きみは子供のころに、もっと頻繁に父親に尻をぶたれるべきだったんだ」

「父はとても善良で温厚な人でしたからね」〝あなたとは違って〟と言わんばかりの口調。「自分の子供に体罰を与えるなんて、考えただけでぞっとしたでしょうよ」グレースは無表情な顔で続けた。「いまも生きていたら、そんなことをほのめかしたあなたを半殺しの目に遭わせているはずだわ！」

腹を立てたときのグレースは、本当に信じられないほど美しい。

いほどなまめかしく美しい。ルシアンは思い、胸がうずくのを感じた。もっとも、どう見てもさっきの親密な場面の続きをする気はなさそうだが。ルシアンはかぶりをふった。「わたしはべつに、きみの尻をぶつつもりだと言ったわけじゃない」

「賢明なご判断ですわね、閣下。そんなまねをしようとしたら、後悔するだけですもの！」グレースの目は挑戦的な光を放ち、きつく握り固めたこぶしは、必要なら身を守るために戦う決意を示している。

ルシアンは憤懣《ふんまん》やるかたない思いでため息をついた。グレースとの会話は口論か濡《ぬ》れ場なしには成立しないのだろうか？　どうしてもどちらかを選ばなくてはならないのなら、後者のほうがずっといい！

とはいえ、体罰を与えるそぶりなど見せようものなら、逆にこちらを痛い目に遭わせることも辞さないという気概はすばらしい。そんなグレースを膝にうつぶせにさせ、尻をたたくことを想像すると、それだけでまた全身が熱くなってくる……。

いや、嗜虐《しぎゃく》癖があるわけではなく、実際にグレースに苦痛を与えるつもりもない。狙いはグレースと自分の両方を肉体的に燃えあがらせることだ。

あの形のいい尻を平手で何度かやさしくたたく。この膝に身を預け、美しい顔を上気させたグレースは、どんなにか魅力的に見えるだろう。どうせなら服を着ていなければもっといい。むきだしの尻と前に突きだした胸、欲望で熱くなってくる体……。くそ、なんてざまだ。早いところ完全にグレースを自分のものにしないと、頭がどうかしかねない！

「きみの前にそうやってわたしに挑戦した人物は、その後の一週間を寝床で過ごすはめになったぞ。肋《ろっ》骨《こつ》を二本折り、顎に派手な痣《あざ》をこしらえてね」

グレースはどうするべきか決めかねてルシアンを見やった。険しく細めた目の冷ややかさと、きつく食いしばった顎は、ルシアンがついに堪忍袋の緒を切らしたことを物語っている。それに、こちらもいまはもう、なりゆきで反論しているだけだし……。

頭ごなしに何もするなと言われたことに腹を立てていないわけではない――間違いなく腹は立っている。でも、それよりも気になっているのは、ほんの数分前、自分がまたしてもルシアンの腕に抱かれてしまったという事実だ。それもまったく無抵抗に。フランシスが現れなければ、いまごろは木陰のやわらかな地面に身を横たえ、キスよりはるかにきわどい行為を許していたかもしれない。おまけにルシアンがお仕置きとしてお尻をぶつ話をしたときも、腿のあいだがほてってどうにもならなかった。

なんとかしなくては。できるだけ早い時期に婚約を解消したいというわたしの考えに変わりがない以上、このままでは絶対にまずいわ！

グレースは嘲るように口元をゆがめた。「典型的な男性思考ね。意見の相違はすべて、なんらかの形の肉体的な制裁で解決できると思うなんて」

「きみに与えることになる制裁が、きみにとって文句なしに楽しめるものになることは保証するよ！」ルシアンが緊張した体に抑制された力をみなぎらせ、険しく細めた目で見おろしてくる。

グレースは負けてはならじと顎を突きあげた。「それもまた典型的な男性思考ね。口先だけの脅しで女の反抗をねじ伏せられると考えるなんて！」

「口先だけの脅しじゃないぞ、グレース」危険なほどなめらかでやわらかい口調。「そうやっていちいちつっかかってくるのをやめないと、わたしが考えている制裁は、即座に実行の予告になる」

グレースはルシアンをにらみかえした。「あなたは力ずくで女をどうこうする人じゃないわ」

緊張した体の線がいくぶんやわらぎ、ルシアンは形のいい唇にからかうような笑みを浮かべた。「これまでのきみの反応を見るかぎり、腕力にものを言わせる必要はなさそうだがね、グレース……」

たしかにそのとおりだ。それどころか、わたしは自分から進んで……。

だけど仮にも紳士なら、そんなことを指摘するべきじゃないわ!「わたしはあなたのなじみの酒場女や、野営地にたむろする商売女じゃないのよ。そんな気安い口は利かないでいただきたいわ」

冷ややかな黒い瞳の上で暗褐色の眉が吊りあがり、ルシアンはさっきと同じやわらかく危険な口調でささやいた。「わたしのなじみの〝酒場女〟に〝野営地にたむろする商売女〟?」

グレースは嘲るように鼻を鳴らした。「否定しようなどとなさらないことね、閣下。その手の女たちにはずいぶん世話になってきたはずですもの!」

たしかに〝世話になった〟酒場女は複数いる。ついでに言えば、女優や上流階級の奥方も。だが野営地にたむろする商売女には一度も手を出したことはない。それにしても、グレースはまだ二十歳の未婚の令嬢だ。そんな言葉を知っているだけでも問題だし、ましてやそれを口にするなど言語道断だ!

「この話はもうこれで終わりだ、グレース」ルシアンは高飛車に告げた。

「そのようですわね、閣下」グレースは皮肉っぽく言い、形ばかりに膝を折って一礼すると、きびすを返して歩み去った。

数分後、グレースが悠然とした足どりで屋敷に到着し、腹立たしげにぐいとスカートをひっぱって屋内に消えると同時に、ルシアンははたと気づいた。

明日の朝には出発するつもりだということを、結局グレースに言いそびれてしまった……。

13

その夜の晩餐《ばんさん》は陰々滅々たるものだった。もっとも料理はいつもながらすばらしく、ウィントン・ホールの執事ウェストレイクが監督の目を光らせていたために、給仕も静かに手際よくおこなわれ、料理の皿は次々にとどこおりなく運ばれてきた。その場の雰囲気をぎこちないものにしているのは、家族用の小食堂の食卓を囲んでいる五人の人間だった。

食卓の主人席には、当然ながらダリウスがついていた。反対側の端には、喪服に身を包み、たおやかな気品を漂わせる公爵夫人。グレースはダリウスの左手にすわり、その隣にはルシアンが、向かい側にはフランシスが着席している。だれもがむっつりと押し黙り、フランシスが天気についてちらりと何か言ったときも、反応を示したのはダリウス一人で、それもただうなっただけだった。

昼間ルシアンと話していたときにこみあげてきたあやしいほてりがまだ生々しく記憶に残っているグレースは、ルシアンがそばにいるだけで落ち着かなかった。ルシアンもグレースと言葉をかわすのには気乗りがしないらしい。ひょっとして伯母さまの隠居所への転居の話を持ちだす機会をわたしに与えたくないから？　おあいにくさま。そんな手でわたしを黙らせておけると思ったら大間違いよ！

だがグレースは賢明にも、食事がすんで伯母とともに立ちあがるまで口をつぐんでいた。女性陣の退出後、男性陣はこのまま食堂に残り、葉巻とブランデーを楽しむことになる。「明日、少しだけお時間をいただけますか、公爵？」背中にルシアンの強い視線を感じたが、グレースは断固として無視した。

ダリウスは物思いから覚めたように身じろぎ、悪魔にも天使にも見える顔に礼儀正しく問いかけるような表情を浮かべてグレースを見あげた。「もちろんだとも。午前中はだいたいわたしの――そこの書斎にいるから」自分の失言にいらだったらしく、ダリウスは額にしわを寄せ、むっつりした顔で義姉に向き直った。「申しわけない、義姉上《あねうえ》」

公爵夫人は貫録たっぷりに微笑しようとした。だが口元のかすかなふるえと涙をたたえた瞳が、せっかくの努力を損ねてしまっている。「あそこはいまではあなたの書斎ですよ、ダリウス」

「それはそうだが、しかし……ああ、くそっ！」ダリウスはいっそうひどく顔をしかめた。「失礼、ご婦人方」こわばった笑みを浮かべる。「どうにもやりきれない状況なので、つい」

「みんなそうだと思いますよ、ダリウス」公爵夫人は落ち着きをとりもどし、優雅にうなずいた。「失礼してよろしいかしら、みなさん？ 今夜はもう休むことにしますわ」

食堂を出ていく伯母の姿を目で追って、グレースは胸が痛むのを感じた。公爵夫人はこの一週間ですっかり縮んでしまい、以前の伯母の影法師のようだ。足どりもかつての軽やかな若々しさを失い、顔も四十八歳という年齢相応に老けてみえる。

グレースは目に怒りの火花を散らしてダリウスに向き直った。「あなたはわざと人を傷つけようとしているんですか、公爵？」

ダリウスは面食らったようだが、すばやくそれを押し隠した。端整な顔が石像と化したように見え、ダリウスは空色の瞳で冷ややかにグレースの視線を受けとめた。「言葉が過ぎるぞ、グレース」

「そうでしょうか？」グレースの頬にぽつりと二つの赤い点が現れた。「伯母は一週間前に夫を失ったばかりです。それなのにあなたは――」

「今夜はブランデーは遠慮して、グレースといっしょに客間に移ろうと思うが」ルシアンが立ちあがり、グレースの肘をつかんで乱暴に引き寄せた。

ダリウスが顔をしかめて幼なじみを見あげた。二人の男のあいだで無言のやりとりがかわされ、やがてダリウスは険しい表情のままグレースに視線を戻した。「忘れかけていたが、きみたちは婚約中だったな」そう言って、そっけなくうなずく。「いいだろう。ルシアン卿《きょう》と客間に行きなさい、グレース」

「おいで、グレース」ルシアンはグレースに口を開く暇を与えず、強引に食堂から連れだした。廊下に出るなり、いらだたしげに連れに向き直る。「なんて無茶なまねをするんだ、グレース！」

グレースは強情な顔つきで口を開いた。「あなたは――」

「わたしのことはどうでもいい」ルシアンは食いしばった顎をぴくつかせてグレースをにらんだ。「きみのこともだ。晩餐の席で騒動を起こすようなまねを伯母上が喜ぶと本気で思っているのか？」

グレースはなおも反抗的な表情を浮かべていたが、やがて目を伏せた。「だって、あんなのひどいわ」

「またあんなふうにダリウスに食ってかかったら、もっとひどいことになりかねないぞ！」グレースの猪突猛進《ちょとつもうしん》をなんとしても阻止しなくてはならない。「きみが気に入ろうと気に入るまいと、ここはいまではダリウスの家で、きみはお情けでここに住まわせてもらっているだけだ！　その反抗的な態度を改めないと、放りだされるかもしれないぞ」

「わたしにはコーンウォールに自分の家が――」

ルシアンはかぶりをふった。「きみの財産は、動産も不動産も信託に付されている。そしてきみが結婚するまでは、財産の管理権はダリウスが握っているんだ！」ルシアンはわざと残酷にふるまっていた。グレース自身のために。単なる噂《うわさ》や伝聞をもとに、むやみに人を非難するなどもってのほかだ。

グレースの顔から血の気が引いた。ルシアンの言うとおりだ。わたしはダリウスのお情けでここに住まわせてもらっているだけ。みんなと同じように。

「だったら伯母さまといっしょに隠居所に――」

「あくまでもダリウスが許せばだ。きみはダリウスの被後見人なんだぞ、グレース。彼に言われたとおりにするしかないんだ」厳しい口調でつけ加えると、グレースの顔に愕然《がくぜん》とした表情が浮かんだ。「こうなってみると、わたしと結婚するのもそれほど不愉快なことではないと思えてきたんじゃないか？」ルシアンはからかうようにグレースを見やった。

ルシアンと結婚するという考え自体は、グレースにとって少しも不愉快なものではない。でも、わたしを愛していないルシアンと結婚するのは……。

グレースはまつげ一本動かさずにルシアンの視線を受けとめた。「一人の暴君のもとから別の暴君のもとへ？　あなたが言っているのはそういうことかしら？」

ルシアンはぎゅっと唇を結んだ。「グレース、いいかげんにしないと本当に尻をたたくぞ！」

グレースはばかにしたような顔をした。「ぜひともお手並みを拝見したいわね！」

ルシアンは誘惑を感じた。きわめて強い誘惑を。だが昼間の一件を思えば、尻をたたいたりしたら最後、グレースを抱かずにいられなくなってしまうことはわかりきっている。もっともその時点で、屈辱的な仕打ちに腹を立てたグレースに、男として役立たない体にされていなければの話だが！

「いや、やめておこう」冷ややかに吐き捨てる。「これ以上ばかなまねをする前に、この件についての伯母上の気持ちを考えてみることだ」

「わたしは伯母さまのためにこうしているのよ」

「きみは気づいていないようだが、伯母上は境遇の

「でも——」
「彼はカーライン公爵なんだぞ、グレース！」
グレースは強情に唇を引き結んだ。「あなたのお兄さまだって公爵だけど、ご自分の意見を通すためにすごんだりどなったりするとは思えないわ！」
ルシアンは苦笑した。「ホークの場合、そんなことをしなくてもすべての命令が完璧に実行に移されるので、大声を出す必要がないだけだ。あの威圧的な態度の効果は絶大だよ！」
グレースはスタワーブリッジ公爵との短い会見を思いだし、さもありなんと納得した。「でも——」
「グレース、どんな兄弟だってときには衝突するものだ」ルシアンはいらだたしげに言った。
「あなたもお兄さまや弟さんと喧嘩《けんか》をするの？」
「言ったろう、ホークは最終的にはすべて自分の思いどおりにするから議論などするだけ無駄だと思っている。セバスチャンは昔から愛嬌《あいきょう》たっぷりのやがもたらすすべての力と特権を持っている」
「彼はいまではカーライン公爵だ、グレース。爵位
かったでしょう？　ダリウスは——」
「ほらね」グレースが満足げに言った。「これでわ
跡形もなくくずれはじめているようだ。
ンター一族がかろうじて保っていた表面的な平和は、
ージ・ウィンターという抑え役を失ったいま、ウィ
ルシアンは首をふった。先代カーライン公爵ジョ
ではないことは声の調子から察しがつく。
内容は聞きとれないが、愉快な話をしているわけ
か聞こえない。
それに対して、ダリウスの声は低いつぶやきにし
フランシスが声高に何か言っている。
いや、大声を出しているのは一人だけだ。
て、ルシアンは口をつぐんだ。
きみは……」食堂から声高な言い合いが聞こえてき
変化を甘んじて受けいれようとしている。ところが

んちゃ者で、いつだって自分のしたいようにしかしない。だが、それでも兄弟同士が衝突することはある。それもしょっちゅうだ。そんなことより、いつまでも廊下で盗み聞きをしているわけにいかないぞ！」グレースのかたくなな表情がまったく変わらないのを見て、ルシアンはついに堪忍袋の緒を切らした。「いいかげんに客間に行こう」

「ダリウスに言われたとおりに？」グレースの声には嘲りがこもっていた。「やめておくわ、ルシアン！」ぐいと顎を突きあげる。「わたしは自分の部屋に行きます。もしもそうしたければ、あなたは公爵閣下の仰せのとおりにすればいいわ！」ぷいときびすを返すと、グレースは頭を高くもたげたまま、主階段に向かって廊下を遠ざかっていった。

ルシアンは迷っていた。選択肢は二つある。一つはグレースを追いかけ、女々しいやつだと言わんばかりのいまの発言に対して謝罪を求めること。もっとも、こちらを選ぶのはあまり賢明ではないかもしれない。何しろ口の達者なグレースを黙らせる方法は、一つしかないらしいのだから……。となると、不愉快ではあるが、やはり二つ目の選択肢をとるべきだろう。すなわち、食堂に戻ってウィンター兄弟が殺し合いをするのを止めることだ！

だがそれを実行に移すより早く、食堂のドアが開き、赤い顔をしたフランシス・ウィンターが飛びだしてきた。廊下に立っているルシアンを見て、激した応酬を聞かれたことに気づいたのだろう。フランシスは腹立たしげにルシアンをにらみつけた。

「どうせ見当はついているだろうが、ぼくも一週間後にウィントン・ホールから出ていけと言われたよ！　次はグレースの番だろうな」嘲るように言う。

「もちろん、ダリウスがカーライン公爵領に加えてグレースの財産も手に入れるのが得策だと判断して、彼女との結婚を決意すれば、話は違ってくるだろうけどね！」フランシスは意地悪くつけ加えた。

ルシアンは殴られたかのようにひるんだ。ダリウスがグレースと結婚？　ばかな！　グレースが承知するはずがないし、わたしだって許さない。

「ルシアン、入ってきてくれないか？」ダリウスが疲れのにじんだ声で呼びかけてきた。

「公爵閣下のご命令だよ！」フランシスが嫌みっぽく言い、きびすを返して足音も荒く立ち去った。

ルシアンは眉根を寄せて廊下に立ちつくしていた。こうなった以上、いまの状態がどれほど耐えがたくても、明日ここを去るわけにいかない。当面はここにとどまり、グレースが伯母とともに無事に隠居所に身を落ち着けるのを見届けなくては。

「ルシアン……？」

ダリウスに再度むっつりした口調で食堂に戻ってくるよう求められると、ルシアンはきつく唇を引き結んだ。グレースやフランシスがなんと言おうと、ルシアンには人の言いなりになる習慣はない。ホークの命令にはことさらに逆らってみせるのが習い性になっているのに加えて、要するに、軍では少佐として自分の連隊を率いていた。命令するのには慣れていても、命令されるのには不慣れなのだ。

「ルシアン、ブランデーを一杯つきあってもらえないか……？」今回は部屋の奥から声をかけるかわりに、ダリウスは開いた戸口に立っていた。空色の瞳はどんよりと暗く、鼻の横から口元にかけてしわが刻まれている。「友人にそばにいてほしい気分なんだ」ダリウスは自嘲するように顔をゆがめた。

二人は昔から友人づきあいをしてきた。ルシアンとサイモンのような親友ではないが、それでも友人であることに変わりはない……。

「いいだろう」ルシアンはそっけなくうなずいて食堂に入った。「いったいどういうことなんだ、ダリウス？」二つのグラスにブランデーをなみなみと注っぐダリウスを見つめ、険しい表情で問いかける。

　ダリウスは疲れたように首をふると、グラスの片方を渡してよこした。「それは言えない」

「言えないのか言いたくないのか、どっちだ？」

「言いたくない」ダリウスは不快げに顔をしかめた。「これは……身内の問題だ」

　ルシアンは眉を吊《つ》りあげた。「それで、その〝身内の問題〟とやらは、きみの兄上の死や、義理の姉上に対するきみの仕打ちと何か関係があるのか？」

　ダリウスの体がこわばり、目が凍《い》てつくように冷たくなった。「きみに来てもらったのは友人としてだぞ、ルシアン。尋問されるためじゃない！」

　ルシアンはブランデーを喉の奥に放りこみ、のみくだしてから答えた。「きみという人間がわからなくなってきたよ、ダリウス……」

「わからないというより、わかりたくないんじゃないか？」

「人の言葉を勝手にねじ曲げないでくれ！」

　ダリウスはむっつりと唇をゆがめた。「何が知りたいんだ、ルシアン？　答える前によく考えたほうがいいぞ」ささやくようにつけ加える。「まずは真実を知ったらどうするかについて」

　ルシアンは顔をしかめた。「真実よりも優先されるべき人間などいないよ、ダリウス」

「そうか？」ダリウスは立ちあがり、デカンタをとりあげて、からになったグラスを満たした。「場合によっては、だれかを守るために真実を隠すことも必要だとは思わないのか？」

　ルシアンはいらだちのにじんだ目で相手を見つめた。「たとえば？」

　ダリウスは硬くそっけない笑い声をたてた。「おっと、そうはいかないぞ、ルシアン。これはきみの話だ！」

「だったら話はこれで終わりだ！」ルシアンはから

になったグラスをたたきつけるように食卓に置いた。

「グレースは伯母上といっしょに隠居所に移りたがっている。それで構わないだろうな？」

ダリウスはまた急に疲れた顔になった。「ルシアン、誤解のないように言っておくが、フランシスが何を言おうと、わたしはグレースの将来に関して、きみの予定と相容《あいい》れない計画は持っていないぞ」

「それはよかった」ルシアンはそっけなくうなずき、戸口に向かった。

「そうかもしれないな」ダリウスはため息をついた。「できることなら――」

ルシアンははじかれたようにふりむいた。「できることなら……？」

ダリウスはぶっきらぼうに首をふった。「いくら願っても、すでに起きてしまったことは変えられない。現実を受けとめて生きていくしかない」

「きみにはそれができるのか、ダリウス？」ルシアンは顔をしかめた。

ダリウスは口元を引きしめた。「ほかに選択の余地はない」

「だれにでも選択の余地はあるよ、ダリウス」

「ごく最近までは、わたしもそう思っていた。だが現実は、それが間違いだと証明してくれたよ」

ルシアンは最後にもう一度、相手に探るような視線を投げてから立ち去った。いまのやりとりには実際に口にされた言葉以上の意味がこめられていたことを承知しながら……。


「ずいぶん親切ね。伯母さまのためにここまで骨を折ってくれるなんて」グレースはルシアンを見やって言った。一夜明けたこの朝、グレースはウィントン・ホールから連れてこられた使用人の一団を指揮して隠居所で公爵夫人の入居の準備を進めており、ルシアンはグレースの補佐役を務めていた。

ルシアンはからかうように眉をうごめかした。「わたしには親切なまねなどできるはずがないとでも……?」

「あら、そんなことは思っていないわ」グレースは低く笑った。「もっとも、親切があなたの最大の特徴ではないことはたしかだけど!」

「いまのはぐさりと来たぞ、グレース!」

グレースはその軽口を黙殺することにした。「昨日あんな話をしたばかりだし、わたしが隠居所に移れるようにしてくれるなんて思わなかったわ」

ルシアンは真顔になった。「わたしはたしか、その許可を与えるのはダリウスだと言ったはずだが」

「そして、ダリウスは許可してくれたのね?」

「ああ」

グレースは探るような目でルシアンを見やった。そっけない言葉の奥に、何か隠していることがあるのを感じる。「いつ許可をくれたの?」

ルシアンはすぐには答えず、グレースが女中の一人に公爵夫人が寝室に選んだ部屋の位置を教えるのを待って口を開いた。「昨夜《ゆうべ》きみが部屋に引きとってから、ダリウスと話をする機会があってね」

グレースはきっと向き直った。「あら、そうなの? それでその機会を利用して、わたしが今朝ダリウスと直談判《じかだんぱん》するのをやめさせようとしたわけ?」公爵夫人の入居に備えてそろそろ隠居所を整えはじめてはどうかというルシアンの勧めが、グレースを午前のあいだウィントン・ホールから引き離し、それによってダリウスとの会見を阻止するのを狙ったものだということはお見通しだ。

ルシアンは嘲るように眉をそびやかした。「きみはたしかに魅力的だがね、グレース。わたしはだれとでもきみの話ばかりしているわけではないよ!」

高慢の鼻をへし折ってやろうというルシアンの狙いは当たり、グレースはかっと頬をほてらせた。

「そうだとしても、昨夜ダリウスとわたしについて話しあったことは間違いなさそうだけど……？」

「あれは話しあいとは呼べないな」

「話しあいでないなら、なんだったの？」

ルシアンはいらだちの目でグレースを見やった。

「そろそろ庭に出て、料理人が持たせてくれたランチを食べよう」

さあ、とばかりに玄関のドアを開ける。グレースは気づいていないようだが、何人かの女中は二人の話を聞くことのできる位置で作業をしているのだ。

ルシアンは馬車のなかからランチを詰めたバスケットと敷物を出し、小さな館の横手に広がる庭園に向かった。柳の木陰を選んで敷物を広げ、足を投げだしてすわる。グレースはまだ立ったままだ。

「きみがもてなし役を務めてくれるのを待っているんだがね」グレースがいっこうに腰をおろすそぶりを見せようとしないので、ルシアンは促した。

グレースは動かなかった。「そして、わたしはあなたが質問に答えてくれるのを待っているのよ」

この娘の強情さはアラベラ以上だ！「その前に食事をさせてもらえないかな……？」

グレースは呆《あき》れたように笑った。「あれだけどっさり朝食を平らげたばかりで、もうおなかが空《す》いたとは思えないけど！」

ルシアンがたっぷりした朝食をしたためたことは事実だ。何しろ昨夜の晩餐ではろくに食べていない。ぴりぴりした空気のせいで食欲が湧かなかったのだ。だが今朝は違った。朝食の間に姿を現したのはルシアンとグレースだけだったからだ。

「もう何時間も前のことじゃないか」ルシアンは一蹴した。「男の心をつかむには胃袋から、という言葉を聞いたことがないのかい、グレース？」敷物の上にあおむけに寝そべり、頭の後ろで手を組む。

「あなたの心に興味があると言った覚えはございま

せんけど、閣下！」グレースは堅苦しい口調で言いかえしたが、それでも敷物に腰をおろし、バスケットから肉とチーズとパンと果物を出しはじめた。

ルシアンは青林檎《りんご》をとりあげ、ぱりっとした果肉に歯を立てた。「それに、胃袋をなだめることは男の癇癪《かんしゃく》をなだめることにもつながる」

グレースはからかうように眉を上げた。「閣下が癇癪持ちとは思えませんけど」

ルシアンはにやりと笑った。「きみが癇癪持ちでないのと同じようにかい？」

グレースは優雅に頭を下げた。「だとしたら、あなたは男性としては最高に気立てのいい方ですわ！」

ルシアンは首をのけぞらせて哄笑《こうしょう》し、自分の笑い声に驚いた。そういえば、もうずいぶん長いこと、こんな笑い方はしていない。それこそ何年間も。

冷笑するのに慣れてしまっていたわたしに、グレースが本物の笑いを返してくれたのだ……。

もちろんグレースから受けた影響はそれだけではない。だがルシアンはすばやく心の舵《かじ》を切り、自分の感情を深く掘りさげて考えるのを避けた。

「それはもう。男としては間違いなく最高に気立てのいい人間だろうな」皮肉っぽく答える。

いつもの皮肉な態度が戻ってきたのを見て、グレースはがっかりした。

伸びやかな笑い声を響かせたとき、ルシアンはとても少年っぽく見えた。とても魅力的で、とても……とても……。笑いが瞳をきらめかせるのを見て、いとおしさで胸がいっぱいになったこと、楽しげにほころんだ唇にキスしたくてたまらなくなったことは、考えないほうがよさそうだ！

「たしかダリウスの話をしていたんだったわね？」

グレースは有無を言わせない口調で催促した。

しつこく食いさがれば狼狽《ろうばい》するかもしれないとい

う期待に反して、ルシアンは無造作に肩をすくめた。

「わたしはただ、きみが伯母上といっしょにここで暮らしてもいいかと尋ねただけだよ。ダリウスはいいと言った」

グレースはいらだたしげに顔をしかめた。「あなたは当然、わたしがダリウスに面会を求めたのはその話をするためだと思わせたんでしょうね？」

「もちろんだ」ルシアンは平然と言ってのけた。

「ダリウスが早々に伯母さまを隠居所に追いやろうとしていることについては質問しなかったの？」

「しなかった。今後もする気はない」唇が一直線に引き結ばれる。「きみも質問するな」有無を言わせない口調でつけ加えると、ルシアンは鶏《とり》の脚に手を伸ばし、粒の揃《そろ》った白い歯でかぶりついた。

グレースは苺《いちご》をつまみあげ、うわの空でちびちびとかじりはじめた。「傲慢さもそこまでいくとあっぱれね、ルシアン——」

「何を言うやら！」ルシアンは笑いながら一蹴し、グレースの手から苺をとりあげて口元にさしつけた。

いままで果物を食べるという行為を官能的だと感じたことはなかったはずだが、ふと気づくと、ルシアンはグレースが苺に唇を寄せ、小粒の真珠のような白い歯で果肉をかじり、小さな桃色の舌で唇についた果汁をすくいあげる様子から目を離せなくなっていた。グレースがこうして味わっているのが自分の分身だったら、どんなにかすばらしいだろう。

なんてことだ。この娘はどんなことをしても、わたしのなかにあらぬ思いをかきたてるのだろうか？どうやらそうらしい。おまけにグレースに二つ目の苺を与えながら、ルシアンは欲望がいっそう強まるのを感じていた。

グレースは甘い果汁を味わいながら、ルシアンの視線が熱をおびているのに気づいていた。どうしてなのかわからないが、ふいに生じた甘やかな緊張感にからめとられ、あまり深く考える気になれない。いまはただ、この瞬間を楽しめばいい。グレースはけだるい目を上げ、ルシアンの視線を受けとめた。

「いかが……？」苺を一つつまみあげ、ルシアンに食べさせるそぶりを見せる。

「お願いしよう」ルシアンがうなるように言い、グレースはあおむけに横たわったルシアンの上にかがみこんだ。ルシアンは苺に歯を立てようとはせず、ゆっくりと舌を這《は》わせて味わった。そのあいだも、その目はぴたりとグレースの視線をとらえて離そうとしない。「わたしがいま何を考えているかわかるかい、グレース？　何を想像しているか……？」ルシアンがかすれた声でささやいた。

グレースは無言で首をふった。喉に息がつかえて声が出ない。

ルシアンはもう一度、舌の先で苺をなぶった。

「これがきみだと想像しているんだよ、グレース。きみの胸だと。あのくすんだ薔薇色の美しい蕾《つぼみ》……」グレースの口から苦しげなあえぎ声がもれた。

「これがあの夜、わたしがきみにしたことだ。覚えているかい？」ルシアンはまた苺をなめた。

もちろん覚えている。どうして忘れることなどできるだろう？

「これがきみだと想像してごらん、グレース」低く呪縛に満ちた声。ルシアンが苺を口に含んで果汁を吸うのを、グレースは魅入られたように見つめた。

「感じてごらん、グレース」ルシアンの舌が苺の先端をそっとなぞる。「感じるんだ」ルシアンはうなるように言い、赤い果実をふたたび口に含んだ。

グレースは感じた。胸が張り、硬くとがった先端が肌着のやわらかな生地を突きあげ、腿のあいだが熱くうるおってくる。腿のあいだのほてりが脈打つようなうずきに変わるのを感じながら、グレースはなおもルシアンが苺をなめるのを見つめていた。

なぜ? 手を触れさえしないで、ルシアンはなぜこんなにもわたしの欲望をかきたてられるの?

わからない。わかっているのは、腿のあいだのうずくようなほてりが強まり、解放を求めていることだけ。ルシアンならこのうずきを解き放つことができる。そして、グレースはそうしてほしかった。

グレースはかすれた息を吸いこんだ。「ルシアン――」

「お嬢さま! グレースさま!」

グレースは夢から覚めたかのようにわれに返り、声のするほうを見やった。女中が足早に芝生を突っ切ってくる。その顔に浮かんだ不安げな表情をひと目見て、グレースは悟った。何かあったのだ。

何かとてつもなく悪いことが!

14

「何はともあれ、まずは暴走中の想像力をなんとかしたほうがいいな、グレース」ルシアンはわざと間延びした口調で言い、すらりと立ちあがった。

女中のあわてた様子を見て真っ青になったグレースが、激しい不安をおぼえていることは一目瞭然だった。そしていま、若い女中に向き直る前に投げつけてきたむっとしたような視線は、グレースがルシアンの言葉を歓迎はしていないものの、その発言によって冷静さをとりもどしたことを物語っている。

それにしても、こんなふうに邪魔が入ったのは残念だ。グレースが熱くなっていく様子が手にとるようにわかって、実に楽しかったのだが。とろんとした瞳と半開きになった唇。頬と喉元がぽうっと赤らみ、胸のふくらみはせわしなく上下していた。

「落ち着いて、ローズ。そして、どうしてそんなにあわてているのか話してちょうだい」グレースがぽっちゃりした女中に歯切れよく命じた。

「お嬢さまにはいますぐお屋敷にお戻りいただきたいと——」

「わたしは何があったか説明しろと言ったのよ、ローズ」グレースが女中になじるような目を向ける。

「ああ、はい、お嬢さま。事故があったんです」若い女中はふたたび声をうわずらせはじめた。

「どんな事故だ？」グレースがいっそう青ざめ、思わずというふうに喉元に手をやるのを見て、ルシアンは横から口をはさんだ。

女中は目をぱちくりさせた。「わかりません、お客さま——閣下」あわてて言い直す。「事故があったのでお嬢さまにお戻りいただくようにと言われただけで——」

「だれに言われたんだ？」ルシアンは顔をしかめて尋ねた。要領を得ない説明にいらだちがつのる。

「公爵さまです、お客さま——いえ、閣下」娘は答え、グレースに向かって急《せ》きこんだ口調で言った。

「すぐお屋敷にお戻りください、お嬢さま」

「ローズ、おまえはあとに残ってここを片づけてくれ。ミス・ヘザリントンはわたしが馬車でお連れする」ルシアンは言い、グレースの腕をつかんだ。ルシアンがこの場を仕切っても抗議しないところを見ると、グレースはよほど動揺しているらしい。

大股で馬車に向かうルシアンに遅れまいとして小走りになりながら、グレースは忙しく頭を回転させていた。ローズは事故があったと言った。でも事故ってどんな？　そして事故に遭ったのはだれ？

ダリウスではないはずだ。知らせをよこしたのは彼なのだから。それとも、そうとは言い切れないかしら？　指示を出せないほど深刻な事故ではなかった可能性もある。そうよ、もしもこれがルシアンだったら、意識不明にならないかぎり、あれこれと指図するのをやめないに決まっているわ！

「いいかげんにしないか、グレース。あることないこと想像するのはよせと言っただろう！」ルシアンがむっつりした顔でグレースを馬車に助けあげた。

グレースはルシアンをにらみつけた。「ローズのとり乱した様子はわたしの想像の産物じゃないわ」

ルシアンは馬車の反対側から座席に乗りこむと、手綱をとりあげた。「あの娘はとり乱しているというより、興奮しているように見えたがね」

言われてみれば、たしかに若い女中の瞳は熱っぽいほどの輝きを宿し、頬は上気していた。「たとえそうだとしても、ダリウスがわたしにすぐ戻ってくるよう命じたという事実は変わらないわよ」

「そのとおりだ」

「そのとおりだ？」あっさりと認められて、グレースは驚いたように眉を吊《つ》りあげた。

ルシアンは二頭立ての馬車を御すのに全神経を集中したままうなずいた。敷地内には隠居所と本館を結ぶ曲がりくねった細い道がある。だが深いわだちが刻まれているうえ、めったに使われていないため、こうしていったん外に出て、敷地を囲むように伸びている道路を使ったほうが早くて楽なのだ。

グレースには想像をたくましくするなと言ったものの、ウィンター家で起きたこの最新の事件には、ルシアンも不穏なものを感じていた。ウィンター家ではこの数カ月、事故が多発している。まずダリウスの妻が狩猟中に落馬して首の骨を折った。ついで公爵夫妻が社交シーズンのためにグレースを連れてロンドンに向かう途中、馬車の車輪がゆるんだ件。この件では、実際に車輪がはずれていればはるかに深刻な結果になっていたはずだ。そして最後に、一家がロンドンに到着した数日後に起きた、公爵の突然の心臓発作。

厳密には心臓発作は事故ではないが、ゴシップ屋はそんなことにはこだわらない。ウィンター家で再度〝事故〟が起きたとなれば、大騒ぎにはならないまでも、またもや噂《うわさ》が広がることは確実だろう。

数分後、グレースとともに屋敷に足を踏みいれたとたんにダリウス・ウィンターの姿が目に飛びこんできたとき、ルシアンはほっとしていいものかどうか決めかねた。新公爵は玄関ホールの片隅にたたずみ、庭師らしき男と小声で言葉をかわしている。

ダリウスは男を下がらせ、大股で二人に近づいてくると、にこりともせずにグレースの手をとった。

「そんなに心配そうな顔をしなくていい、グレース。いま医者を呼びにやっているところだ」

「伯母さまなんですか？」ダリウスのそっけない態度は、かえってグレースを不安にさせたらしい。グレースは握られた手をひったくるようにしてひっこめた。「伯母さまに何をしたんです？」

ダリウスは顔をこわばらせた。「ヒステリーを起こすならよそでやってほしいね、グレース」

「グレースはヒステリーを起こすような女性じゃないぞ」手綱で打たれたときの記憶がよみがえって頬をうずかせ、ルシアンはダリウスに自分の轍《てつ》を踏ませまいとして口をはさんだ。

ダリウスはルシアンに不機嫌そうな視線を投げつけてきた。「そんなふうには見えないがね。さては、あのばかな女中が大袈裟《おおげさ》に騒ぎたてたのか？」

ルシアンは手を伸ばし、グレースの腕をしっかとつかんだ。ダリウスが何も説明しようとしないので、癇癪《かんしゃく》を起こしかけているようだ。「事故の内容がわからないことには、それはなんとも言えないな」

「マーガレット伯母さまなんですか？」グレースはしびれを切らし、きっとダリウスをにらみつけた。

「伯母さまの身に何が起きたのか教えてください！」

「義姉《あね》上の身には何も起きていない」

「ローズは事故があったと――」

「ローズというのはあの女中だな？」ダリウスはそっけなく言った。「事故に遭ったのはマーガレット義姉上ではないよ、グレース」

グレースは当惑したように顔をしかめた。「だったら、だれが――」

「フランシスだ」ダリウスの表情は暗かった。「フランシスが事故に遭った。義姉上はそばにつきそって、医者が来るのを待って……。グレース？」グレースが身をひるがえして階段に突進するのを見て、ダリウスは詰問の声を投げた。

グレースは返事もせずにドレスの裾をたくしあげ、階段を駆けあがっていった。何はともあれ、まずはフランシスの容体を確認しようというのだろう。

「ダリウス……？」ルシアンは険しい目をして問いかけた。

懸命に考えをまとめようとしていたらしいダリウスは、やがて苦渋に満ちた表情でルシアンに向き直った。「書斎に来てくれないか？　相談がある」

ルシアンは眉をそびやかした。「今回は昨夜《ゆうべ》より打ち明けた話をしてもらえるんだろうな？」

ダリウスは鋭く息を吸いこんだ。「そうせざるを得ないようだな」やがて吐息とともに認める。

ルシアンはちらりと階段を見あげ、ダリウスのあとから書斎に向かった。フランシスの部屋から戻ってくるまでに、グレースが感情を抑制できるようになっているといいが。グレースがヒステリーを起こすような女ではないという言葉に嘘《うそ》はないが、ヒステリーと癇癪はまた別物なのだから……。

「フランシスは昨日わたしたちと会ったあの森のなかで襲われたそうよ」グレースは向かいの席のルシ

アンを見やった。食卓についているのは二人だけだ。公爵夫人は自室にこもっており、ダリウスも詫《わ》びの言葉とともに、晩餐《ばんさん》には欠席する旨を伝えてきた。

使用人はすでに下がらせ、二人の前にはお茶とブランデーが置かれている。どうせ二人しかいないのだから、わざわざ食堂と客間に分かれる必要はない。それにグレースは、フランシスが襲われた件について、どうしてもルシアンと話がしたかった。

「どうやらそうらしいな」ルシアンはあいまいな口調で言い、夜会服姿でゆったりと椅子にもたれた。

グレースに言わせれば、ちょっとくつろぎすぎだ。

「事故とは言えないわよね。そう思わない？」

ルシアンはそっけなく肩をすくめた。「それは意見の分かれるところじゃないかな？」

グレースは顔をしかめた。「フランシスは側頭部を殴られているのよ。枝が勝手に地面から飛びあがって、フランシスを殴りつけたとは思えないわ！」

「同感だね」ルシアンは揶揄《やゆ》するような笑みを浮かべた。「しかし、折れた枝が木から落ちてきた可能性はあると思うが……？」

「そんな……だけど……。ではあなたは、こんなよく晴れた風のない日に、それもフランシスが下を歩いている瞬間を選んで、木が枝を落としたと思っているわけ？」そんなばかな話があるかと言わんばかりに、グレースが皮肉っぽい視線を向けてくる。

そんなふうに言われると、かなり説得力に欠ける説であることは認めざるを得ない。だが真実はそれ以上に信じがたいものなのだ……。

午前中の書斎でのダリウスとの会話は、前夜のものより打ち明けた性質のものになった。打ち明けた、ここだけの話というやつに。本題に入る前に、ダリウスはその点についてくどいほど念を押し、ルシアンからここで聞いたことはだれにも言わないという約束をとりつけた。だからグレースにも何も言うわけにはいかないのだが……。そのせいで面倒なことになるのは、どうやら避けられそうにない。

ダリウスからどんな話を聞かされるかわかっていたら、そんな約束はしなかったかもしれない。だが現にしてしまった以上、約束を破るつもりはない。

「一つの可能性ではあると思うね」ルシアンはうなずいてみせた。

「荒唐無稽な可能性だわ！」グレースは上気した顔で立ちあがり、落ち着かなげに室内を歩きまわった。髪にはドレスと同色の濃いグレーのリボンが編みこまれ、ハート形の顔を縁どる黒い巻き毛が魅惑的にはずむ。「今朝、わたしが二階に行ってから、ダリウスはそう説明したというわけね。そんな作り話を本気で信じているわけ？」グレースはばかにしたように言い、呆《あき》れたように首をふった。

ルシアンは眉を上げた。「その質問に移る前に、最初の質問に答えさせてもらっていいかな？」

グレースはうんざりしたように鼻を鳴らした。

「ええ、どうぞ！」

ルシアンは深呼吸をして気を静めた。「フランシスが何者かに襲われたことを示す証拠は何も――」

「側頭部にできた鳩《はと》の卵ほどの大きさのこぶは、証拠にはならないというの？」

ルシアンは肩をすくめた。「フランシスが何かで殴られた証拠にはなる。その何かが木の枝だということも認めよう」グレースの目に反抗的な光がひらめくのを見てつけ加える。「だが、だれかが枝をふりまわしたかどうかはまったく別の問題だ」

「あなたの次のせりふは見当がつくわ。フランシスが自分で自分の頭を殴りつけたと言うつもりね！」

ルシアンは唇をきつく結んだ。「いや、そんなことを言う気はない」

「それを聞いて安心したわ」グレースは室内を歩きまわりつづけた。すんなりした脚にスカートがまとわりつく。「ルシアン、あなたとダリウスが長年の友人だということは知っているわ」声がやわらぎ、諭すような口調になった。「でもね、あなたにだってわかっているはずよ。それは真実というより、ダリウスが世間の人々に信じさせようとしている説明でしかないと」

ルシアンはブランデーをぐいとあおってから答えた。「フランシスの怪我《けが》について、ダリウスがそんな説明をしたと言った記憶はないが……」

グレースはいらいらして首をふった。「だったら、ダリウスはどんな説明をしたの？」ルシアンなら今回の事故におかしな点があることに気づき、フランシス襲撃にダリウスが関与している可能性がまったくないわけではないことを認めてくれると思っていたのに。結局のところ、隠居所への転居という形で公爵夫人を厄介払いしてしまえば、ダリウスにとって片づけるべき邪魔者はフランシスだけなのだから。

むろん本当に〝片づける〟わけではないにしても、今朝のような目に遭えば、フランシスはウィントン・ホールを出ていく気になる可能性が高い。

午後のあいだ伯母専用の居間で過ごしながら、あれこれと考えをめぐらせてみたが、多少なりとも筋が通る説明は、ほかに思いつかなかった。

フランシスはダリウスについて歯に衣《きぬ》着せないことを言いすぎる。

昨日の晩餐のあとで、兄弟はまたしても口論をした。そして今朝、フランシスは襲われた。ルシアンは本当にそれら二つの出来事になんの関係もないと思っているのだろうか……？

ルシアンが厳しい目でにらみつけてきた。「公爵に対してむやみやたらと説明を要求するなど、常識的に許されることではないぞ、グレース」

「あなたにとってはそうかもしれないわね」グレースはいらだたしげに答えた。「でもわたしは――」

「それはだめだ、グレース。絶対にだめだ」むっとしたように目を見開いたグレースに向かって、ルシアンはきっぱりとくりかえした。「ダリウスはいまや古い歴史を誇る高貴な称号の持ち主なんだぞ」

「それでも下劣なふるまいをしたことはあるかもしれないわ」

ルシアンは立ちあがった。「憶測でものを言うのはゴシップ屋や鉄棒《かなぼう》引きのやることだ。きみがああいう連中の一人ではないことを願いたいね」

非難がましい言葉に、グレースは頰を紅潮させた。

「あなたと二人きりでなければこんな話はしないわ」

ルシアンは尊大にうなずいた。「今後もその配慮を忘れないよう気をつけることだ」

「こんなひどいことが続くのを、どうして手をこまねいて見ていられるの？　あなたは筋を通す人だと、信念に従って行動する人だと思っていたのに！」

ルシアンは嘲るように口元をゆがめた。「問題はそこだよ、グレース。わたしはきみがダリウスにかけている嫌疑には、まったく納得していないんだ。ついでに言えば、これ以上ここにとどまって、きみの言う〝手をこまねいている〟状態を続けるつもりもない」ささやくような声でつけ加える。

グレースは歩きまわるのをやめ、ルシアンに探るような視線を投げた。「それはどういう……」

「午後にホークから手紙が届いてね。昨夜わたしの甥《おい》、新マルベリー侯爵が誕生したそうだ」

「まあ、それはよかったこと！」グレースの頰は喜びで上気し、目がうれしそうにきらめいた。「お兄さまはさぞかしお喜びでしょうね。公爵夫人と小さい侯爵はお元気なの？」

女というものはまったくもって理解しがたい。ルシアンは胸中でぼやいた。とくにこの女は。ついさっきまでダリウスの件で何もしようとしないとルシアンをなじっていたグレースは、いまではルシアンの甥の誕生で頭がいっぱいになっているらしい。

「二人とも元気だ」ルシアンは乾いた口調で答えた。「そんなしだいで、明日はグロスターシャーのマルベリー・ホールに行こうと思っている。ホークとジェーンに直接、祝いの言葉を述べるためにね」

「まあ、すてき！」グレースはぱっと顔を輝かせた。

「それはもちろん行くべきよ」

「きみもいっしょに行くんだよ、グレース」ルシアンは小声で告げた。

グレースはとまどった顔をした。「わたしもいっしょに……？」

ルシアンはうなずいた。「正確には、きみときみの小間使いだ。ダリウスの許可ももらってある」

「ダリウスの許可も？」喜びの色が消え、グレースはうさん臭げに表情を引きしめた。「だけど、いまここを離れるわけにはいかないわ！」

「それはまたどうして？」

「だって……伯母さまのこともあるし。一人でここに置いていくわけにはいかないわ」

「今日の作業で居住環境が整ったので、伯母上は明日、隠居所に移られるそうだよ」

「だったらなおさら、いまここを離れるわけにはいかないわ」

「きみは明日、わたしといっしょにマルベリー・ホールに行くんだ、グレース」ルシアンの口調は、これ以上の反論は許さないと告げていた。

グレースはその警告をあえて無視して言いかえした。「わたしは行かないわよ。あなたのお兄さまご夫婦にとっては喜ばしいことだし、あなたはもちろんお祝いに行くべきだけど、わたしがいるべき場所はここ、伯母さまのそばですもの」

「そのカーライン公爵夫人も、きみが明日わたしに同行することを許可してくださっているよ」

グレースはひるみ、探るようにルシアンの顔を見つめた。「伯母さまのそばを離れるつもりはないわ」

かたくなな口調でくりかえす。

ルシアンは嘲るように口元をゆがめた。「きみの留守中に何が起きると思っているんだ、グレース？ダリウスが待ってましたとばかりに公爵夫人とフランシスを始末しようとするとでも？」

そんなふうに言われると、悔しいけどちょっとばかげて聞こえることは認めないわけにいかない。だがグレースは、負けじと顎を突きあげた。「茶化していい問題ではないと思うけど、ルシアン」

ルシアンは鼻を鳴らした。「まじめにとりあう必要のある問題とも思えないがね」

グレースは首をふった。「それはあなたが友情のきずなに目を曇らされて、真実が見えなくなってしまっているからよ」

「いまこの瞬間にわたしの目を曇らせているのは、馬車のなかで何時間もきみと二人きりで過ごせるという思いだけだよ、グレース」

グレースの息は喉につかえた。いつ移動したのか、ルシアンはいまやすぐそばに立っていた。顔に向けられた視線の熱さが感じられるほど近くに。「小間使いもいっしょなのよ」かすれた声で訂正する。

ルシアンはうなずいた。「小間使いの娘は、馬番といっしょに御者台に乗っていけばいい」

グレースはごくりと唾をのみこんだ。馬車のなかでルシアンと二人きりで過ごす数時間。キスと愛撫《あいぶ》をかわし、今朝ルシアンが言ったことを実行してもらう。想像するだけで心そそられる展開だ……。

グレースの首のふり方は、さっきより弱々しいものだった。「伯母さまにはわたしが必要だし……」

「わたしにはそれ以上にきみが必要なんだ」こんなやり方でグレースをまるめこもうとすることに、ルシアンは嫌悪感をおぼえていた。心にもないことを言っているわけではないが、それでも愉快ではない。

だが、ほかにどんな方法がある？　ダリウスとは、グレースは今後数日間はここにいないほうがいいという点で意見が一致している。公爵夫人もいないほうが望ましいが、そちらは明日の隠居所への転居でひとまず解決できる。今日の午後、甥の誕生を知らせるホークの手紙が届いたのは実に好都合だった。おかげでルシアンは、グレースとともにウィントン・ホールを離れる絶好の口実を得たのだから。

こちらを見あげるグレースの目は、光をたたえた巨大な湖と化していた。深い灰色の水底に吸いこまれそうだ。ルシアンは片手を伸ばしてグレースの頬を包んだ。親指でふっくらした唇をなぞり、押し開く。グレースのあたたかい息が指にかかった。

「明日、いっしょに来ると言ってくれ、グレース」

ルシアンの手のぬくもりが頬を包み、親指が悩ましく唇を愛撫する。親指が思わせぶりに唇を割ってくると、グレースの体にじわじわとほてりが広がった。誘惑に耐えかねて、入りこんできた親指にそっと舌を這《は》わせる。呼吸が浅く不規則になり、ドレスの胸元が急にきつくなったように感じられる。

やがてルシアンは親指をひっこめ、唇を近づけてきた。長く濃厚で探るような口づけに膝の力が抜け、広い肩にしがみつくと、ルシアンはようやく唇を離し、黒い瞳をくすぶらせて見おろしてきた。

「来ると言ってくれ、グレース」喉声でささやく。

グレースはすでに正常な思考力を失っていた。ルシアンの誘いに抵抗している理由も思いだせない。

「考えてごらん、グレース」ルシアンがささやき声でたたみかけてくる。「二人きりで馬車に乗っているあいだ、ずっと楽しい思いができるんだぞ」

グレースの頬がかっとほてった。「馬車のなかはそんな……その種の活動に適した場所ではないと思いますけど、閣下」

ルシアンは狼《おおかみ》めいた笑みを浮かべた。「ところがこれが、その種の活動にぴったりの場所でね!」

グレースは目をぱちくりさせた。「本当に……?」

ルシアンはからかうような笑みを浮かべてうなずいた。「前に、きみがわたしの上にまたがって……という話をしたことを覚えているかい?」

もちろん覚えている! そのときに感じたうずくような衝撃も。

ルシアンはそっと伏せたまつげとほのかな頬の赤みから問いの答えを読みとった。「馬車に乗っていれば、きみは体を上下に動かす必要はない。わたしを体のなかに迎えいれさえすれば、あとは馬車のゆれがやってくれる。とてもゆっくりした動きだが、それでも十分に用は足りる」

グレースの喉が大きく動いた。「でも……そんな……困るわ、わたし。そんなことを言われても、なんて答えたらいいか!」あたふたとルシアンから離れ、ちりぢりになった思考力をかき集めようとする。

「イエスと言えばいい。そうすれば、いま話したことは現実になる」ルシアンがかすれた声で促した。

グレースは顔をしかめてルシアンを見あげた。言葉では表せないくらい魅力的な申し出だ。でも……。

「だめよ」きっぱりと言う。「悲嘆にくれている伯母さまを置いては行けないわ。あまりにも情け知らずな仕打ちですもの」ルシアンが反論しようとしているのを察し、てこでも動かない口調でつけ加える。「わたしの心は決まっているわ、ルシアン」

ルシアンはグレースの決意が固いのを見てとり、渋い顔をした。「では、わたしも残るしかないな」

「そんな必要はないわ」グレースは眉をひそめてルシアンを見やった。「お兄さまご夫婦は、あなたが甥御さんの顔を見に来るのを期待しているはずよ」

「だったら勝手に期待させておくさ」ルシアンは高慢な口調で言いはなった。

いまいましい、あとひと息だったのに。もうほとんど承知しかけていたことは間違いない。だが最後の最後で、グレースの不屈の意志が抵抗した。もっとも、意志が強いのは悪いことではない。むしろルシアンにとって、意志の強さはグレースの性質のなかでもとくに好ましい点の一つになりつつある。そして伯母思いなところもまた、文句のつけようのない美点の一つだ。

グレースは当惑したように首をふった。「どうしてそんな。だって、訪ねていくことをお兄さまに知らせてあるんじゃないの?」

そういえばそうだった。まあいい。また手紙を書いて、訪問が遅れることを知らせればすむことだ。

「わたしは二人で行くと知らせたんだ」ルシアンはむっつりした口調で訂正した。「つまり先方は、わたしが婚約者を連れてくると思っている」

「だから言ったでしょう、わたしは――」

「その点については、きみの決断を尊重するしかなさそうだ」ルシアンはそっけなくうなずいた。「したがって、きみが同行できる状況になるまでは、マルベリー・ホールに行くつもりはない」

グレースはますますわけがわからなくなった。もちろんルシアンがグロスターシャーに行ってしまえば寂しくなるだろう。すでにルシアンはなくてはならない生活の一部になっていたのだから。だがルシアンがほかにもさまざまな義務や義理を抱えていることは理解している。甥である新マルベリー侯爵の誕生は、明らかにその一つのはずなのに……。

「何を隠しているの、ルシアン?」グレースは鋭いところを見せて追及した。

「ルシアンは眉を吊りあげた。「きみと離れたくないというわたしの本心を疑っているのか?」

高飛車に出てねじ伏せようとしたのだろうが、ルシアンのそんな態度は、逆にグレースの疑惑をかきたてただけだった。「やっぱり何か隠しているようね、ルシアン」皮肉たっぷりに断定する。

いまいましい。この女はどうしてこうも人をいらだたせるのだろう？　ルシアンは胸中で毒づいた。どこまでも強情で、どこまでも魅力的な女……。

ルシアンは息を吸いこんで気を静めた。「たとえそうだとしても、きみがまだ知らないこと、まだ経験していないことのほうが、そんなことよりはるかに重要だよ、グレース」

灰色の目がすっと細くなった。だがルシアンの期待に反して、怒りのせいではない。グレースの目にはいまやむきだしの疑惑が浮かんでいた。そしていまのルシアンにはその疑惑を払拭するすべはない。

ルシアンは堅苦しくうなずいた。「失礼してよければ伯母上のところに行って、わたしも隠居所に泊めていただけるかどうかうかがってみよう」

独身の男が女性二人の住まいに身を寄せるのは異例のことだが、女性の片方が男の婚約者である以上、許されないことではないだろう。それにグレースがマルベリー・ホールへの同行を拒んだいまとなっては、そうする以外にない。

グレースは口元をゆがめて苦笑した。「尋ねるまでもなく、結論はわかりきっていますわ、閣下。伯母は閣下に惚《ほ》れこんでいるんですもの！」

ルシアンは表情をやわらげた。「では相思相愛というわけだ」

そうね、伯母さまとは。グレースは胸中でうなずいた。ルシアンがわたしをどう思っているかは、いまだにさっぱりわからない。ただし、わたしの体を欲しがっていることだけはたしかだけど！

ルシアンはぐっと背筋を伸ばした。「では、これで失礼する。兄に手紙も書かないといけないし」

「話はまだ終わっていないわよ、ルシアン」

「いまはひとまず終わりだよ、グレース」ルシアンは大股で戸口に歩み寄り、そこで向き直った。「この件については、わたし以外の人間とは話さないようにしてもらえるとありがたいね、グレース」

グレースはかちんときた。「わたしはくだらない噂話をするような人間じゃないわよ、ルシアン」

ルシアンはむっつりと微笑した。「せめてもの幸いと言うべきだろうな！」捨てぜりふが飛んできた。

グレースは遠ざかっていく後ろ姿を凝視した。ルシアンは間違いなく何かを隠している。

一方で、ルシアンが背を向ける直前に見せた厳しいまなざしとかたくなに結ばれた唇は、当面はこれ以上のことをききだすのは無理だと告げている。

だからといって、あきらめるつもりはない。こうなったら自力で真相を突きとめるのだ……。

15

それから三日後、驚いたことに、セバスチャンが隠居所に到着した。これはグレースだけでなく、ルシアンにとっても意外な来訪だったらしい。甥《おい》の誕生を祝うためにマルベリー・ホールを訪問し、ロンドンに戻る途中だというセバスチャンは、遅ればせながら公爵夫人にお悔やみを言いに来たと述べた。

訪問の理由はなんであれ、セバスチャンのいたずらっぽい笑みと人を食ったユーモア感覚が伯母の気分を引きたて、結果的にグレース自身をも元気づけてくれたことが、グレースにはひたすらありがたかった。それにこの三日間、ルシアンのグレースに対する態度はことさらにそっけなく、あれきり二人だけで話をする機会もなかっただけに、セントクレア家の三男坊の来訪はいい気分転換だった。

セバスチャンが生まれたばかりのマルベリー侯爵の様子を熱っぽく語るのを聞くうちに、ここ何日も悲しみに沈んでいた公爵夫人の瞳はやわらかく輝き、頬にほんのりした赤みが戻ってきた。

ルシアンがずっと冷やかすような目を弟に向けているところを見ると、グレースがにらんだとおり、セバスチャンは本来、たとえそれが自分の甥であろうと、赤ん坊にはまったく関心がないらしい。

その読みが当たっていたことは、公爵夫人が晩餐《ばんさん》までひと休みするために自室に引きあげたとたんに裏づけられた。「いつからそんなに子供好きになったんだ、セバスチャン?」火の気のない暖炉の横に立ったルシアンが、弟に冷やかしの言葉を投げる。

手足を投げだすようにして安楽椅子にすわっているセバスチャンは、悪びれるふうもなかった。「だれかさんがいまだにちび助に敬意を表しに来ないものだから、ホークは猛烈にご機嫌ななめだよ!」

ルシアンはかぶりをふった。「ホークには手紙を書いて、訪問を先延ばしした理由を説明してある」

セバスチャンは鼻を鳴らした。「その手紙を読んでいたときの顔つきから見て、その理由とやらは、少なくともホークの目には、怠慢の言い訳としては不十分なものに映ったようだけどね」

まあ、そうだろうな。ルシアンは心のなかで顔をしかめた。だがダリウスとの約束がある以上、本当の事情は身内にも明かせない。「わたし一人くらいいなくても、気づきやしないはずだがね。どうせわれらが甥っ子のまわりには、ちび助をあがめる崇拝者の群れがひしめいているんだろうから!」

セバスチャンは陰気な顔をしてうなずいた。「昨日、アラベラとアガサ伯母上が到着したよ」

ルシアンは低く笑った。「それで、かしましさに耐えかねて逃げだしたというわけか！」

「ご名答」セバスチャンはにやりと笑い、窓辺のくぼみに腰をおろしているグレースに声をかけた。

「ずいぶんおとなしいじゃないか、グレース。勝手に押しかけてきてしまったけど、きみも伯母上も気を悪くしていないだろうね？　とにかく、だれもが寄ってたかってちっぽけな赤ん坊一人をちやほやしているので、いいかげんうんざりしてね！」セバスチャンはぞっとしたように顔をしかめた。

「気を悪くするだなんてとんでもない」グレースは請けあった。「おかげで伯母も気持ちが明るくなったようで、感謝していますわ。ルシアン卿《きょう》やわたしにはどうしてもできなかったことですもの」

弟にどうだと言わんばかりの視線を向けられて、ルシアンは眉を吊《つ》りあげた。「セバスチャンは昔から年上のご婦人を魅了するのが得意でね」冷やかすように言う。「ところが結婚相手にふさわしい年齢のご婦人には、いまだにいっこうに縁がない」

「あってたまるか！」セバスチャンは身ぶるいした。「おっと、これは失礼、ミス・ヘザリントン」顔をしかめる。「まずかったな、ご婦人の前でこんな……あけすけな言い方をして」

「どうぞお気になさらず」グレースは低く笑った。さっきから兄弟のやりとりに楽しく耳を傾けていたのだ。「はじめて会った夜、上流階級の男性の話をしたけど、あのときのわたしの発言には不正確な点があったようだわ、ルシアン」そう言って、伏せたまつげの下からルシアンに挑むような目を向ける。

ルシアンは問題の会話を思いだし、警戒の表情を浮かべた。「というと……？」

グレースは濃い灰色の瞳を笑みできらめかせてうなずいた。「あのときは社交界の男性を三つに分類したけど、どうやら第四種の男性が存在するらしいわ。結婚するくらいなら、地獄で焼かれるほうがましだと思っている種類の男性がね！」グレースはセバスチャンが吹きだしたのに気づいたふうもなく、無邪気そのものの表情で立ちあがった。

ルシアンはだまされなかった。まったく、なんてずけずけとものを言うはねっかえりだ！　そして、そこがグレースのいいところ……。ルシアンはふいに考えるのをやめ、きつく唇を結んだ。「では、わたしがその一人でなくて幸運だったな！」荒々しく吐き捨てる。

そこに〝きみのためには〟という言葉が省略されているのがわかったのだろう。グレースの顔から笑みが消え、目が凍《い》てついた光を放った。

わたしはいったいどうしてしまったんだ？　ルシアンはいささか呆然《ぼうぜん》としながら自問した。たしかにここ数日は気苦労が多かったが、そんなものがグレースに八つ当たりする理由になるだろうか？

それに、不機嫌になったのはセバスチャンが現れてからだ。グレースとセバスチャンの親しげな様子が腹立ちの原因だなどということがあり得るだろうか？　これはもしや嫉妬なのだろうか？

ばかばかしい。グレースがセバスチャンに示しているのは、弟に対するようなくつろいだ情愛で、どちらの側にも恋愛感情はみじんもない。くつろいだ情愛――自分たち二人のあいだには、過去・現在・未来を通して、決して存在するはずのない感情！

二人のあいだの感情はどんなときでも、情愛などというなまぬるい言葉で呼ぶには激しすぎる。

「わたしたちはまだ結婚しておりませんわよ、閣下」グレースは冷ややかな声で応じた。「では、わたしはこれで失礼してよろしいかしら？　伯母を見習って、夕食前に少し自室で休養をとろうと思いますので」グレースは二人の返事を待たず、堂々と頭をもたげ、さっそうと出ていった。

ルシアンは険しい顔でそれを見送った。グレースといつまでもこんな関係が続くのには耐えられない。いっそのことダリウスとの約束を破って、真相を打ち明けてしまおうか？　いや、それはできない。

「どうやらわが親愛なる兄貴もついに好敵手にめぐりあったらしいね」セバスチャンの感心したようなつぶやきが、苦悩に満ちた物思いを中断させた。

ルシアンはふりむき、冷ややかな目で弟を見据えた。「そうだとすると、グレースとわたしが婚約しているのは正解だということだ。違うか？」

セバスチャンはなだめるように両手を上げた。

「落ち着けよ、ルシアン」からかうように言う。「たしかにグレースはとても魅力的だけど、妻にしたいとは思わないな。それより兄嫁になってもらったほうがずっといい。寡黙な兄が妻の影響で変わっていく様子を観察する楽しみのためだけにでもね」

ルシアンは一文字に唇を引き結んだ。「それで、妻はわたしにどんな影響を与えるのかな……？」内心をうかがわせない、やわらかな声音で尋ねる。

だがセバスチャンはそんなものにはだまされず、からかうような笑みを浮かべて立ちあがった。「それは影響を受ける本人にしかわからないよ」そう答え、わざとらしく袖口のレースを整える。「ただ、あえて言わせてもらえば……」セバスチャンは目を上げ、まともに兄を見据えた。「……最近のわが兄上どのの変わりようはうれしく思っているよ。あまりにも長いあいだ、遠くに行ったきりになっていたからね」かすれた声でつけ加える。

ルシアンは険しい顔をした。「退官してロンドンに戻ってきてから、もう二年になるんだがね」

セバスチャンはほろ苦く微笑した。「体はそうかもしれない。でも心は……？」首をふる。「そんな兄貴がやっと戻ってきてくれた。そのことについて、ぼくは一生グレースに感謝しつづけるだろうな」

「なんのことだかわからないな」ルシアンは答えた

が、本当はわかっていた。もちろんわかっている！

セバスチャンがじっと探るような視線を向けてきた。「まあ、いいさ」そっけなくうなずく。「ところで、生まれたばかりの甥に敬意を表すためのマルベリー・ホール訪問を延期し、ホークの不興を買ってまでここを離れようとしなかった理由を、ぼくになら打ち明けてもいいとは思わないかい？」

急な話題の転換に一瞬虚をつかれたルシアンは、弟の知性を過小評価していたことを悟った。社交界の連中がだまされるのは仕方がない。セバスチャンは彼らには自分の軽薄な面しか見せないようにしているのだから。だが、あの連中よりはよく弟を知っている自分は、油断などしてはいけなかったのだ。

ルシアンは努めて肩の力を抜き、口元にけだるい笑みを浮かべてみせた。「そんなことより、おまえがそうも迅速にマルベリー・ホールに馳《は》せ参じたのは、どのご婦人から逃げるためだったのかを聞かせてほしいね」

セバスチャンはしばし顔をしかめて兄を見つめていたが、相手の表情から何を読みとったのか、やがてあきらめたように肩をすくめ、にやりと笑った。「それは言えないよ。紳士的なふるまいとはいえないからね！」

ルシアンは冷やかすように微笑した。「そんなことを気にするおまえではなかったはずだがな」

「二人の兄の幸せそうな様子を見て、心を入れ替えたのかもしれないじゃないか」

ルシアンは不信もあらわに鼻を鳴らした。「このままでは自分の身も危ないと、あわてて社交界から逃げだしたというほうがありそうな話だな！」

「実は、ある伯爵夫人がいてね――」

「おいおい、まさかモアフィールド伯爵夫人じゃないだろうな？」ルシアンはわざと二人の共通の知人である、いわくつきの未亡人の名前をあげた。二人は去年、すでに長兄のホークに出しぬかれたとも知らず、この貴婦人の愛人の座を争ったのだ。

「もちろん違うよ」セバスチャンはぞっとしたように顔をしかめた。「まったくの別人だ。その伯爵夫人がとにかくものすごい美人でさ……」

首尾よく話題をそらすのに成功したルシアンは、広がっていく一方に思えるグレースとのあいだの溝を思った。包み隠さずすべてを話すことができない以上、溝はさらに広がりつづけるだろう。

それとも、いったん夫婦になってしまえば、隠し事の一つや二つは問題ではなくなるだろうか？

いいや、とルシアンは苦笑した。それくらいなら、わたしの馬は翼を生やして空に舞いあがるだろう！

「入っていいかしら？」ルシアンの返事を待たずになかに入ると、グレースは隠居所の小さな書斎のドアを閉め、机に向かって手紙の返事を書いているルシアンにつかつかと歩み寄った。「いったいどういうことなの？」有無を言わせない口調で詰問する。

二人の婚約についてのルシアンの昨日の発言を、グレースはまだ許していない。だがその怒りを吹き飛ばしてしまうような事態が起き、どうしてもルシアンと話をしないわけにいかなくなったのだ。

ルシアンはあくまでも辛抱強い表情を向けてくる。まったくお芝居がうまいんだから。グレースは胸中で憤然とつぶやき、またしても言い逃れをされることを予想して気を引きしめた。「今朝、ちょっと用事があってウィントン・ホールに行ってみたの」

「用事というと？」ルシアンが目元を険しくして問いかけてくる。

グレースはきっと唇を結んだ。「決まってるでしょう。フランシスの容体を知りたかったのよ」

「なるほどね」ルシアンは椅子の背にもたれた。

「だったら手紙でも用は足りたんじゃないか？」

「ところがだめなのよ」グレースは勝ち誇った口調で言いはなった。「ウィントン・ホールには、手紙を受けとるはずのダリウスもフランシスもいないんですもの！」

「そうなのかい？」

グレースはルシアンをにらみつけた。「二人がいないことは知っていたくせに！」

ルシアンは肩をすくめた。「ダリウスから、数日中にフランシスと二人でロンドンに戻るかもしれないとは聞いていたよ。実際にそうしたところを見ると、フランシスもだいぶよくなったんだろう」

「ルシアン――」

「グレース」ルシアンはおだやかにさえぎり、立ちあがった。小さな書斎のなかで、高い上背と広い肩が圧倒的な存在感を放つ。「きみの後見人が何をしようと、われわれには関係のないことだよ」

「わたしには関係ないという意味ね」グレースはあっさりと言葉の裏を見抜き、いっそう憤懣《ふんまん》をつのらせた。「ダリウスとフランシスが屋敷を離れる予定だということを、あなたは知っていたんだわ」

グレースのなじるような視線を、ルシアンは内心とはうらはらの冷静な表情で受けとめた。思えばこの四日間、口にする言葉も欺瞞《ぎまん》に満ちたものばかりだった。いまいましいダリウスめ。そして、いまいましいフランシスめ。あの二人だけでなく、こうしてグレースと衝突しなくてはならない状況を作ったすべての人間、すべての出来事が呪わしい。

グレースとは口論するより、いちゃつくほうがずっといい。いくら腹を立てたときのグレースがうっとりするほど美しくても。いや、腹を立てているグレースが、うっとりするほど美しいからこそ！

ルシアンはグレースを抱き寄せようとして進みでた。「グレース――」

「そんなことをして気を散らせようとしても無駄よ、

ルシアン」グレースが言い、ついと遠ざかった。

「わたしのせいで気が散るって？」ルシアンはかすれた声でささやいた。

「わかってるくせに」グレースは非難がましく顔をしかめた。「ダリウスとフランシスはどうしてロンドンに戻ったの？」

ルシアンはきっぱりと首をふった。「申しわけないがグレース、その件についてきみと話をするつもりはない」

「申しわけないなんて思ってないくせに！」グレースはルシアンをにらみつけた。「あなたみたいに腹の立つ人は見たことがないわ。放してよ、ルシアン！」強引に体に腕をまわしてきたルシアンに、憤然と言葉を投げつける。「言ったでしょう、そんなことをしても無駄――」言葉がぷつりと断ち切られたようにとぎれ、ルシアンの唇が唇をふさぐ。

長かった。最後にこうしてグレースを腕に抱いてから、あまりにも長い、長すぎるほどの時間が過ぎたことをルシアンは実感していた。

「ルシアン……」グレースは弱々しくうめいた。ルシアンの唇が唇から離れ、熱い軌跡を描いて喉を這《は》いおりていく。このままるめこまれて、ここに来た目的を忘れてしまうわけにはいかない。「だめよ、ルシアン」グレースは両手でルシアンの胸を押し、腕のなかから抜けだそうとした。「だれかが入ってくるかもしれないわ」早くも失われかけている正気を懸命に保とうとしながら言いつのる。

「そんなやつは地獄に落ちればいい！」ルシアンは低くうなるように言い、背後の机にもたれかかると、グレースをぐいと足のあいだに引き寄せた。

硬く張りつめた下腹部の感触が、グレースの頬をほてらせた。ああ、どうしよう、この人が好きでたまらない。硬質の美しさをたたえたルシアンの顔を見あげ、胸中でつぶやく。熱っぽい瞳は説得力にあふれ、端整な唇は抵抗しがたい誘惑をはらんでいる。

「すぐ隣の居間に、伯母さまとあなたの弟さんがいるのよ」グレースはかすれた声で指摘した。

ルシアンは甘やかすように微笑した。「では、うんと静かにしなくてはいけないな。そうだろう?」

グレースはうろたえた。静かにしていられるはずなどないことは、過去の経験からわかっている。喉にからんだうめき声や快楽のあえぎは、確実に隣室の二人の耳にも届くだろう。「あなたはただ、わたしをまるめこもうとして――」

「わたしはただ、そばにいながらきみに触れられないという、このいつ果てるとも知れない苦しみに終止符を打ちたいだけだ!」ルシアンは厳しい口調で訂正した。鋼鉄のような腕がぐっとグレースを抱き寄せ、ぴたりと自分の体に密着させている。

グレースは驚きに打たれてルシアンを見あげた。ここ数日、とりわけ昨日からの冷戦状態は、わたしだけでなくルシアンにとってもつらいものだったというの? 目元と口元に刻まれた疲労のしわは、そのとおりであることを物語っているように見える。

それはルシアンがわたしに愛情を抱いているから? そうではなくて、単にわたしに欲望を感じているだけ? きっとあとのほうだわ。グレースは思い、心が沈むのを感じた。ルシアンは自分の妻になる女に愛情を持つつもりなどないことを、これ以上ないほどはっきりさせているのだから。

今度こそなんとしても抱擁から抜けだそうと、固い決意を胸にもがきつづける。その決意は報われ、ルシアンはついに腕をほどいてグレースを解放した。なかば閉じたまぶたが目の表情を隠している。

「婚約解消の時期について話しあうには、いまが好機かもしれないわね」グレースは言った。

「好機……?」ルシアンが小声で問いかえす。

グレースは肩をすくめた。「伯父が……伯父が亡くなったからよ」悲しみで声がかすれた。ルシアンとの婚約解消がもたらすはずの痛みについては、まだ考えたくない。社交の場で顔を合わせる以外、ルシアンとは会えなくなることも。でも、それでいいのだ。愛するルシアンがこれから一生、愛してもいない妻、今後も決して愛することのない妻に縛りつけられるよりは。「最低でもあと数カ月は、結婚式は挙げられないわ。ことによると、伯母の喪が明ける一年後まで。そして、そのころには――」

「そのころには、伯母上もわれわれの先走った行為が厄介な結果を生む心配はないことに気づいているはずだ」ルシアンは歯ぎしりまじりにあとを引きとった。「そう言いたいんだろう、グレース？」

「それは……ええ。そのとおりよ。そして一年後には伯母とわたしが社交界に復帰するころには、あなたとの婚約とその解消は忘れられているはずだわ」

「それは大いに疑問だと思うね、グレース」ルシアンは嘲るように唇をゆがめた。「それに、いまはこれ以上その件について話しあうつもりはない。カーライン公爵の逝去や……その他のあれこれで、お互いに感情が乱れている時期だからな」つと身を起こし、机の奥に戻って腰をおろす。

「感情ですって、ルシアン？」グレースは眉を吊りあげた。「あなたにはそんなものはないとばかり思っていたわ」

ルシアンは険しく顔をしかめた。そう言われたのは、昨日に続いて二度目だ。そして、ルシアンが心を開こうとしないという昨日のセバスチャンの指摘が、非難というより遺憾の表明だったのに対して、グレースの言葉には明らかに非難がこもっている。

だが軍を離れてから周囲に心を閉ざしてきた理由を説明しようとすれば、あれから長いあいだつきまとってきた悪夢と、その悪夢の原因である野蛮な殺《さつ》戮《りく》行為についても告白しなくてはならなくなる。

　そして、それ以上に打ち明けたくないのは、いまでは戦場の悪夢はまったく見なくなり、かわりにグレースの夢に悩まされているという事実だ……。

　もう少し自分の気持ちに確信を持てるようになるまでは、自分のなかに芽生えたばかりのこの感情を、だれかに打ち明ける気にはなれない。とりわけグレースには。

　ルシアンは茶化すという形で逃げを打つことにした。「わたし自身も、自分に感情があることを知って驚いているところでね」自嘲するように言う。

「ひょっとして、わたしにもまだ望みがあるということかな？」

「ひょっとしたらね……」

　ルシアンはどんな感情のことを言っているの？　伯父の死を悼む気持ち？　最愛の伴侶を失った伯母への同情？　それとも何かまったく別の感情……？

　ルシアンはそっけなくうなずいた。「では、もういいかな？　できれば昼食前に手紙の返事を書きおえてしまいたいんだが……」

　グレースはうわの空でうなずき、きびすを返して出ていこうとした。

「ああ、それとグレース……」

　グレースはのろのろとルシアンに向き直った。頭が混乱しきっている。

　いまのはなんだったのだろう？　たったいま、二人のあいだで何かが起きたのだ。何か重要なことが。

「セバスチャンは明日の朝にはここを出て、ロンドンに向かうそうだ。弟本人ときみの伯母上のために、あいつがここで過ごす最後の晩をなるべく楽しいものにしてやりたいと思うんだが、どうかな？」

　要するに、わたしたちのあいだの軋轢《あつれき》を伯母さまやセバスチャンに気どられるなということね！

　もっとも、二人のあいだにいまも軋轢が存在するのかどうか。グレースの側には当惑が、そしてルシアンの側にはよそよそしさがある。でも軋轢は？ ない気がする。軋轢は双方が感情をぶつけあわないと生まれない。そしてルシアンは、またしても無感動な仮面の奥にひっこんでしまっているのだから。

グレースは冷ややかにうなずいた。「努力するわ。弟さんと伯母さまのために」

ルシアンは硬い笑みを浮かべた。「それ以上は望まないよ」

ひとまずいまはこれでいい。一人になると、ルシアンは胸中でつぶやき、顔をしかめた。もっともグレースが婚約解消を求めつづければ、遠からず自分の心と向きあわざるを得なくなるだろうが……。

16

その夜の晩餐《ばんさん》のためにグレースが選んだのは、ふくらませた短い袖と身ごろ部分に同色のレースを重ねた、グレーの絹のドレスだった。装身具は母親の遺品である簡素な金の十字架だけ。髪もあっさりした形にまとめ、頭頂部から流れ落ちる黒い巻き毛が、うなじのあたりで蠱惑《こわく》的にゆれている。

支度を終えて客間に入っていくと、そこにルシアンの姿はなく、手足を投げだしてソファーにすわっていたセバスチャンが立ちあがってお辞儀した。

「未来の義弟《おとうと》として、こう申しあげることをお許しください。ミス・ヘザリントン、今夜のあなたは実にお美しい」茶色い瞳が感嘆で黒ずんでいる。

グレースは低く笑った。「あなたときたら本当にどうしようもない女たらしですのね、閣下！」

「どうしようもない？」さっそうとした夜会服姿のセバスチャンが眉を上げた。「その道にかけては、まれに見る名手だと自負していたんですがね！」

「どういう意味で言ったかおわかりのくせに」グレースは扇でセバスチャンの手首を軽く打った。

「仰せのとおり」セバスチャンはうなずいた。「ルシアンがうらやましくなってきましたよ。あなたを妻にすれば、退屈することは絶対になさそうだ」

「褒めてくださっているのかしら？」

「それはもう！」

「もちろんそうですわね」グレースはなおも笑みを浮かべたまま、ふわりとソファーに腰をおろした。

「それにしても、ずいぶん急な婚約でしたね。正直に言ってちょっと……不思議な気がするな」

「どういう意味でしょう？」グレースは警戒ぎみに尋ねた。「わたしたちの婚約をめぐって社交界に広まっているゴシップは、妹さんだけでなく閣下のお耳にも入っていると思いますけど」

「アラベラ？」セバスチャンが愛情のこもった笑みを浮かべた。「あいつのことだから、さっそくそのゴシップをあなたの耳に入れたんだろうな！」

「わたしはその前に、ほかの人から聞いて知っていましたけど」グレースはそっけなく答えた。

「と言うと、ルシアンから？」

グレースは冷静な表情でその問いかけを受けとめた。「だれから聞いたかは問題ではありませんわ。肝心なのは、アラベラがその話をしたとき、わたしはすでにその内容を知っていたということです」

「どんな内容かな？」ルシアンが客間に入ってくるなり、不機嫌な声を出した。

「大したことじゃないわ」グレースは答え、セバスチャンに同情の笑みを投げた。いくらセバスチャンの夜会服姿がすてきでも、ルシアンの洗練された、息をのむほどの美男子ぶりには遠く及ばない。

「にらむなよ、おい」ルシアンに非難がましい目でにらみつけられて、セバスチャンはあとずさった。

「不適切なことは何も言ってないし、してもいないって。そうだろう、グレース？」救いを求めるようにグレースを見やる。

「いまのなれなれしい呼びかけは、明らかに不適切だぞ」ルシアンは言い、自分のものだと言わんばかりにグレースの肘の下に手を添えた。

「ああもう、畜生――」

「しかもたったいま、グレースの前で悪態までついた」ルシアンはからかった。「しようがないやつだな、セバスチャン。おまえのような無作法な放蕩者《ほうとう》を夫にしようという女性が現れるとは思えないね」

「そう思うかい？」セバスチャンは困惑するどころか、見るからにうれしそうな顔つきになった。

「太鼓判を押すよ」そっけない口調で請けあいながら、ルシアンは気分が軽くなるのを感じていた。

この軽口の応酬が生んだ楽しい雰囲気は晩餐の席でも続き、セバスチャンは突拍子もない発言をして、沈みがちな公爵夫人に何度か笑い声をあげさせさえした。きっとそうやって伯母さまの目をわたしたちからそらせようとしているんだわ。グレースは思った。婚約中の二人は、昼間の申しあわせに反して、ほとんど言葉をかわそうとしていないのだから。

グレースのほうは、ルシアンが隠し事をしていることにまだいくぶん腹を立てているせいで。そしてルシアンは……。ルシアンがグレースに口を利こうとしない理由は見当がつかない。もっともそれを言うなら、グレースには数日前から、ルシアンが何を考えているのかさっぱりわからなくなっている。

グレースは考えるのをやめ、兄弟の軽口の応酬に耳を傾けた。ルシアンとセバスチャンの関係は、カーライン三兄弟の関係とは天と地ほども違う。あの三人がこんなになごやかな夕べを過ごすところなど想像できない。長男のジョージはどちらの弟にも好かれていたけれど、ダリウスはフランシスを軽蔑し、フランシスはダリウスを嫌っているのだから。

グレースははっと身を硬くした。わたしはいままで間違った見方をしていたのかしら？　フランシスはダリウスに嫉妬している。そしてカーライン公爵の死後、ダリウスに対する嫌悪感を隠そうとしていない。公爵未亡人に対する兄の仕打ちを、わたしとルシアンに憎々しげに話して聞かせたほどに。

グレースはルシアンにちらりと探るような視線を投げた。しじゅう衝突している相手とはいえ、ルシアンは名誉を重んじる高潔な男性だ。そのルシアンが、ダリウスにかけられている疑いはすべて濡《ぬ》れ衣《ぎぬ》だと主張する一方で、フランシスに対する軽蔑はまったくといっていいほど隠そうとしていない。

ダリウスが潔白だとすると、もしや……。

まさかそんな！

いくらなんでもそれはあり得ないわ！

それとも……？

「牛肉が口に合わないの、グレース？」伯母が心配そうに声をかけてきた。姪《めい》が食べるのをやめ、青い顔をして皿の上の料理を凝視しているのを見とがめたらしい。「なんなら料理人に何か別のものを用意してもらいましょう。鶏《とり》はどうかしら？」

「いいえ、このお肉はとてもおいしいわ、伯母さま」グレースは急いで伯母を安心させた。頬に少し血の気が戻ってくる。「ただ……あの……気のせいかもしれないけど、ここはちょっと暑くない？」

伯母は眉をひそめた。「それじゃあ、庭に面したドアを開けて……」

「いいえ」眉根を寄せてグレースを見ていたルシアンが、さっと立ちあがった。「お許しをいただければ、庭に連れだして外の空気を吸わせてみます」公爵夫人はうなずいて同意を示し、グレースはほっとした気持ちでルシアンの腕にすがって外に出た。

あたたかい夏の夜気を吸いこむと、すぐに気分がよくなった。胸を締めつけるような感覚がやわらぎ、頭のなかでひしめきあい、口々にがなりたてていたいくつもの想念も、跡形もなく姿を消している。

ルシアンは、さっきグレースが向けてきた目が、ひどく透徹した光をたたえていたことに気づいていた。まるで……まるでパズルの最後の一片を見つけたかのような目。もしや正解にたどりついたのだろうか……？　グレースの頭の鋭さは、すでにいくつもの場面で示されている。その鋭敏な頭脳を駆使して、数日前から気になっていた一件の真相を突きとめたとしても、なんの不思議もない。

ルシアンは大きく息を吸いこんだ。「グレース――」

「車庫まで行ってみない？」グレースが快活な口調で提案した。

そんな場所でグレースと二人きりになるのは賢明とは思えない。「テラスで涼むだけにしないか？」

グレースは顔をしかめて首をふった。「これから話すことを、伯母さまに聞かれたくないの」

「しかし……」

グレースはからかうように眉を上げた。「まさかわたしと二人きりになるのが怖いんじゃないでしょうね、閣下？」

「身の危険を感じて、という意味でかい？　それはないな」ルシアンは苦笑しながら答えた。

だが今夜のグレースはすばらしく美しく見える。黒い巻き毛がなまめかしく顔とうなじにまつわり、グレーのドレスが瞳の美しさを引きたてている。はたしてこれほどの誘惑に抵抗しきれるかどうか。

「わたしもちっとも怖くなんてないわ、ルシアン」

グレースはかすれた声で言い、つと片手を上げて、そっとルシアンの上着の胸に触れた。

ルシアンははじかれたようにあとずさった。「だったら、怖がったほうが身のためだぞ！」

ルシアンの顎はきつく食いしばられ、頬がぴくつき、目がぎらついている。グレースは首をふった。

「わたしにもあなたという人がだいぶよくわかってきたの、ルシアン。あなたは間違ってもわたしを傷つけたり怖がらせたりするような人じゃないわ」

ルシアンは顔をしかめた。「意図的にという意味ではそうかもしれないが……」いらだたしげにため息をついてグレースから遠ざかり、背中できつく手を組み、月光がまだらに影を落とす庭園に目をやる。

「何かききたいことがあるんだろう？」

「そうだったかしら？」軽やかな口調。

ルシアンは首をねじってグレースを見やった。

「グレース、こんなまねは賢明とは――」

「まあ、ルシアン！」グレースは首をふり、かすれた声でいなすように笑った。「賢明さとは、もうとっくに縁が切れているわ。あの宿屋で、あなたがわたしの部屋にさまよいこんだあの夜からね！」

ルシアンは顔をそむけた。月光を浴びた横顔が、とりつく島のない厳しさを感じさせる。「わたしは酔っていたんだ――」

「たしかにだいぶ飲んでいたようだけど――」

「わたしは酔っていたんだ」ルシアンは荒々しくくりかえした。「きみを抱くつもりだったとしても、体が言うことを聞かないくらい泥酔していた！」

「そして、最初からそんなつもりはなかった」

「そうだ」

グレースは探るようにルシアンを見つめ、その目に暗い表情が宿っているのに気づいた。「歩きましょう、ルシアン」背後の部屋には伯母とセバスチャンがいて、ルシアンは何かを語りたがっている。例の疑惑について話すのは、そのあとでいい。「そんなに気に病むことはないわ、ルシアン」肩を並べてゆっくりと車庫に向かいながら、そっと語りかける。「フランシスといっしょにいると、たいていの人は飲みすぎずにはいられないみたいだし……」

「あの夜、飲みすぎたのは、フランシスがいっしょだったせいじゃないんだ。少なくとも、それだけが原因じゃない」ルシアンは月光のなかでいっそう猛烈に顔をしかめ、グレースに向き直った。「グレース、わたしはきみやほかの人々が思っているような人間じゃないんだ」吐き捨てるように言う。

グレースはいぶかしげにルシアンを見あげた。「あなたはルシアン・セントクレア卿《きょう》だわ。そうでしょう……？」

「称号や名前のことじゃないんだ、グレース」ルシアンはもどかしげな身ぶりをした。「わたしはまがい物だ。食わせ者なんだ――」

「信じないわ、そんなこと」上着の袖に手を触れると、腕の筋肉が緊張しているのが感じられた。「わたしは信じないわよ、ルシアン」グレースはかすれた声に絶対的な確信をこめてくりかえした。

ルシアンの頬がぴくりとひきつった。「グレース、わたしはほとんど毎晩、深酒をするんだ。眠るために。というより、何もわからない状態になるために――」

「ここに来てからは、そんなに飲んでいるようには見えなかったけど……」

「この十日間は、寝室で一人きりになったとたんに、ほかのことで頭がいっぱいになっていたんでね」ルシアンは自嘲するように認めた。

わたしのこと？　最近のルシアンは、寝室で一人になるとわたしのことを考え、わたしの夢を見ているの？　わたしがルシアンのことを考え、ルシアンの夢を見ているように……。

「なぜ？」

ルシアンはびっくりしたようにグレースを見た。

「なぜ……？」

グレースは励ますように笑いかけた。「なぜ何もわからない状態になるために深酒をするの？」

率直な灰色の瞳に同情が宿っているのを認めて、ルシアンは胃の腑《ふ》が締めつけられ、息が苦しくなるのを感じた。同情される資格などないことはわかっている。「夢を見るんだ」やっとのことで声を押しだす。グレースには本当のことを話さなくては。グレースにはほかのだれよりも、わたしという人間の本当の姿を知る権利がある。

「どんな夢？」グレースはそっと促した。

「恐ろしい悪夢だ」ルシアンは体の脇で両手をぐっと握りしめた。「戦争と流血と死。二度と会えない友人たち。そして殺戮《さつりく》……」荒々しく息を吸いこむ。「少なくとも……以前はそうだった」ルシアンは自嘲するように顔をゆがめた。「きみに会ってからは……それまでとは違う夢を見るようになった」

「そちらの夢の話は、またあとで聞かせてもらうわ」グレースはかすれた声で言った。「あなたが軍人だったことを思えば、悪夢を見るのはごく自然なことではなくて？　何年ものあいだ、戦争と流血と死のなかで暮らしてきたんですもの」

ルシアンはかぶりをふった。「あれはわたし自身の弱さの表れだ」

「強さの表れよ」グレースはやんわりと否定した。「もしもあなたが何年も軍に身を置きながら、周囲にあふれる破壊や死を意に介さず、心身になんの影響も受けずに生きてきたとしたら、わたしはいまほどあなたを尊敬できないし、好意も持てないと思うわ。その夢はあなたの強さの表れよ、ルシアン」相手が反論しようとするそぶりを見てとって、きっぱりとくりかえす。「あなたは強い人よ。そして思いやりの心を持つやさしい人。だからこそ、苛酷な経験のなかで、自分自身も心に傷を負わずにはすまなかった」グレースは励ますように笑いかけた。

「わたしの知るかぎり、こんな悪夢に悩まされている男は、ほかにはだれも――」

「それは男の人がそういう話をしようとしないからよ。そんな夢は弱さの表れだと思っているせいでね」グレースは辛辣な口調で言ってのけた。「でも、違うのよ」ふたたび強い口調で断言する。「あなたは弱い人じゃないわ」グレースはそこでいったん言葉を切り、唇をなめてから口を開いた。「ルシアン、あなたの……夢のことは前から知っていたわ」

ルシアンが鋭い視線を向けてきた。「なぜ……？ 宿屋でのあの夜か！」ルシアンは一瞬、目を閉じた。「きみは見たんだ……ずっと知っていたんだな！」闇のなかで、目がぎらりと光った。「どうりでわたしとの婚約を承知したがらなかったはずだ！」

グレースは首をふった。「婚約に乗り気でなかったのは、そのせいじゃないわ」

「それが本当なら、きみの見識を疑うね！」なんということだ。グレースに見られていたとは……あの醜態を。「さぞかし軽蔑しているだろうな」

「いいえ、ちっとも」グレースは真情のこもった口調で言った。

「グレース、わたしは人を殺したんだぞ！」

グレースはかぶりをふった。「戦争に参加した以上、大勢の人を殺しているのは当然のことよ」

「その男を殺したのは、単に殺したかったからだ」ルシアンはむっつりと告げた。「そのときの記憶がずっと頭を離れない。毎晩が生き地獄だった。そして昼間も！ グレース、きみがその目で見たとおり、わたしは自分の感情をちゃんと制御できない人間なんだ」

そうね。わたしを前にすると、ときどきまったく自分を制御できなくなったように。「わけを教えて」

「だから、いま説明したとおり――」

「そうじゃないわ、ルシアン」グレースはおだやかになだめた。「どうしてその人を殺すことになったのか、そのいきさつを教えてちょうだい」

ルシアンは鋭く息を吸いこんだ。あの恐ろしい日の光景が、生々しく脳裏によみがえる。あの日、自分がしたことを、グレースに話せるだろうか？　あの野蛮な所業を告白し、グレースの表情豊かな顔に嫌悪と恐怖が広がるのを見るのに耐えられるだろうか？　だがグレースに自分のすべてを知ってもらうには、話すしかない。このままグレースさえもあざむいて、偽りの生を続けるのでないかぎり。

ルシアンはグレースの美しい顔から目をそむけた。

「ワーテルローでのことだ。戦争はもう終わりかけていた。あのいまわしい混乱のすべてが終わろうとしていたんだ。われわれはひどく血なまぐさい小競り合いを終えて、森のなかにいた。そこに――」

「われわれ？」グレースがそっと問いかけた。

「部下の兵士たちとわたし、それと……それと、もう一人の将校だ」

「いとこのサイモンね。違って？」グレースは鋭く見抜いた。

ルシアンの顎に力が入った。「わたしは……それは……。ああ、そうだ」歯ぎしりまじりに吐き捨てる。「サイモンは戦火のなかをずっと生き延びてきたんだ、グレース。幾多の戦闘を切りぬけて。それが……もうほとんど終わりかけたときになって……突然フランス騎兵隊の将校が現れて、右に左に剣をふるって、やみくもにつっこんできた。何人もの味方がばたばたと倒れた。そのなかにサイモンもいた」食いしばった顎がぴくぴくふるえた。「耐えられなかった。サイモンのあんな姿を見るなんて。ぴくりともせずに横たわり、視力を失った目で空を見あげ、無残な傷口をさらして……」ルシアンは首をふった。「考えるより先に、体が動いていた。フランス人を鞍《くら》から引きずりおろし、剣をふるった。部下たちの目の前で、何度も何度も剣を突き刺しつづけた。怒りが下火になるまでずっと」

慄然としなかったといえば嘘《うそ》になる。グレースは衝撃を受け、慄然とした。だが、どちらの感情もルシアンに対するものではない。ルシアンは本能と感情のままに行動し、その代償を支払ったのだ。帰国後に、すべての感情を遮断するという形で。

それを変えたのは、グレースとの出会い……。この数週間に、グレースはルシアンが怒りやいらだち、やさしさ、所有欲を示すのを見てきている。レディ・ハンバーズの舞踏会では、少しばかり嫉妬する様子さえ見せた。グレースがサー・ルパート・エンダービーとギデオン・グレイソン卿にちやほやされるのを見て、ひっきりなしに歯ぎしりをするという形で。そして何よりも、ルシアンがグレースに欲望を抱いていることははっきりしている。

グレースは手を伸ばし、固く食いしばった顎にそっと触れた。「ルシアン、そのときのあなたの気持ちを理解できるふりをするつもりはないわ。でも、受けいれることならできる」

「なぜだ？」ルシアンはむっつりとグレースを見おろし、不機嫌な声を出した。「わたしの正体を知って、嫌悪感を、恐怖を感じないのか？」

グレースは首をふった。「わたしはあなたが高潔で名誉を重んじる人だということを知っているわ。わたしにとっても、ほかの人々にとっても、あなたはいまもこれからも英雄よ。つまり、あなたは賞賛を受けるのにふさわしい人なのよ、ルシアン。そして、わたし個人にとっても賞賛せずにはいられない人！」グレースはかすれた声でつけ加えた。

「グレース……」ルシアンが苦しげにうめいた。

「そしてあなたは」グレースは強引に続けた。死や破壊の話はもう十分だ。「たとえどんなに不利な証拠が揃《そろ》っていても、友人を信じ、忠実にふるまいつづける人でもある……そうじゃなくて……?」

ルシアンは顔をしかめた。「ダリウスのことだな」

グレースはうなずいた。「そう、ダリウスのことを言っているのよ。わたしは彼を誤解していたのね。そうでしょう? 完全に誤解していたんだわ」

ルシアンは苦しげに息を吸いこんだ。「グレース、わたしは誓ったんだ。だれにも何も言わないと」

「いいわ」グレースはうなずいた。「では何が起きたかについて、わたしの考えを話すわ。あなたは聞いていてくれればいい。それならお気に召して?」

ルシアンの顎がぴくりとひきつった。「気には入らないが、そうするしかないだろうな」

「その前にまず、フランシスがいずれウィントン・ホールに戻ってくるのかどうか教えてくれる?」

「戻ってこないと認めても、約束を破ることにはならないだろうな」ルシアンはそっけなくうなずいた。「フランシスは外国に行くことにしたそうだ。健康のためにね」むっつりと微笑する。

「なるほどね、それでわかったわ」グレースはゆっくりとうなずいた。

「本当にわかったのか?」ルシアンは吐き捨てた。

「たぶんね」グレースはため息をついた。「ただ、物語がどこから始まるのかははっきりしないけど。もしかして、いとこのサイモンの死から……?」

ルシアンは身をこわばらせた。「あるいはね」

「サイモンの死が、のちに一連の出来事が起きるきっかけになった。そうじゃないかしら……?」

ルシアンは感嘆の目でグレースを見つめた。グレースは思った以上に頭が切れる。グレースがこの数分間で導きだした結論に達するのに、ルシアンはかなりの時間を要した。しかも事件の全容を把握できたのは、ダリウスの話を聞いてからだった。

「思ったとおりね」ルシアンの沈黙を肯定と受けとって、グレースは痛ましげに顔をしかめた。「では、ソフィー夫人の死も……？」

ルシアンはすっと目を細めたが、何も言わなかった。

グレースはやっぱりというふうにうなずいた。

「わたしの記憶では、ソフィー夫人の落馬事故はフランシスがダリウス邸に滞在中のこと……そして伯父さまが亡くなったときも、フランシスはわたしたちといっしょにいた。伯父さまの発作には、何か引き金があったはずよ。あなたの言うように、それがあの朝のわたしとフランシスの口論ではないとすると……」グレースは顔をしかめて考えこんだ。「フランシスが何かするか、言うかしたのかしら？」

「倒れる少し前に、きみの伯父上がフランシスと話をしているのを聞いた者がいるそうだ」

グレースは驚いたように目を見開いた。「では、伯父さまがフランシスの犯行に気づいて本人を問いただすという過ちを犯したか、あるいは……あるいは、フランシスが伯父さまの心臓が弱っているのを承知で罪を告白し、内心の葛藤から発作を起こすよう仕向けるかしたのね！」非難をこめて吐き捨てる。「伯父さまの倫理観に照らせば、そんな非道なまねをした人間が罰を受けずに逃げおおせるなど、あってはならないことだったはずよ。でもその一方で、フランシスの悪事を暴露すれば、一族全体が恥辱とスキャンダルにまみれることになる！」

グレースはルシアンを見やった。むっつりと口をつぐんでいるところを見ると、この推論もまた当っているらしい。

信じがたいことだが、いまやすべての証拠は、ダリウスの妻とカーライン公爵の死にフランシスがなんらかの形でかかわっていることを示している……。

「でもフランシスはなぜそんなまねを？　そんなことをして、なんの得が……。まさか！」グレースはあえいだ。ようやく明らかになった事件の全貌の恐ろしさに、顔が青ざめている。「ダリウスが次の犠牲者だったのね？　ダリウスが妻を殺したという噂《うわさ》は、フランシスが流したものだったんだわ。フランシスはダリウスがロンドンに来るのを待って伯父さまに発作を起こさせ、ウィントン・ホールに戻ってからは、ダリウスが兄嫁を粗略に扱っていると非難し、以前から公爵家の当主になりたがっていたとほのめかした。そしてダリウスをさらに疑わしく見せるために、自分で自分の頭を殴りさえしたんだわ！」

そこまで真相に肉薄した推論を述べられては、否定できるものではない。「ダリウスは、いずれ寝床のなかで死んでいるのを発見されるはずだったのだろうと考えている」ルシアンはむっつりとうなずいた。「枕元に、妻と兄を殺した罪悪感から命を絶つという、もっともらしい書き置きを残してね」

「だけどソフィー夫人は、いったいフランシスに何をしたせいで、あんな……あんな目に……」

「これはすべて憶測だ。それはわかっているね？」

「わかっているわ」

ルシアンは肩をすくめた。「では、ことによるとダリウスの妻は公爵家の相続人を、フランシスの新たな競争相手を身ごもっていたのかもしれない」

グレースは呆然《ぼうぜん》と首をふった。「結局そういうことだったのね。公爵の称号と財産」弱々しく言う。「フランシスはカーライン公爵になりたかった。サイモンの急死によって、自分と公爵の座のあいだに立ちふさがっている人間が二人だけになったことに、フランシスはいつごろ気づいたのかしら……？」

「ダリウスが突然結婚し、花嫁が新たな相続人を身ごもった可能性が出てきたころ、かな……？」

「そうね」グレースはふるえをおびた吐息をもらした。「かわいそうな、かわいそうなソフィー夫人」

ルシアンは顔をしかめた。「当然ながら、わたしはきみの話を否定も肯定もできないが――」

「わかっているわ。約束したんですものね」

「しかし、フランシスが二度と祖国の土を踏まないと決意したと明かしても、信頼を裏切ることにはならないだろう」ルシアンは不快げに唇をゆがめた。

「本来ならその程度の罰ではすまないはずなのに！」グレースの目が腹立たしげに光った。

「そちらの道を選べば、ほかの家族もスキャンダルと恥辱にまみれることになる。そしてダリウスは、公爵夫人にこれ以上つらい思いをさせるべきではないと考えているんだ」

グレースは苦しげな顔になった。「伯母さまは真相に気づいているの？」

「いや、ダリウスはそうは思っていない」

グレースは顔をしかめた。「ダリウスが早く隠居所に移るように伯母さまを急《せ》きたてたのは、伯母さまの身を案じてのことだったのね？」

「おそらくそうだろう。きみがいま言ったようなことが本当に起きたとしたら、だが」

もちろん起きたに決まっているわ！「でもダリウスはどうなるの？　この仮説がこのまま公表されないとしたら――」

「公表はされないよ」

グレースはうなずいた。「では、少なくともソフィー夫人の死をめぐる疑惑は、今後もダリウスにつきまといつづけることになる……」

ルシアンはきつく唇を結んだ。「ダリウスはその程度の代償は喜んで支払うだろう」

「とても気高い行為だわ」

「ああ」ルシアンはこわばった笑みを浮かべた。

「ダリウスはきみが思っているような極悪人じゃな

いよ、グレース。天使でもないがね」つけ加え、硬い声で笑う。「しかし、断じて罪もない人間を殺すような人間ではない」

アラベラが悪魔か天使のようなと評したダリウスは、実際には一人の生身の男性だった。たしかにひどく傲慢ではあるけれど、自分自身の評判や居心地のよさよりも、一族の名誉を優先する男性。

ちょうどルシアンが、名誉と忠実をほかの何よりも優先しているように……。

「わたし、あなたにひどいことを言ったわ、ルシアン。あなたとダリウスの友情について」

ルシアンは無造作に肩をすくめた。「ダリウスに事情を打ち明けられたころには、わたし自身も彼を疑いはじめていたんだ」苦笑とともに認める。「そしてその後は、口外無用の約束に縛られてきた」

「あなたはその約束を守ったわ。わたしは自分の推論を声に出して言ってみただけ。あなたの口の堅さは、最初から最後までゆるぎもしなかった」美しい顔に、ゆっくりと謎めいた笑みが浮かびあがる。

「今度はもう一つの、最近見るようになったという夢の話を聞かせてもらう番だと思うけど……？」

ルシアンは警戒するような目でグレースを見やった。「しかし、それはちょっと――」

「わたしは聞きたいわ」グレースが動いた。香水の香りが鼻をくすぐり、至近距離から見あげる瞳がけだるく黒ずんでいるのがわかる。「ぜひとも聞かせてほしいわ、ルシアン」

ルシアンの心臓は激しく鼓動し、グレースが間近にいると決まって感じる官能のざわめきが全身に広がった。グレースに触れたくてたまらない……。

「車庫のなかに入らない、ルシアン？」グレースがかすれた声で誘いかける。「停《と》まっている馬車のなかでも、動いている馬車に乗っているのと同じような効果があるのかどうか試してみたいわ」

その言葉が浮かびあがらせた悩ましい光景に、ルシアンはまたしても歯を食いしばった。「グレース、そんなことをしたら、きみが馬車をおりるまで生娘でいられるかどうか保証できないぞ！」

「すてき。それこそ望むところよ……」グレースはかすれた声で笑い、招くような視線を投げると、車庫の戸を開けて、その奥に吸いこまれた。

ルシアンは暗い戸口を凝視した。グレースはついにわたしの正体を知った。ありのままの姿を。それでいて、予想に反して嫌悪も恐怖も見せていない。それどころか、目には誘いの色があふれていた。

そしてルシアンには、もはやその誘いに抵抗する力は残っていなかった……。

17

ルシアンは暗い車庫に足を踏みいれた。少し離れたところにたたずむグレースのドレスだけが、闇のなかに白っぽく浮かびあがっている。

「グレース？」

「戸を閉めて、ルシアン」ささやくような声。

「グレース――」

「わたしと二人きりになりたくないの？」

二人きりになりたくないのか、だと？ グレースが欲しくてたまらず、欲望のあまり歯がうずいているというのに！ 低いからかうような声の調子は、グレースもそれを承知していることを告げている。

グレースの姿が見えればいいのだが。そうすれば、目の表情を読むことができる。

「明かりをつけよう」

ルシアンは作業にかかった。背後でかすかな衣《きぬ》ずれがすると同時に、車庫にやわらかな金色の光があふれた。ふりむいたとたんに、ルシアンの息は喉につかえた。目の前に下着姿のグレースが立ち、足元にはドレスがふんわりとわだかまっている。

「グレース、わたしには言わなくてはならないことが――」

「今夜はもう話は十分にしたと思うわ」グレースがからかうように言い、両手を上げて髪からピンを引きぬいた。黒檀《こくたん》の色の豊かな髪が、滝のように流れ落ちてむきだしの肩をおおう。

そのあまりにも魅力的な姿に心を奪われて、まともに頭が働かない。「これだけはどうしても言う必要が……」さらに近づいてきたグレースの胸のふくらみが胸板をくすぐり、ルシアンは喉の奥で低くうめいた。「グレース、わたしはどんな女性も決して愛しはしないと――」

「あなたの愛を求めた覚えはないわ」

ルシアンはグレースの肩をつかみ、まだその力が残っているうちに、ぐいと押し離した。薄明かりのなかで目がぎらつく光を放つ。「わたしのような人間が、どうして女性の愛を求められる？　いつの夜にか悪夢にうなされて叫びだし、愛する人の眠りを破るかもしれないと知りながら」

「わたしの思うに、あなたが見る夢は戦争の後遺症よ、ルシアン」グレースはルシアンの唇に指先をあてがって口を封じた。「傷ついたのが体ではなく心でも、つらいことに変わりはないわ。そして、あなたが自分の人生からすべての感情を締めだそうとしたのは、その夢のせい。そうじゃなくて？」

ルシアンはかすかに顔をしかめた。「そのとおりだ」こわばった声で認める。

グレースはうなずいた。「そのために孤高を保ち、大事なご家族にさえ心を開こうとしなかった」

「そのとおりだ！」ルシアンは苦しげに息を吸いこんだ。「数カ月前に結婚を考えはじめはしたが、わたしの頭にあったのは、あくまでも他人行儀な夫婦関係だ。うるさくつきまとったりしないようなおとなしい妻をハンプシャーの領地に置いておいて、ときたま気が向いたときに訪ねていくだけの」

「跡継ぎを儲《もう》けることを目的に、ということね？」グレースの口調には嘲りがこもっていた。

「そうだ」あの宿屋で出会った晩のグレースとの会話を思いだして、ルシアンはほろ苦い口調で認めた。

グレースは傷ついた表情を浮かべ、悲しげに首をふった。「どうりでわたしと婚約するはめになって、憮然《ぶぜん》としていたはずね。わたしがそんな妻になれるはずがないことは、わかっていたんですもの」

「この数週間で、わたしが求めているのはそんな妻ではないとわかったんだ」ルシアンはきっぱりと言った。「わたしが求めている妻は……妻にしてもいいと思える女性は……きみだけだ。そして、わたし以外の男がきみの夫になることは断じて認められない」グレースに納得した様子がないのを見て、険しく顔をしかめ、軽くグレースをゆさぶる。「きみを愛しているんだ、グレース。ほかの男に渡すことなど……」ルシアンははたと口をつぐみ、歯を食いしばった。「わたしは全身全霊できみを愛しているんだ、グレース。きみ以外は何も目にも耳にも入らず、肌で感じることもできないほどに」

グレースは驚きの目でルシアンを見あげた。まさかそんなことって。ルシアンがわたしを愛している。わたしを愛している！「わたしも愛しているわ、ルシアン。たぶんはじめて会ったあの夜、部屋にさまよいこんできたあなたに、あんなふうに情熱的にキスされたときから」

ルシアンは険しく眉根を寄せて首をふった。「どうしてそんなことができる？　きみはあの夜、わたしが悪夢にうなされるのをその目で見たのに」

グレースは両手でルシアンの頬をはさんで彼を見あげた。「わたしはあなたのすべてを愛しているわ、ルシアン。この心と体のすべてで。あなた以外は何も、目にも耳にも入らず、肌で感じることもできないほどに！」

ルシアンの目が暗く陰った。「愛せるはずがない。きみの腕のなかで、血みどろの悪夢にうなされて叫び、わめきちらしかねない男など――」

「愛しているわ、ルシアン」グレースはきっぱりと言った。「あなたのすべてを。あなたが雄々しくも自分のなかに抱えこんでいる心の傷も含めて」

ルシアンはふるえるような吐息をもらした。「まあ、悪夢はもう見ないかもしれないな」顔をしかめる。「最近はきみの夢ばかり見る。きみといっしょにいる夢。きみを愛する夢。きみと愛しあう夢」

「うれしいわ」グレースはルシアンの胸に頭をもたせかけた。「その夢の話をしてちょうだい。どんな夢なのか、わたしにも教えて」

ルシアンの腕に力がこもった。「その前に、わたしと結婚すると言ってくれ。近いうちに、わたしの妻になると！」

「ええ、あなたと結婚するわ、だれよりもいとしい人！」グレースは声にあふれんばかりの喜びをにじませて請けあった。「お望みなら明日にでも！」

「必要な手続きがすんだらすぐに」ルシアンはグレースの体に腕をまわし、唇を重ねた。

むさぼるように。そしてグレースもむさぼるようにそれに応えた。過去に何度も、かきたてられた欲望が満たされずに終わるという経験をしてきたことが、二人からやさしくふるまう余裕を奪っていた。

ルシアンは上着を脱ぎ捨て、グレースがボタンをはずしてシャツを脱がせ、固い胸板をまさぐるに任せた。愛撫の手の下で筋肉を波打たせながら、グレースの喉のくぼみに、やわらかな胸のふくらみに唇をすべらせる。ついで硬く張りつめた先端を口に含み、やわらかな生地の上から舌で転がす。

グレースは下腹部がほてり、熱くうるおうのを感じた。喉の奥で低いうめき声をあげると、ルシアンの手がシュミーズの紐《ひも》を下にすべらせ、上半身をあらわにした。肌と肌がじかに触れあう。

「今度はわたしにさせて、ルシアン！」グレースは苦しげにうめき、ルシアンの手をとって箱型の馬車に導いた。

空いたほうの手で角灯をかかげたルシアンが馬車の座席に腰をおろすと、グレースはルシアンがブーツとズボンを脱ぐのを手伝った。欲望で黒ずんだ目を、硬く張りつめた下腹部に向ける。

角灯の明かりのなかで、ルシアンの情熱の証《あかし》はとても美しく見え、グレースはそのたくましさに畏敬にも似た魅惑を感じた。膝をついて触れると、それは手のなかでさらに大きくなり、グレースは驚きに目をみはった。ルシアンの快感のうめきを聞きながら愛撫する。

脚のあいだにかがみこみ、肩と胸に黒髪を垂らしたグレースの姿はたまらなく官能的で、ルシアンは快感が堰《せき》を切ってあふれそうになるのを感じた。

「まだだよ、グレース」後ろ髪を引かれる思いでグレースを遠ざける。「その前にきみとしたいことが、まだどっさりある」

グレースがからかうような目をして見あげてきた。

「どうでも好きなように仕込んでちょうだい」

ルシアンは低くうめいた。その言葉は、かつて自分が口にした傲慢な言葉への返答にほかならない。首を横にふる。「わたしに快楽を与える方法については、きみに教えることは何一つなさそうだ！」

グレースはルシアンの視線をとらえたまま立ちあがり、ルシアンをまたぐように位置を変えた。そのまま腰を落とせば、ルシアンの腿にまたがる格好になる。グレースがゆっくりと悩ましく腰を動かすと、燃えるような感覚がルシアンの下腹部を走りぬけた。

「グレース！」抑制がはじけ飛びそうになるのを感じて、ルシアンは絞りだすようにうめいた。

するとグレースは自分の唇でルシアンの唇をふさぎ、やわらかい胸を胸に押しつけてきた。密着している腿の熱さが、狂おしく欲望をかきたてる。

「抱いて、ルシアン」グレースはルシアンの首筋に唇を這わせながらせがんだ。「お願い！」

グレースの背が誘うようにそりかえり、ルシアンはついに耐えられなくなって張りつめた蕾《つぼみ》を口に含んだ。最初は軽く、しだいに強く愛撫を加え、自分と同じ狂おしい状態へとグレースを駆りたてていく。どうしようもないうずきを感じ、グレースはいっそう激しく腰を押しつけた。

「きみに痛い思いをさせてしまったら――」

「絶対に大丈夫よ。わたしが保証するわ！」グレースが息をはずませながら請けあった。ふたたび視線がからみあう。グレースはつと手を伸ばし、ルシアンの高まりをゆっくりと自分のなかに導いた。

炎。

混じり気のない液状の炎。

それがルシアンを包みこむ。

のみこんでいく。

「さあ、ルシアン！」グレースが苦しげにうめいた。「いまこそわたしをあなたのものにして！」

ルシアンはきつくグレースを抱き寄せ、力強いひと突きでグレースをつらぬくと、荒い息を吐きながら動きを止めた。そのままグレースがその状態に慣れるのを待つ。ああ、神よ。もしも彼女を傷つけていたら！

グレースがぐっと首をそらせた。うっとりと目を輝かせ、喜びに満ちた勝利の表情を浮かべている。

「すばらしい気分よ、ルシアン。本当にすばらしい」感きわまったように声を詰まらせる。「わたしたちは一つなのね。ここには、あなたもわたしもいない。いるのは〝わたしたち〟だけなんだわ！」

ルシアンの腕に力がこもった。「そうとも。二人は一つだ。どんなときも、そしていつまでも！」

「どんなときも、そしていつまでも」グレースがあえぐように言うと、ルシアンはふたたび唇を重ねてきた。それと同時に、グレースのなかで動きはじめる。はじめはゆっくりと、そしてしだいに狂おしい速さで。グレースのなかで、いままで経験したことのないような歓《よろこ》びの炎がふくれあがっていく。

「ルシアン……？」快楽が堰を切ってほとばしろうとしているのを感じて、グレースはうめいた。

「今回はわたしもいっしょだ」ルシアンが励ました。「きみだけを行かせはしないと約束するよ」

体の奥にあたたかいものが注ぎこまれるのを感じると同時に、グレースは絶頂を迎えた。強烈な痙攣《けいれん》が全身をゆさぶり、ルシアンが激しく腰を突きあげてくると、狂おしい感覚はさらに強まった。二人をとらえた恍惚感《こうこつかん》はいつまでも続くかのように思えた。

どんなときも、そしていつまでも、この人を愛しつづけよう。しばしののち、ルシアンの肩にぐったりと頭を預けて、グレースはひそかに誓った。きっとルシアンも、同じようにわたしを愛してくれる。

どんなときも、そしていつまでも。

この先のルシアンの人生は、喜びだけに彩られたものになるだろう。二人のあいだの深い永遠の愛がもたらす喜びに。

ハーレクイン®

ハーレクイン・ヒストリカル・スペシャル　2011年11月刊（PHS-26）

薔薇のレディと醜聞

2024年4月5日発行

著　者	キャロル・モーティマー
訳　者	古沢絵里（ふるさわ　えり）
発行人	鈴木幸辰
発行所	株式会社ハーパーコリンズ・ジャパン 東京都千代田区大手町1-5-1 電話 04-2951-2000（注文） 0570-008091（読者サービス係）
印刷・製本	大日本印刷株式会社 東京都新宿区市谷加賀町1-1-1
装丁者	橋本清香［caro design］

ISBN978-4-596-53779-9 C0297

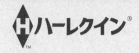

◆◆◆◆ ハーレクイン・シリーズ 4月5日刊 発売中

ハーレクイン・ロマンス

愛の激しさを知る

星影の大富豪との夢一夜	キム・ローレンス／岬　一花 訳	R-3861
家なきウエイトレスの純情 《純潔のシンデレラ》	ハイディ・ライス／雪美月志音 訳	R-3862
プリンスの甘い罠 《伝説の名作選》	ルーシー・モンロー／青海まこ 訳	R-3863
禁じられた恋人 《伝説の名作選》	ミランダ・リー／山田理香 訳	R-3864

ハーレクイン・イマージュ

ピュアな思いに満たされる

億万長者の知らぬ間の幼子	ピッパ・ロスコー／中野　恵 訳	I-2797
イタリア大富豪と日陰の妹 《至福の名作選》	レベッカ・ウインターズ／大谷真理子 訳	I-2798

ハーレクイン・マスターピース

世界に愛された作家たち
～永久不滅の銘作コレクション～

思いがけない婚約 《特選ペニー・ジョーダン》	ペニー・ジョーダン／春野ひろこ 訳	MP-91

ハーレクイン・ヒストリカル・スペシャル

華やかなりし時代へ誘う

伯爵と灰かぶり花嫁の恋	エレノア・ウェブスター／藤倉詩音 訳	PHS-324
薔薇のレディと醜聞	キャロル・モーティマー／古沢絵里 訳	PHS-325

ハーレクイン・プレゼンツ作家シリーズ別冊

魅惑のテーマが光る
極上セレクション

愛は命がけ	リンダ・ハワード／霜月　桂 訳	PB-382

※予告なく発売日・刊行タイトルが変更になる場合がございます。ご了承ください。

3月刊 好評発売中！

Harlequin 45th Anniversary

“ハーレクイン”の話題の文庫
毎月4点刊行、お手ごろ文庫！

作家イメージカラー入りの美麗装丁♥

『長い冬』
ペニー・ジョーダン

億万長者のヨークに見初められ、結婚したオータム。上流社会になじめず逃げ出した彼女の前に、突如夫が現れた。4カ月だけ妻役を務めれば離婚に応じると言って。

(新書 初版:I-167)

『いわれなき罰』
ミシェル・リード

婚約者に裏切られたうえ、横領の濡れ衣を着せられたナターシャ。さらに婚約者の義兄の富豪レオに「全額返済するまで、愛人として君を拘束する」と言われてしまう！

(新書 初版:R-2424)

『初恋のひと』
パトリシア・レイク

ターリアは実業家アレックスと激しい恋に落ちた。だが彼に裏切られ、傷心のまま密かに一人で子供を産み育てていたのだ。3年後のある日、再び彼が現れて…。

(新書 初版:I-190)

『花開くとき』
キャロル・モーティマー

手術のせいで子供ができない体になったブリナは、実業家ラフの愛人となっていた。だが、彼が望んでいないのに妊娠しているのに気づき、ラフのもとを去る。

(新書 初版:R-618)

※ハーレクインSP文庫は文庫コーナーでお求めください。